偷月计划

TOUYUEJIHUA

刘义军——著

中国文联出版社

图书在版编目（CIP）数据

偷月计划 ／ 刘义军著 . --北京：中国文联出版社，
2025. 4. -- ISBN 978－7－5190－5863－0

Ⅰ . I247. 5

中国国家版本馆 CIP 数据核字第 2025JH9053 号

著　　者　刘义军
责任编辑　李　民　　周　欣
责任校对　秀　点
装帧设计　中联华文

出版发行　中国文联出版社有限公司
地　　址　北京市朝阳区农展馆南里 10 号　　邮编　100125
电　　话　010－85923025（发行部）　　　85923091（总编室）
经　　销　全国新华书店等
印　　刷　三河市华东印刷有限公司

开　　本　880 毫米×1230 毫米　　1/32
印　　张　9. 75
字　　数　205 千字
版　　次　2025 年 4 月第 1 版第 1 次印刷
定　　价　68. 00 元

谨以此书献给我的

父亲刘社田先生

母亲王文华女士

爱人齐丽华女士

及我最爱的孩子们

感谢你们陪我度过的无悔岁月，助我与科幻结缘，载梦飞翔。

自　序

　　仰望星空，才知道人类的渺小。寓居地球，无时无刻不在渴望傲游星际，去探索未知的宇宙真相。

　　但，人类能够飞出太阳系吗？至少目前为止，人类的飞行器还没有一个，能够飞出太阳系。也就是说，载人飞行器要想飞出太阳系，难上加难，更是遥不可及。因为，人在飞行器上，需要吃住、需要能源、需要农业、工业与科研做支撑。或许在新科技、新飞行方式的情况下，N 年后，可以飞出太阳系。

　　但，要满足以上条件，特别是人口能够在星际旅行中，形成繁衍。我们人类，永远也造不出，满足这个条件的巨大飞行器。即使造得出，地球上也没有足够的能力，将这个可以容纳数百万人生活、工作的飞行器发射出去。

那，人类怎么办？人造的飞行器不行，就只能从地球的卫星——月球，寻找突破口了。月球是地球唯一的卫星，人类登上过月球，对月球的研究大有收获。我想，如果人类能够用月球，作为人类进行星际旅行的载体，利用月球内部巨大的空间，足够人类在月球内部繁衍，并持续探索宇宙。

但，怎样才能捕获月球呢？这就是本书的设想，并邀请大家一起狂想。

刘义军

2025 年 3 月

目录

偷月计划

第一章

1

指挥中心的大屏幕上，量子物理学家阿兰-斯佩的头部照片特写定格着。

"吴部长，这件事发生多久了？"

刘博看到阿兰-斯佩照片的背景，不禁又多了些焦急。

"总指挥，我得到信息有半个小时。从事发到现在，估算总时间有两个小时了。"

刘博思考了一下。

"吴部长，你们对阿兰-斯佩的眼睛解读没有？"

"总指挥，我已经安排'灵眸交流系统'的专家进行解读，估计很快就会出来结果。"

吴天祥的工作能力无可挑剔，做事果敢、细心，这也是刘博最为欣赏的。

"总指挥，我们的'灵眸交流系统'这次可派上用场了，我们自己解读不就行了？"

田静在主控台前说了一句。

"田静，我们以前的'灵眸交流系统'有比较大的缺陷，这也是后来发现的。整个情况你也熟悉，后来我们把'灵眸交流系统'下线了，暂时停止使用。"

刘博叹了口气。

"所以，很多都停止使用'灵眸交流系统'了。幸运的是，阿兰-斯佩还没有卸载，这对我们来说真是一件幸运的大喜事。"

吴部长的话，也让大家的情绪好了起来。

"看来，我们的'灵眸交流系统'还需要加快推出 2.0 版，为今后的星际旅行与地球沟通，打好基础。也只有星际之间的交流，'灵眸交流系统'才是最合适的。用最短的时间，表达最多的内容，只有这样，才是星际旅行最好的通信手段。"

刘博感觉需要一个决定。

"田静，你给我接秦所，我和他通个话。"

"好的，稍等。"

"秦所，我是刘博。现在我和您再说一下'灵眸交流系统'，你们现在全力推进和完善，你有什么困难吗？"

"总指挥，上次的议案都在，我们按计划加快进度。您在的时候已经完成百分之六十左右，我估计很快就有结果。只是田静被调走后，我们的科研力量有所减弱，最好是给协调几个人员。"

秦大元说的是实情。刘博先走的，田静跟着也从所里走了，他们一个主战略，一个主战术。剩下的呆头鹅，是一个做执行的，确实是心有余而力不足。

"秦所，您看这样可以吗？我给科德列夫打电话，你们所也给他发邀请，让他以顾问的方式参与工作吧。我对科德列夫还是有信心的。"

"那太好了，科德列夫能来，可真是雪中送炭啊。我打着您的旗号，给科德列夫打电话，发邀请吧，这样更为合理。"

"好，那就这样，加速研发进程，希望超星际的沟通中，'灵眸交流系统'能够完美解决。"

"总指挥放心，我现在就去办理，再见！"

刘博刚结束与秦大元的通话，吴部长就在旁边提示刘博。

"总指挥，阿兰-斯佩的眼睛解读全部出来了，您看大屏幕。"

刘博转过身，抬头看着大屏幕。整个大屏幕全是阿兰-斯佩的表达内容。

吴部长一挥手，指示操作员。

"李博士，改语音播放一遍，与文字显示同步。"

"好的，马上就好。"

在李博士的操作下，阿兰-斯佩的声音传了出来。

"我操！完了！

"一从量子超级输送机月球端出来，我马上意识到两个问题。一个问题是量子超级输送机大获成功！另一个问题是这里的返回传感器按钮因为天气太冷而失灵了，我会在很短的时间内失去生命。这次月球之旅也太他妈短暂了，也太刺激了。

"好吧，我也该交代一下后事。

"关于量子超级输送机，是我和潘从无到有实现的，只是潘没有想到，我会成为全球第一个使用的人。我他妈的也是手欠，当我调试完量子超级输送机之后，并连接两机的控制系统时，一切还正常。可就在这时，发生了意外。

"在我走到量子超级输送机入口时，本想关掉启动开关。结果脚下一个趔趄，我就倒进了量子超级输送机里面了。还没等我反应过来，我就站在月球的量子超级输送机的外面了。我靠，月球真他妈的冷啊。

"不过，"

阿兰-斯佩停顿了一下，似乎是在活动了一会。

"我发现经过量子超级输送机的传送，我比较正常，小弟弟也还在。哈哈，看来分解传送过程中，没有任何损失，真是个奇迹。量子超级输送机的成功运行，为我们的量子超级绳索的安装，提供了大量的便利。这远比从地球发射火箭运载的方式快捷、安全，更节能。

"亲爱的家人们、朋友们，我快失去意识了，都是没有氧气造成的，窒息的感觉太难受了！如果有选择，我会穿上宇航服来月球。

"要说永别了，我爱我的妻子和孩子。我也很爱工作，如果可以重新选择，我永远还是选择这个工作，不会变。啊！那是……"

接着就是长时间的静默。

阿兰-斯佩的眼睛，让大家越看越充满了敬畏。

吴天祥确认播放完了，又重新看了一下。

"总指挥，我感觉阿兰-斯佩的话还没有说完，是不是发现了什么？"

"我也在思考这个问题。最后阿兰-斯佩的一声'啊'，让人揪心啊。这声，究竟是人在失去意识时的绝望，还是看到了什么后的惊讶呢？还是看到的景象让他惊讶，还没有反应过来，就失去了意识呢？"

刘博一说完，又是短暂的沉默。

"总指挥，我认为阿兰-斯佩是看到了什么而发的惊讶声，然后就陷入无意识的状态。所以，他看到的，没有来得及表达出来。"

田静赞同刘博的第二个分析。

2

"接贵阳基地潘部长。"

"好，潘部长从信息汇报过来，就等着您。"

吴天祥与潘建东在刘博到来之前聊了一会。基本都是客套话，双方刚认识不久，对彼此的领域熟悉不多。

"总指挥好，我是潘建东。"

指挥中心大厅的屏幕上，与贵州基地的控制中心连在一起，潘建东的三维影像也实时出现。

"对于阿兰-斯佩的事情，是我的失职，很抱歉。首先我向总指挥做一个检讨，那就是我在研究量子超级绳索时，我和阿兰-斯佩同时研制了量子超级输送机。量子超级输送机的目的，是点对点地快速超远距离运输人、物，可以做到分秒即到。这个设计的初衷，是地球与外星的一个点对点运输，目前来看，是非常成功的。

"现在我身后的就是量子超级输送机，高四十米，宽六十米，一般的物体和人都可以点对点地运输。如果有超大的物体，这部量子超级输送机可以无限地加宽加高，以适应特殊的运输要求。随着量子超级输送机的加宽、加高，对应的量子超级输送机也同步加宽、加高。所以，从运输角度而言，是目前全球最先进的。

"量子超级输送机最大的缺点是，目前的能耗略高。现在这台量子超级输送机，开机一次需要耗费近一亿千瓦时。如果量子超级输送机加大到一倍，耗能则高达近三亿千瓦时。就此而言，目前这个量子超级输送机的规格，是最经济的，也是实用性和性价比最高的。

"目前的量子超级输送机代号为 LZ1000。上周我们基地与月球同步安装完毕，月球上的量子超级输送机的配套设施很多，包括大量的月面光伏发电厂、储能中心等，整个工程耗资十万亿元。我们贵州基地的电能配套好，只建量子超级输送机就行，于今天下午两点调试完毕。

"我去了趟卫生间，回来就找不到阿兰-斯佩了。经过查询量子超级输送机的使用情况，才知道阿兰-斯佩已经到了月球。我们通过在月球的控制系统，把阿兰-斯佩的图像与生命特征都汇报给指挥中心了。这就是这件事情的前因后果。"

潘建东说完，一脸的羞愧。

刘博听完，也就明白了。贵阳基地在研制量子超级绳索的同时，也为了便于在月球安装相关的设施，又同步研制了量子超级输送机。量子超级输送机调试的同时，阿兰-斯佩误触而跌入量子超级输送机中，成了量子超级输送机的第一次运行对象。

"潘部长，这些因素我们都先放一边。您认为，我们目前能够做什么，怎样救援更为合适？"

刘博不再究问事由，而是转到最为紧迫的救援上，这才是当务之急。

"总指挥，因为月球上的光伏电站与储能中心刚启用，目前不能支撑量子超级输送机开机运行。从储备的能量来看，估计还要两天左右，因为每开机运行一次，需要一亿千瓦时。阿兰-斯佩的开机试运行，已经耗尽了月球储能中心的电力，只能等储能中心达到电量充足才能运行。

"另外，在月球的量子超级输送机的返回运行按钮失灵，我估计是传感器需要更换。这需要我们的工程师到达月球，到量子超级输送机才能完成。而这需要时间，特别是阿兰-斯佩在月面暴露的时间越长，对于救援越不利，留给我们的时间不多了。"

潘建东的焦急，刘博及指挥中心的人都能感受得到，也是为阿兰-斯佩的命运，捏了一把汗。

"潘部长，量子超级输送机把人或者物能够送到点对点的位置，对生命体有没有什么要求？"

刘博在想到一件事后，突然问潘建东。

"总指挥，您的意思，我没听明白，能说得详细一点吗？"

潘建东没懂刘博要表达什么，所以问刘博。

3

"哦，没什么，只是想到一个问题，对了，潘部长，现在阿兰-斯佩处于月面的什么位置？"

刘博没有回答潘建东的问题，因为自己觉得尚不成熟，免得说的时间久了，耽搁救援的宝贵时间。刘博现在迫切想知道阿兰-斯佩的确切位置。

"报告总指挥，阿兰-斯佩在月面风暴洋的阿里斯塔克环形山脚下。具体位置是北纬60度、西经80度的量子超级输送机旁边。因为这里是月面的边缘，所以白天的温度并不是很高，现在的温度为12摄氏度左右。"

潘建东当初选择这里作为建设量子超级输送机的支撑点，是这里与丰富海的朗格诺林环形山相对应，只是目前他还没有向刘博汇报，就出事了。

"既然量子超级输送机暂时不能使用，即使使用，也是两天以后了。那就剩下一条路，派宇航员前去救援了。接应急管理部王部长，文昌航天中心。"

刘博认为，既然点对点的快捷路径暂时不通，只能是用原来的老方式，更为可靠。

"总指挥，阿兰-斯佩的事情我看过通报了。您有什么救援计划，直接安排就行。"

王部长一如既往的爽快风格，强执行。

"王部长您好，现在的地月距离多少？我们的宇航员随时可以出发吗？"

"总指挥，现在的地月距离为三十八万三千公里，是地月距离的中间值。我们中心一直有五名宇航员处于随时出发的状态，这方面您可以放心，保证完成任务！"

王部长在发射中心，也是刚到不久。

王部长不愧是应急管理部部长，在接到阿兰-斯佩的事件通报后，立即起身，直奔发射中心。王部长到发射中心以后，尽快了解了相关情况。

"有没有具体的应急方案？"

刘博这样问，自有他的目的。任何航天航空行动，都有应急预案。而且还要有预案中的预案，这是为宇航员的生命安全做的最后一道保障。

"报告总指挥，对于月球救援我们这里有预案，特别是针对个人的救援预案比较详细，我马上发给您。另外，我们的航天飞机可以在六小时后发射升空，这是第一个时间窗口，第二个时间窗口在十小时以后。

"还有，宇航员杜前程、杨海、加斯林、丹-布朗准备就位，只等量子超级输送机的工程师了。工程师没有航天航空经验，这是我最担心的地方。"

王部长把工作的准备和担忧一并说完，征求刘博的指示。

刘博听完，这确实是个问题，没有任何航天航空经验的人，进行一次太空飞行并执行月面设备维修任务，这个挑战，确实让人担忧。更担心的是，会不会拖累整个救援计划？

"潘部长，您那里的量子超级输送机工程师一共有几个人选？有航天航空经验的有没有？"

"总指挥，我们这里有七个相关的工程师，只有两个人是航空爱好者，但他们只有高空跳伞经验。也仅有这两个人，可供去执行救援任务。"

潘建东把两个人的资料展示在大屏幕上：

刘正洋，男，36岁，机械工程师，有两年专业维修经验……

段世堂，男，41岁，机械工程师……

刘博注视着两个人的简历，其中刘正洋的航空跳伞成绩更为优秀，证明他反应和技巧能力更好一些。

"王部长，您倾向于选择哪一个工程师？"

刘博不是踢球，他相信王部长对于应急事件的处理更为理智、更为合理。自己不做判断，是不想因此而有差错，引发更大的危机。

"总指挥，我选刘正洋。从年龄和跳伞经验来看，他更适合一些。"

"好，那就选刘正洋。马上通知刘正洋，让刘正洋去发射中心报到，同时携带所有的维修部件和工具，确保任务顺利完成。同时，刘正洋到达发射中心后，立即进行航天技术特训，以使他对本次的任务有最多的相关知识与经验，来顺利完成接下来的工作。"

"好，立即执行。"

4

一架小型飞机正在横断山脉上方飞行，高度 5000 米，时速290 公里，风速每秒 2.5 米。

"接近目标区域上空，请雄鹰做好准备！"

"收到，雄鹰一号明白！"

"雄鹰二号明白！"

"雄鹰三号明白！"

机长听到三人回答后，使飞机的飞行姿态保持稳定，把模式转为自动驾驶。

机舱内井然有序。

机舱内的四个人，在老 A 的带领下，让他们相互检查彼此的降落伞包、应急用具、通信工具、一份简餐。

老 A 把机舱门打开，耳边猛然增大的风噪，传进了机舱内每个人的耳中，说话的清晰度直线下降。

老 A 做了个准备的手势。

雄鹰一号走到机舱口，做了最后的检查。

老 A 向机长请示。

"机长、机长，雄鹰准备完毕，请求跳伞！"

"一切正常，可以跳伞。"

直到等到机长的回答，老 A 做个手势，让雄鹰一号准备跳伞。

雄鹰一号与老 A、雄鹰二号、雄鹰三号相互击掌后，纵身一跃，跳了下去。

老 A 向下看了看，一切正常。

等了一分钟。

老 A 示意雄鹰二号可以跳伞。

雄鹰二号与老 A、雄鹰三号相互击掌鼓励，也纵身跳了下去。

老 A 观察一下，回过头来，示意雄鹰三号走到机舱门。

雄鹰三号到舱门处站稳，老 A 拍了拍他的肩，对他竖起了大拇指，示意雄鹰三号可以跳伞了。

雄鹰三号纵身一跃，跳到了空中。

大约经过了 20 秒，雄鹰三号一拉左手的伞绳，顿时感到被人向上猛地拉了一把。抬头看时，引导伞已经打开。

雄鹰三号抬手看了看手腕上显示的地理位置及降落地点。

现在高度 3000 米，距离降落地点还有四公里。

雄鹰三号调整引导伞向降落地点方向，远远地看到雄鹰一号的红色伞在前方，平稳降落。

雄鹰二号呢？

雄鹰三号向左右看了看，也没有发现雄鹰二号。又回头时，发现雄鹰二号的黄色降落伞正在自己身后的下方，正在逐渐地向雄鹰一号靠拢。

"雄鹰三号呼叫雄鹰二号，呼叫雄鹰二号，你怎么到我身后了呢？不符合常理啊。"

"回复雄鹰三号，天有不测风云，你不知道吗？就在我跳出机舱后，刚打开引导伞，迎面而来一阵横风，把我的伞衣都给吹破了。我下降高度躲过横风，只好用备用伞降落了。这次跳伞，真的是有惊无险。好几年没有遇到横风了。"

"雄鹰二号，你很幸运，跳伞运动如果遇不到横风，真的没有什么激情。"

"是刺激、是幸运。第一次经历时，吓得我都尿裤子了。幸好跳伞训练课学得认真，还有老 A 的及时指导。不然，那次估计我就挂了。"

"真的假的，有这么危险？真想体验一把，也感受刺激是什么感觉。"

"乌鸦嘴，遇不上最好。真的突然来了横风，束手无策的绝望和伞包破裂后的惊魂，会让你沙雕的。哈哈。"

"呼叫雄鹰二号、呼叫雄鹰三号，你们两个别聊了，注意周围方向，做好伞降准备。我距离地面落点不到 500 米，我先降落了，我在地上等你们。"

"收到,雄鹰一号辛苦了。到了地面给我们做向导。"

"没问题,你们注意调整方向、注意风速。"

三个人陆续在预定地点降落,摘了安全头盔,各自收拢伞包。

"你们两个没有遇到过横风,是幸运的,但不幸的是,就如温室里的花朵,注定是假的雄鹰啊。"

雄鹰二号边收拢伞包,边调侃他们两个。

"刘正洋,你现在在哪里?"

突然雄鹰二号的电话响了起来。

"我?刚跳伞下来。成都附近,你是哪位?"

"我是应急管理部王部长,现在要你马上赶到发射中心,你有问题吗?"

"没有问题!可是我怎么去啊?"

"我马上派直升机接你去机场转机,但你离发射中心有点远,耽搁时间啊。"

5

"现在,我把我们的任务做一个安排,希望大家恪尽职守,尽快完成任务,早点回家。"

杜前程是本次重返月球救援的五人组组长,对于马上开始的月面救援，大家都信心满满。在听到队员们坚定的回答后，杜前程开始分工。

"加斯林留守登月舱，为我们救援小组提供信息保障和后勤支持。"

"是，没问题，我为大家提供各种保障。"

加斯林，42 岁，E 国血统，有丰富的空间站工作经验。由加斯林来完成这个工作，是最佳选择。

"杨海、刘正洋，携带工具和备件，抓紧时间修复量子超级输送机的返回传感器，注意要抓紧时间。"

"放心吧，我们俩会尽快把它修复好，只是月球的活动与地球的完全不同，刘正洋需要一个适应的时间。"

杨海是老宇航员，各类航空航天经验丰富，自然知道刘正洋的处境，需要时间来适应。特别是把刘正洋从伞降地方接回来，到降落月球，也不过用了 24 小时。

"人生难得在短时间内有两次降落，一次降落在地球。这次在月球，是我今生没有想到的。为了救援阿兰-斯佩，我的工程维修没有问题，请杜组长放心。"

刘正洋的心情，现在还处在兴奋与惊喜之中没有恢复正常。换了谁，也这样。跳伞运动刚结束，就降落到了月球，这是任何一个普通人做梦都想不到、实现不了的。而今的一切，都在刘正洋身上发生了，这怎能不让人使命感大增呢！

"我和丹-布朗负责查看阿兰-斯佩的情况，并做必要的防护措施。在杨海与刘正洋修复量子超级输送机的返回传感器后，迅速检查量子超级输送机的开机情况，我们再决定后续的工作。"

"另外，我们的宇航服可以让我们在月面连续工作八小时。希望大家记住这个时间节点，完成我们的救援任务，都听明白没有？"

杜前程大声地问道。

"听明白了，共同完成救援任务！"

大家围成一圈，用右手相互碰打一下。

"好，救援行动开始！"

五个人各负其责，把应用器材和备用品装上月球车，检查完毕，开舱出发。

6

"报告指挥中心，救援小组已到达指定位置。杨海与刘正洋正在修复量子超级输送机的返回传感器。我与丹-布朗已经来到阿兰-斯佩身边。"

刘博、王部长、吴天祥、田静等都在看着大屏幕。

显示器中，杜前程与丹-布朗正在接近阿兰-斯佩。

"报告指挥中心，阿兰-斯佩体温 12 摄氏度，没有生命意识，现在将阿兰-斯佩的身体数据传递回去。"

"好，你们辛苦了。请对阿兰-斯佩进行详细的检查，然后汇总给指挥中心。"

"收到，救援小组明白。"

杜前程与丹-布朗的动作，因为月球引力的关系，略显笨拙、迟缓。

"王部长，马上请专业医生分析传来的阿兰-斯佩的所有身体数据，希望能有个奇迹。"

"但愿吧，请把阿兰-斯佩的所有身体数据，上传给航天中心医院，请方院长亲自参与诊断。"

王部长看了看刘博。

"总指挥，你是不是有想法？"

刘博也看着王部长，两个人心意相通。

"我想试一下，不知道有多大的把握。"

刘博把目光转向杜前程的救援小组，期待更多的数据传过来，再传出去。

"可以试。说句难听的话，死马权当活马医。这也是心怀希望的办法，也是为今后的工作，开创一种新的尝试。我支持你！"

王部长明白刘博的想法，支持刘博尝试一下，这是全新的领域，更是为未来的医学提供了一种可能。

"报告指挥中心，我们对阿兰-斯佩的身体检查已经结束。初步诊断，阿兰-斯佩的身体状况为暂休眠状态。因为缺氧与低温，阿兰-斯佩的身体失去意识，但身体的细胞组织，目前还没有衰退的迹象。"

方院长的汇报，让刘博感觉希望大增。

"方院长，阿兰-斯佩在这种情况下，我们需要哪些措施比较好？他现在可是在月球。"

"总指挥，他的身体状况，犹如在无氧的状态下暂停，但时间不宜过长。最好是能够送到航天中心医院，我们的诊断或许更为全面。"

"好，你们医院做好相应的接收准备。只要阿兰-斯佩回来，希望有个奇迹。"

"我们医院时刻准备着，您放心吧。只要他回来，其他的工作交给我们。"

7

救援小组降落在月球六小时之后。

"杜组长、杜组长，刘正洋已经修复量子超级输送机的返回传感器。经检测，可以随时开机。"

杨海向杜前程汇报维修进展。

"你瞎嚷嚷什么？我只是修好了返回传感器，也就是说输送回地球物品的开关，好了而已。但是量子超级输送机的开机还是不行的，因为能量还不够。"

刘正洋一脸责怪的表情看着杨海，感觉宇航员的水平也就这样，不懂，瞎汇报。

"你不是说修好了吗？我以为是可以随时开机呢，你表述不充分啊。"

"切，自己不懂，还怪别人。"

"我要是全懂，我也是工程师了，我学的是航空航天，没有学量子机电。我汇报错了，我向你道歉行了吧？"

"道歉有什么用，只是让组长觉得我们做事急躁。"

刘正洋看了看杨海，又开始检测量子超级输送机的整体情况。

杨海也服气，毕竟术业有专攻。

"杜组长，刚才我的汇报有误，是返回传感器更换好了，可以正常使用，目前还不具备开机条件。"

"明白了，刘正洋，我们现在还等什么？"

"杜组长，我们的量子超级输送机每次开机，都需要约一亿千瓦时的电能。上次阿兰－斯佩开机后，电能需要补充才行。我刚才检查了一下储能中心的电量，储能电能已达近百分之九十。如果再等几个小时，就可以开机运行了。"

刘正洋一边检测，一边回复杜前程。

杜前程一听，还要几个小时才能开机，等的时间也太长了。

"刘正洋，你们的设备需要等多久才能够开机？开机一次能够运行多久？"

"杜组长，开机运行一次，最短可以在半个小时，这已经是最节能的方式了。"

"这个效率没有问题，是不是能源充足的情况下，量子超级输送机随时可以开机？"

"肯定的，能源充足，可以随时开机。"

"那你们在月球建立的光伏电站和储能中心为什么不加大几倍？那样不就可以随时用量子超级输送机了吗？"

杜前程问得挺到点，既然安装一次，那就按照长时间、高使用频次考虑。

刘正洋听到后白了白眼，

"你以为我们不想？我们更希望每天开机几个小时。但这种情况下，月面的光伏电站需要再增加几百平方公里那么大，储能中心也需同步增大。你知道这个工程量有多大吗？"

刘正洋太熟悉这些参数了，但是在费用与工期的综合考虑下，他们的这台量子超级输送机，其实是验证机、样机。只不过他们直接拿来使用了。

"这倒也是，真要达到那种效果，航天飞机不知道需要往返多少次，那就不仅仅是成本的问题了。"

杜前程第一次感觉到自己问得有多唐突。

"我们设备维修好了，你们也给阿兰-斯佩做了检查。我们的任务就算完成了吧？"

刘正洋收拾检测设备、装备装到月球车上，做好回返回舱的准备。

"你不了解情况。指挥中心要求我们把两件事做好后，原地待命。现在我们在等待新的命令。你和杨海再查看一下量子超级输送机吧，要确保万无一失。"

杜前程是老航天员，自然懂得航天的所有流程，更懂得怎样执行。指挥中心让把阿兰-斯佩的所有检查参数实时发回，但没有进一步的指示。

而等待的时间，没有约定的。没有指定时间的等待，尤为让人心烦。更为烦的是，在远离地球三十八万多公里的月球上，穿着宇航服的救援小组，等待更是煎熬。

为了排解煎熬，杨海与加斯林开始侃大山，聊起了北国风光的种种趣事……

8

"总指挥，月面量子超级输送机能量储备中心电量充足，可以进行传输任务，请指示。"

贵阳基地的潘建东，及时向刘博汇报相关情况，为刘博的决策助力。

刘博点点头。

"潘部长，刘正洋工程师操作开机运行量子超级输送机没有问题吧？"

"没有问题，刘正洋对设备很了解，这个工作可以授权刘正洋。"

"好的。"

刘博看着月面上的救援小组，又想了一会。

"王部长，我想让阿兰-斯佩再从量子超级输送机回来，您有什么想法或者建议？"

王部长没有思考。

"怎么去的，怎么回来。这样的做法是常规操作，特别是在这样的情况下，虽然很多未知的事情会发生，但总要试一试。"

王部长谨慎又不失中肯，让刘博坚定了自己的想法。

"潘部长、方院长，我决定用量子超级输送机把阿兰-斯佩传送回来，你们有什么建议？"

"总指挥，我赞成阿兰-斯佩由量子超级输送机传送回来。这样对他就是一次机会，也是一次奇迹之旅。"

潘建东这样说，也是有根据的。这部量子超级输送机本就是他们两个人的合作结晶，也信得过自己的技术。

"总指挥，我们医院派人到贵阳基地做好接人准备。这样可以提前介入诊疗，再回发射中心医院，我们详细地做分析研究。"

"那好，既然我们准备工作也到位了，我们就让阿兰-斯佩从量子超级输送机回家！"

刘博也查看了一下月面储能中心的数据。

"王部长，您下令吧，让他们送阿兰-斯佩回家。"

"好的，我现在让他们把阿兰-斯佩送回来。"

王部长核对了一下数据。

"刘正洋、刘正洋，听到请回答。"

"我是刘正洋，指挥中心有什么指示？"

"我是应急管理部王部长。现在我命令你负责把量子超级输送机检查、开启。根据数据显示，月面储能中心的电量，已经达到开机要求。"

"收到，储能到位，开启量子超级输送机。"

刘正洋一边汇报，一边按动量子超级输送机的启动开关。整个量子运输机好像有了生命，一排指示灯逐次亮了起来。

"杜前程，你们三人负责把阿兰-斯佩送进量子超级输送机。注意对阿兰-斯佩不要乱动，保持姿势最好。听明白请回答。"

"报告王部长，救援小组明白。把阿兰-斯佩送进量子超级输送机，并使其保持现有姿势。"

杜前程对命令的执行已经养成了习惯，不问，快执行，已经成了整个航天中心的楷模。曾有人打趣杜前程，你只是一个应声虫式的作案工具吗？

杜前程笑着回答说，我们宇航员，在执行任务时了解的信息少，特别是对任务的本身与背景，了解得不如领导们多。你不执行，你还能做什么？

"好，开始执行命令。"

"保证完成任务！"

杜前程招呼丹-布朗、杨海，三个人将阿兰-斯佩围起来。杜前程双手抱住阿兰-斯佩的两个胳膊下方，杨海与丹-布朗各抱阿兰-斯佩一条大腿。三个人笨拙地抱着阿兰-斯佩走向量子超级输送机的入口。

刘博他们在指挥中心仔细观察着救援小组人员的每一个

举动。

在月面活动与地面完全是两回事，特别是宇航服的笨重减少了救援小组的感触及反应速度。

杨海抱住阿兰-斯佩的大腿后，向量子超级输送机走了才两步。脚底下一个坑，一脚踩深了，杨海向前倒下去。牵连杜前程、丹-布朗、阿兰-斯佩顿时人仰马翻，一起倒在了月面上。

指挥中心的人，看到他们一起倒下去，顿时紧张了起来。

杨海是最先倒下去的，也是最先爬起来的。看了看脚底下一个深达三十厘米的坑。

"哎，一个深坑，可害苦我了。抱着大腿看不清楚路啊。"

"别叨叨了。杨海，快过来，把我拉起来。"

丹-布朗被阿兰-斯佩压在身上，又不敢乱动，更不敢把阿兰-斯佩推到月面上。

杜前程略微好些，阿兰-斯佩的头、胸像是睡在他的怀里。只是杜前程没有抱怨，也没有动，似是在想着什么。

"杨海，你先别动。刘正洋，你快过来帮我们。你和杨海一起把阿兰-斯佩抱起来。"

这是杜前程目前所能想到的最好的办法了。

刘正洋马上走了过来，刚才的一幕他看得清清楚楚，他们的慢动作式摔倒，反而把刘正洋看乐了。

刘正洋与杨海，一人抱住阿兰-斯佩的胳膊，一人抱着阿兰-斯佩的大腿。杜前程与丹-布朗顿时觉得身上轻松了很多。

"你们两个人少用力，别撕扯坏了阿兰-斯佩。丹-布朗你先跪着再起来，我们一起同步站起来。"

杜前程听见他们都同意，就开始喊。

"一、二、三、起！"

三个人相互观察着，慢慢地同时站了起来。

"好，我们三个人步调一致。这次均衡了，千万别再出问题了，不然，阿兰-斯佩会在梦里骂你。"

刘正洋不痛不痒地说了一句。

杨海可就挂不住脸，这不是说他吗？

"梦里骂什么倒无所谓。真要是从量子超级输送机送回去，可别因为某人的操作失误，少了小弟弟。阿兰-斯佩会梦里去找他。"

"你们少说风凉话，专心走好自己的路。"

杜前程一发话，他们两个也就专心抬着阿兰-斯佩走到了量子超级输送机的门前。

"大家慢一点，先把阿兰-斯佩放在量子超级输送机的传送带上，慢一点。"

刘正洋指挥着，毕竟，这里才是他的主场。

"杨海你慢点！你这么着急干什么？要不你和他一起回去。"

刘正洋看到杨海正在把阿兰-斯佩向传送带里面再推推。

"我暂时不想和他一起。如果量子超级输送机传错了，我俩的零件互换了，不就麻烦了吗？"

杨海可不傻，暂时不想冒险。

"放好后你们走开，我启动传送带，我们的任务就完成了。"

刘正洋边说边做，目送阿兰-斯佩被送进量子超级输送机内，量子超级输送机入口的密封门放了下来。

"报告指挥中心，阿兰-斯佩已经进入量子超级输送机，是否传送，请指示。"

杜前程的声音顿时让指挥中心的人醒了过来，全神贯注地看着刘正洋，而忘了杜前程才是救援小组的组长。

王部长接过话来。

"请开启量子超级输送机，把阿兰-斯佩送回来。"

"是，启动量子超级输送机，让阿兰-斯佩回家。"

杜前程重复了一下命令，同时又对刘正洋重复一遍。

刘正洋点点头，用右手的拇指压向传输开关。

传输指示灯亮起三秒后，控制屏上显示：

"传送任务已完成！"

"我靠，这么快？"

杨海觉得不可思议！

"是不是不信？你有胆量，可以试一试。让杜前程组长向指挥中心汇报一下，这都不是难事。"

刘正洋对杨海的惊讶不以为意，反而怂恿他。

"别了，中外有别。要不让丹-布朗搭个顺风车回去吧。嗨，丹-布朗，你想体验一下吗？"

杨海马上转过头，问丹-布朗。

"你想用激将法？没用。你一肚子坏水，没安好心。"

丹-布朗笑了笑，看着杜前程。

意思是，我们的任务完成了，是不是该起航回程啊？

"是的，我请示指挥中心。"

杜前程向王部长请示：

"报告指挥中心，救援小组任务已完成，是否启程回程，请指示。"

"救援小组，救援小组，你们任务已完成，请尽快返航。"

王部长心里一颗石头落了地，救援小组可以启程回来了。

"是，救援小组返航。"

杜前程与组员将装备检查一遍，刘正洋将量子超级输送机关闭，陆陆续续登上月球车，开向返回舱。

"刘，这次月球之旅结束了，你有什么体会？"

丹-布朗看着刘正洋问道。

"我？宇航员有什么了不起吗？不就是个飞船的乘员嘛，只是起降比较难受一些而已。我这不也可以来回吗？"

"癞蛤蟆是怎样飞起来的？"

杨海的话，让杜前程他们都笑了起来。

9

"报告总指挥，阿兰-斯佩已经从量子超级输送机中回来。现在方院长及其医疗团队正在给他做全面检查。"

潘建东兴奋地向刘博汇报。

"好的，我们等方院长的诊断结果。"

刘博注视着救援小组从月球上撤离，从他们登上月球车到达返回舱、到点火升空。刘博知道，他们的回程刚刚开始，心里的担忧并没有减少多少。

"报告总指挥，方院长有话对您讲。"

潘建东的话，打断了刘博的大脑溜号。

"总指挥，我是老方。通过我们刚才对阿兰-斯佩的全面检查，我们有三个方面的事情，向您汇报一下。首先是阿兰-斯佩的身体状况，通过抢救，体温及器官逐步恢复正常功能，这是一件大好事。不过，还有一个令人匪夷所思的事情，那就是阿兰-斯佩的大脑没有任何记忆。眼睛里的信息，也完全没有了。更令人震惊的是，阿兰-斯佩的脑组织，接近百分之九十八的都不见了，头部却没有任何伤口或者手术的痕迹。"

刘博听完方院长的汇报，感觉到事情的严重性。再联想到阿兰-斯佩最后的一声"啊"，阿兰-斯佩最后经历了什么？

刘博不解的，更是方院长不解的。整个救援行动，带回来的是一个被掏空了脑组织的行尸人？

刘博命令指挥中心的工作人员，尽量收集阿兰-斯佩出月球的量子超级输送机后的影像资料。刘博的命令还没有下完，大屏幕上传来杜前程的声音。

"报告指挥中心，报告指挥中心。返回舱在飞离月面 10 公里处，发现阿里斯塔克环形山的底部全部打开，露出一个黑洞，直径约五公里。"

杜前程的报告，声音中带着恐惧。以前认为月球的环形山是月球与陨石相撞的结果，当你看到山底露出一个直径五公里的黑洞时，莫名的恐惧，让杜前程慌了。

刘博现在已经看到了阿里斯塔克环形山底部巨大的黑洞，这个黑洞是什么时间形成的？或者说，是什么时间洞口大开的？

"杜前程，做好记录与观察，全速返航！"

王部长当机立断，救援小组此刻安全返航比什么都重要！

"是，全速返航！"

杜前程的应答干脆利落。

过了不到十分钟，阿里斯塔克环形山底恢复如初，似乎本来就是这个样子。

目睹这一切，不管是救援小组的成员，还是指挥中心、发射中心、贵州基地的人员，都目瞪口呆。

刘博边看着阿里斯塔克环形山底的黑洞消失不见，更是没有看清楚怎么就恢复如初的。心中更是对外星，特别是外星生物的智慧水平，感到望尘莫及。

"全体都有，今天发生的任何事情，在没有调查清楚之前，不得向外界扩散，违者按杀人犯判处。另外，方院长马上带着阿兰-斯佩回发射中心医院，全力解开阿兰-斯佩大脑之谜。"

"明白，立即执行。"

刘博听到王部长、潘建东、方院长的答复，忽然感觉身体的疲劳与沉重，瘫坐在了椅子上。

第二章

1

杜前程他们全神贯注地观察着阿里斯塔克环形山底，自环形山底的黑洞关闭后，大家反而察觉到一丝不安。

"杜组长，您以前见过环形山底的黑洞吗？这么大一个环形山山底，说开就开、说关就关，这得多大的智慧和能量啊？"

刘正洋感叹地问杜前程。刘正洋第一次参加救援小组，也是第一次太空之旅，尤为兴奋。

"刘正洋，我想这不仅是我们的第一次危机，估计所有人，都是第一次看到月球的环形山底原来是可以开合的。令我感到费解的是，阿里斯塔克环形山底开启后，我们看到的是黑洞。但黑洞里有什么，我们完全是未知的。如果能够弄明白阿里斯塔克环形山底内部的情况，我想，我们可以获得诺奖。"

　　杜前程半是思考，半是玩笑的话，让大家都笑了起来。这次执行任务尚算顺利，安全返航就是胜利。杜前程执行了很多次航天任务，面对复杂的局面，也是应对自如。

　　"杜组长，这次任务执行完，我和丹-布朗回次老家，好久都没有回老家了。我们休假，您可要多批准几天。我们的生活您也知道，要么执行任务，要么是准备执行任务。和家人在一起的时间少，而和孩子回老家的时间要三四年才有一次，希望这次可以如愿。"

　　加斯林的故乡冬景很美，总是让孩子们念念不忘。而反过来就向加斯林哀求，加斯林也就同意了。

　　"为什么你和丹-布朗一起？你们又不是一个地方的？"

　　杨海发现他们两个人过从甚密，总是有点酸酸的感觉。

　　杜前程和丹-布朗笑了。

　　"杨笨蛋，你想知道吗？"

　　"你才笨蛋呢，还是个洋笨蛋。"

　　杨海笑着去追丹-布朗。

　　"看看，君子动口不动手。是不是没理了？只能用动武来掩饰自己是笨蛋了？"

　　丹-布朗的嘴真损，让杨海打也不是，骂也不是，站在了丹-布朗面前。

　　"洋鬼子懂中文——损得很啊！我们以后还能不能愉快地玩耍？"

　　"没问题，不过你可要学习提高自己。"

"我靠，整天打雁，今天让雁啄了眼，我自认倒霉。"

杨海的哀叹，引来舱内的笑声不断。

"咳、咳、咳，杨海，你笑死我们了，差一点小便失禁。你这水平，不被欺负才怪呢。你的宇航员是怎么考核进来的？还是凭关系进来的。"

刘正洋乘机也损杨海。

"也罢，墙倒众人推。我们宇航员都是过五关、斩六将进来的。你以为都像你，直接可以上天？你想什么呢？"

杨海撇了撇嘴，不理他们了。

"刘正洋，宇航员没有你想的那么简单。"

杜前程适时地笑着对刘正洋说道。

"航天飞机或者宇宙飞船的动力系统、通信系统、控制系统、逃生系统、生活系统等等，都是我们常规项，都熟知、都要有解决突发问题的能力。另外，每次的航天任务不同，每次的任务都要仔细研究、制定工作方案。可以说，航天是一个系统的大工程，远不是你跳伞可比的。"

"明白了，我只是临时走个过场呗。"

"正是，而且还占用我们的载荷。"

"去你的！"

刘正洋一听就知道在损他。

2

"报告杜组长，我们的通信系统出现故障。系统检测显示，我们的通信天线出了问题，需要出舱更换。"

加斯林的一句话，让舱内的欢笑气氛顿时冷了下来。

"通信故障什么时间发生的？"

"刚刚系统提示的。看到提示后，我试图联系指挥中心，结果都是忙音，的确无法连接了。"

加斯林双眼紧紧盯着操作台，查看相关数据。

"我们的通信备用系统呢？"

"没有备用系统，只有备用天线模块。如果要修复，只能出舱更换维修。"

"我们在什么位置？"

"报告组长，我们的返回舱刚升到绕月轨道，离我们离开绕月轨道，还有大约两个小时的时间。"

"舱外维修是个麻烦活。"

杨海嘴里嘟囔着。

杜前程看了看杨海，他当然知道舱外维修的风险，特别是更换通信天线模块。

"我们返回舱的通信天线模块损坏，已经无法正常与指挥中心联络了。这个问题很严重，如果我们不更换通信天线模块，那么我们的返航，将是一场奔赴地球的死亡之旅。没有地面指挥中心的帮助，我们是无法安全降落到地球的，这一点大家都知道。"

杜前程的目光看向每一个人，又从每一个人的脸上移开。确实，大家都明白面临问题的严重性。

"所以，我们必须马上开始进行舱外的维修工作，如果两个小时后，我们进入地月轨道，维修风险更大，成功率更低。"

"杜组长，我们明白问题的严重性，都听您的安排，您开始安排工作吧。"

丹-布朗认真地说着，这也是为全体人员的安全负责。

"好，按照我们内部的既定分工，本次的舱外通信天线模块的更换任务由丹-布朗和杨海执行。其中丹-布朗负责操作两台负重机器人配合杨海在舱外更换。都明白没有？"

"明白，马上执行。"

杨海坚定的回答，丝毫看不到他平时的松懈。杨海就是这样，每当遇到正事，必须正办！玩笑归玩笑，工作归工作，而工作却马虎不得。因为工作每一个细节都是人命关天的！

丹-布朗走向操作台，杨海则去了工具舱，先把两台负重机器人启动。让其中一台机器人，背负上通信天线模块，另一台机器人则背负使用工具。

3

丹-布朗操作一个机器人，正配合杨海进行通信天线模块的安装。

原来背负通信天线模块的机器人，送达后与杨海配合安装，并收拢使用的工具。原来背负安装工具的机器人，则背负拆下来的旧通信天线模块，先行回返回舱了。

"丹，再把机器人的起重臂抬高一下，刚才通信天线模块的底座高，没有固定准。先抬高，听我的口令再下放。"

丹-布朗盯着显示屏全神贯注地仔细操作着。

太空作业，可不像在地面。太空中物体的重量变得很小，而操作起重臂，更要谨慎。一不小心，不是高了就是低了，更需要熟能生巧的技术。

"好，吊装到位。保持不动，马上进行加固。"

"杨，你不用急，慢慢来。"

"你这话说的，在舱外心里总是提心吊胆的，心中没底。干完回舱，才能放心。明白吗？丹、丹、丹！"

"明白，我亲爱的杨。你先安心工作。"

"把工具给我，固定完就可以测试一下，我们就可以完工了。"

杨海说着，手里的工作却一点都没有停。

"好了，让加斯林测试一下。"

"好，稍等。"

丹-布朗向加斯林打了一个手势，意思是已经 OK 了。

加斯林点头会意，给通信模块通电、开机。

"告诉杨海，完美的一次舱外维修，让他快些进舱。"

"OK、OK。杨，你任务完成得很棒，你和负重机器人都马上回舱。"

"好，你先把负重机器人撤回返回舱，我再检查一下。"

"OK。"

丹-布朗操纵负重机器人背负工具，顺利返回舱内。

"什么东西正在快速接近我？啊！"

杨海的声音传到舱内，救援小组成员的神经立马紧张得浑身出汗！

在丹-布朗的显示屏上，只看到杨海的身体向上躺平，快速地向月面坠下去。

"杨海、杨海！你听得到吗？我是杜前程，我是杜前程！"

杨海还是没有回答，身体却在加速下坠。

返回舱内救援小组成员都感到惶惶不安。

"对杨海的大脑进行链接，用脑控技术对杨海链接，要快！"

杜前程感到极不寻常。宇航员在舱外作业，是不会急速坠向月面的，特别是在绕月轨道上。

加斯林通过杨海宇航服上的通信系统向杨海的大脑发送信息及调取杨海大脑的信息。而返回、反馈的却一直都是忙音。

"加斯林，马上向指挥中心汇报我们的情况，听候指挥中心的指示。"

"明白！"

加斯林呼叫指挥中心，把刚才发生的事情简要地叙述一遍，偶尔回答两句提问。

"杜前程，我是刘博。你们的通信天线模块损坏的时间内，我们都在担心，还好杨海出色地完成了任务。现在你们把影像设备对准杨海，争取看到杨海的眼睛，能否看到杨海的眼睛？"

"是！"

杜前程回答完，立即让丹-布朗操纵仪器，用最先进的太空望远镜对准杨海，并开始聚焦杨海的眼睛。

杨海眼睛的照片，从飞船很快传回地面指挥中心。刘博、王部长、吴天祥、田静等都在认真地看着，同时马上解读。但结果，却让人大惊失色，杨海的大脑已经没有任何信息了！

4

杨海大脑没有任何信息，可以判定为植物人。

当信息回到返回舱时，杜前程等人都惊呆了。

杨海出舱工作时很好，就因为突然的一声"啊"之后，活生生的杨海，大脑就没有任何信息了。特别是得知阿兰-斯佩返回地球之后大脑空了的消息时，救援小组感到的是死亡的气息。

杨海的脑悄无声息，是突然性的，因为杨海的生理特征轨迹在控制台都有显示。如果是意外，而且是制造的意外，那就绝对不是人类袭击造就的。

"报告杜组长，杨海坠落在阿里斯塔克环形山底部，不见了。"

一直在追踪杨海落向月球的丹-布朗突然向杜前程汇报观察结果，更让杜前程大吃一惊。

"你确定无误？"

"准确无误。从我们捕捉到杨海下坠的影像开始，直到他坠入阿里斯塔克环形山底，这里是全部的影像资料。"

"好，你马上传给指挥中心，让指挥中心再确认一下。"

杜前程感觉这件事非同小可。更为杨海的命运感到伤悲。是杨海出事了，坠入了阿里斯塔克环形山底，但并不能证明杨海死了。

更让杜前程不解的是，杨海出事时的绕月轨道，离阿里斯塔克环形山距离有三百多公里。而高度才六十公里，怎么会落到阿里斯塔克环形山山底呢？

再与阿兰-斯佩的脑组织消失这件事结合起来，难道说，月球阿里斯塔克环形山底的黑洞有更为可怕的智慧生物？主动攻击人？

杜前程想到这里，不禁感到全身的皮肤都起了鸡皮疙瘩，很紧张！

"指挥中心，指挥中心，我是杜前程，发给您的资料收到没有，请确认。"

刘博他们看完杜前程发来的资料，大家看后都有些后悔，早知道这个结果，他们或许不会派出救援小组去月球带回阿兰－斯佩了。

王部长通过绕月卫星拍摄的阿里斯塔克环形山的所有资料和杜前程发来的资料一对比，顿时惊呆了指挥中心所有的人。

5

"指挥中心呼叫救援小组，现在命令你们离开绕月轨道，全速返航，全速返航！听到请回答。"

"报告指挥中心，救援小组收到，全速返航！"

杜前程回答完，心中有些不甘。

"报告指挥中心，我想问个问题。"

"请讲。"

"杨海坠入阿里斯塔克环形山底，我们都没有任何办法施救。从感情上来讲，我心里确实过不去。救援小组也是，我们是来救援阿兰－斯佩的，救回一个，却失去了一个真正的活人、真的队友和朋友。我请求让我们再回去一次，查看真相，希望可以把杨海带回来。"

杜前程两眼湿润，因为他的队员、朋友，出了任何事情，他都有责任。

"杜前程，我们明白您和救援小组的心情。但现在我们面前的情况很复杂，与救援阿兰-斯佩时的情况已然完全不同，这一点，你们要明白。杨海坠入阿里斯塔克环形山底，这是我们谁也没有想到的，这是个重大的意外事件。另外，阿里斯塔克环形山底的黑洞，相信你们是第一亲历人。阿里斯塔克环形山底黑洞的情况我们都不了解，怎么能再让你们去冒险？"

刘博的分析也比较到位，只是刘博还有一句话没有讲明：阿里斯塔克环形山底的黑洞，我们都探测不到，这就是科技的差距。再往深了想，杨海极有可能被阿里斯塔克环形山底黑洞里的智慧生物给捕捉过去了。

刘博想到这里，也是很坚决要求救援小组全速返航的原因。刘博与王部长沟通，王部长也是很赞同，再也不能有返航的迟疑。

"报告指挥中心，我们这样惧怕阿里斯塔克环形山底黑洞，是不是很懦弱？连试一次的机会都不给我们？"

杜前程希望试一次，至少，他们希望看到杨海究竟是在山底还是坠入了黑洞里面。

"杜前程，执行命令，迅速返航！"

刘博不想再费口舌而浪费时间，更因为返回舱在绕月轨道每多一分钟，就多了一分钟的风险。王部长脸上也是表情沉重，他知道，刘博不敢，也不想让救援小组身陷险境。

杜前程知道服从命令是天职！

"报告指挥中心，救援小组即刻返航，即刻返航！"

杜前程走到控制台前的显示屏前，显示屏中的阿里斯塔克环形山底一如平常，没有任何变化。

杜前程举起右手敬礼。

"兄弟，我们小组暂时返航了。请你相信，我一定回来，带你回去！"

丹-布朗、加斯林、刘正洋也来到屏幕前，举手敬礼！

"兄弟，我们一定回来，带你回家！"

说完，救援小组沉默了三分钟。

大家明白，他们的这次救援任务完成了，却失去了自己的同伴、兄弟，等于这次任务失败了。再往深处想，他们的这次任务其实是真的失败了，而且还面临更大的危机。

"加斯林，调整返航，飞出绕月轨道，返回地球，并查看飞行参数。"

"是，调整航向，飞出绕月轨道，返回地球，并查看飞行参数。"

6

"报告指挥中心，我是发射基地医院的方洪金，我现在向指挥中心汇报几个新情况。"

"请讲。"

刘博对于阿兰-斯佩的检查尤为关注与担心，更急迫地想知道方院长想说的新情况。

"报告总指挥，我们对阿兰-斯佩的身体已经做完全面的检查，并请了专家会诊。我们得出一个统一的会诊意见书，现在已经发到指挥中心的大屏幕上，请您看一下。"

"方院长，您先说几个主要的会诊情况，我也同时看一下。"

刘博知道，会诊结果会比较长，看长篇大论，也不符合这件事的定性，知道主体事情就行了。指挥中心的大屏上，开始把方院长对阿兰-斯佩的体检诊断书逐页播放。

"报告总指挥，我院专家组会诊后，一致认为阿兰-斯佩的身体机能都没问题，也就是说，通过量子超级输送机传送回来的阿兰-斯佩身体是健康的。另外，我们对阿兰-斯佩的大脑做了细致的研究，确诊阿兰-斯佩的大脑整体失踪。当然，脑记忆肯定也不存在了。"

刘博听到这里，感觉阿兰-斯佩自己的失误，导致的月球一游，与杨海坠入阿里斯塔克环形山底绝不是偶然的。

"既然阿兰-斯佩的记忆与脑组织整体失踪，那阿兰-斯佩当时眼睛里的信息怎么解释呢？"

刘博自认不相信，既然阿兰-斯佩的眼睛传来的信息不会有假，那他的大脑与记忆是什么时间失踪的呢？

"总指挥，很抱歉现在才报告给您。阿兰-斯佩的眼睛信息也完全消失了。我们之前收到的眼睛信息，是他刚出量子超级输送机时的。而现在，完全消失了。"

"方院长，能查到阿兰-斯佩的大脑是什么时间失踪的吗？"

"报告总指挥，因为是从量子超级输送机返回地球的，这样没有留下生理痕迹。我也做一个检讨，在贵阳接上阿兰-斯佩时，对他全身检查，唯独忽略了他的眼睛，这是我的失职。"

方院长说到这里的时候，话语中略带有一丝呜咽的腔调。

"方院长，你不用自责，毕竟这样的事情我们都是第一次遇到。你还有什么发现？"

"总指挥，我们用超导检测仪对阿兰-斯佩的大脑组织里脑控传感器的纳米机器人实行跟踪时，检测仪器显示脑控传感纳米机器人依然很活跃。具体的方位显示竟然是阿里斯塔克环形山。"

刘博一听这个新发现，顿时来了精神。

"方院长，你确定吗？"

"非常确定。更为意外的是，在刚才的检测中，加测结果显示，共有两个人的脑控传感纳米机器人。"

"那另外一个一定是杨海的！"

"是的，我们调取了杨海的脑控传感纳米机器人的型号与数据，与检测结果完全一致。"

"我明白了，阿兰-斯佩与杨海坠入阿里斯塔克环形山底不是偶然的。现在的阿兰-斯佩，你们医院尽量使他延续生命特征，以待他日迎接他的大脑回归。"

"好的，总指挥。"

7

阿里斯塔克环形山底的黑洞里，到底有什么？

特别是对阿兰-斯佩、杨海的大脑窃取后，依然让两个人的大脑正常，他们/它们（以下统称"他们"）有什么目的？

刘博结合"末日邮件"的提示，感觉有必要对月球进行全面的解剖。早在今年初，刘博就安排勘测中心的部长李光四对月球进行实时监控与遥测。前段时间李部长汇报过一次。特别是这次杨海事件中，刘博要求勘测中心做密切关注，并做详细的记录和分析。

"勘测中心李部长，在杨海坠入阿里斯塔克环形山的过程中，你们勘测中心有什么发现吗？"

李部长是地质学家，本身就身兼多职，各方面的能力很强。特别是在地质的构造与月质构造方面，有大量的研究成果。

"报告总指挥，我们中心通过绕月卫星二十四小时对月球进行监控，特别是杨海坠入阿里斯塔克环形山底的整个过程，我们都有实时影像。当我们与返回舱失去联系时，我即刻让资源一号卫星、勘探二号卫星对月球进行监控。在杨海出舱前后，阿里斯塔克环形山底的能量出现高度聚合，并且磁场发生异常。

"另外，在杨海坠落的过程中，特别是在杨海接近阿里斯塔克环形山底的时候，能量高度聚合消失了。而一同消失的还有杨海。我们的卫星，居然拍不到杨海与阿里斯塔克环形山底接触的照片，真是令人费解。"

李部长说完，似乎有些话不方便讲一样。

刘博看了看李部长。

"李部长，您有什么见解或者有什么担忧，可以讲出来。毕竟月球无小事，救援的都是生命啊。"

李光四考虑了一下。

"我认为用我们目前的卫星及探测仪器，对月球的解剖和分析极为艰难。首先我们的卫星和探测仪器，对月壤的穿透力很有限，月面的岩石都阻挡了我们向月球内部构造的研究。同时，我们在月面的设备数量仍然少得可怜，无法承担我们的研究需求。

"总指挥，在看到阿里斯塔克环形山底的黑洞开启和关闭的有限时间内，我们的监控卫星都看不到除了黑色以外的任何颜色和任何物体。我倒是有两个不成熟的想法，或者说不成熟的观点，不知道该不该说。"

"您讲。事物的看法成熟与否，在真相揭开之前，我们都是未知的和盲知的。您不用担心说得对不对，只有说出来，才是研究的第一步，然后才能去验证。"

刘博对科研方向一向是比较开放的态度。有想法，才是科研的前提。

"总指挥，第一个想法就是月球的环形山，有可能都会是黑洞，是进入月球的通道。第二个想法就是月球或者说是外星系，都与地球相反。'他们'的生存空间恰恰是在星球的内部，而不是星球的外壳。"

"李部长，我很认同您的想法。第一，月球的环形山多，而地球却没有这类的山形成，本身就令人生疑。第二，月球犹如蚂蚁，蚂蚁是骨骼在外面，肌肉在里面，所以蚂蚁的能举起比自身体重六倍的重物，而且生存能力极强。李部长您需要表达的意思，和我的见解是一样的，对吧？"

"总指挥说的好，是这个意思。您这样一解释，我更清楚了环形山的内涵。如果月球的生物或者智慧生物生活在月球内部，环形山就是他们的出口。也就是您说的，蚂蚁窝的出入口就是环形山。您这样一说，我们再看环形山，还真的同蚂蚁窝上的形状差不多。"

"是的，月球大大小小的环形山有三万三千多个。其中，直径超过一公里的环形山有三千个以上。而直径超过一百公里的约有四十个。最大的贝利环形山直径超过二百九十五公里，比海南省都大。"

刘博很清楚这些数据，信手拈来。

"总指挥，您这样一说，我有个大胆的想法。"

李光四显得很兴奋，两眼放光。

"李部长，我认为您的想法是个大胆的假设。而且，我想我们是同一个大胆的假设。要不要我说出来，您验证一下？"

8

"总指挥请讲。"

李光四非常期待地看着刘博。

"李部长是不是想说，直径超过一百公里的环形山，都是月球内部外出的出入口，或者是智慧生物的进出通道。对吧?"

"总指挥神算，我确实是这样想的。另外，那些小的环形山，应该是'他们'的对外感知或者是某种排放的通道。"

"李部长，我们应该大胆假设，谨慎求证。月球是离我们最近的卫星，我们及其先辈对月球的研究从来没有停止过，却也一直进展不大。我认为，我们不能用人类已知的常识来看待对月球的研究。我们需要建立一个新的星际认知体系，那就是所有的星际中，都是有不同的智慧生命存在的。也只有带着这样的假设去看待其他星系，或许我们的方法与措施才会实用起来。"

刘博的这番话，确实说到了李光四的心里。李光四有种他乡遇故知的感动。

"总指挥，您的建议正是我最近酝酿的，您说的对。另外，月球的资源非常多，就拿氦-3来讲，一百吨足够地球能源用一年。而这种氦-3在月球上却遍地都是。我们对月球的研究需要加快，再深入。"

"是的，我们对月球的研究，也需要再提高几个维度：一个是我们对月球的整体解剖，一个是对月球的综合利用。还有更重要的一点。"

刘博像是卖个关子，又缓缓地说道：

"月球是地球的卫星，我预测，所有行星的卫星，都是宇宙间穿梭的飞行器。"

"总指挥，您的意思，月球是一个超级的宇宙飞船？而且其他行星的卫星也是超级宇宙飞船？"

李光四虽然对月球有很多假想，但是说行星的卫星都是宇宙之间穿梭的飞行器，还是大大超出了李光四的脑洞。

李光四问完，吃惊得嘴还张着，这也太不可思议了！

"是的，我是这样认为的。只是目前我们对行星的了解太少，特别是对月球，它离我们最近，我们却对月球忽视了。近些年天文物理发展很快，却都放在太阳系之外去探索了。而近在咫尺的月球，我们却置之不理，这是我们的失误。"

"总指挥，如果说月球是一个超级宇宙飞船，那么它的控制室在什么位置？如果要进行星际旅行，月球怎么能够飞行呢？"

"我也在考虑这个问题。这也更需要对月球进行解剖，也只有对月球进行解剖，我们才能对月球进行更深入的了解。"

刘博看了看屏幕上的李光四。

"我们人类有两种方式，目前可能是误区。一个是时间，我们认为的时间，仅仅限于我们人类使用。而用在宇宙中时，宛如微尘，不值得一提。"

"您说得对，时间是人类的发明，只有用在地球上我们人类的作息与时间的认知中，才是有价值的。"

"李部长，时间只是其一。还有一个就是，我们人类到目前为止，所有的航天、航空飞行器，都还没有一个能够飞离太阳系。何谈在银河系中进行星际旅行？"

李光四听完，陷入了沉思。

刘博说得对，但过于超前的想法，怎样做才是真正的切入点，才能更好地开展研究工作呢？

"总指挥，如果这些设想是正确的，如何贯彻到我们具体的工作中呢？"

李光四务实，也敢大胆假设。但像刘博这样的大胆假设，却是他完全没有想到的。

"李部长，我们不但要畅想星际旅行，重中之重还是要做好准备工作，对吧？"

"是的，总指挥。再大的事情，也是由一个又一个的小事情组成的。"

刘博会心地笑了。

"我们的准备工作早已经开始了。"

9

刘博最近一直在思考一件事，有时候埋头疾书，有时候茫然无思。

人类自发明飞行器以来，首先想飞离地球，飞离太阳系。坚持了一百多年，我们人类的飞行器还没有飞离太阳系的能力。是我们飞行器速度不够，还是太阳系确实很大，边际远之又远呢？

刘博在想，偌大一个银河系，人类绝不是孤独的高级智慧生物。人已经在地球生存了几万年，一部进化史，也是一部成长史。整个地球的生物史，却有几亿年，十几亿年。用原来的大爆炸理论，宇宙是大爆炸后产生的，像太阳这样的恒星有一千五百亿颗左右，而行星的数量更是惊人，将会在万亿颗以上。这万亿颗行星的周围，更是有难以计数的卫星，例如地球的卫星月球。土星的卫星高达八十二颗！目前发现土星的卫星已有三十多个，其中六个是直径在四百至一千五百公里之间的中型卫星。最大的卫星为土卫六——泰坦。泰坦的直径为五千一百五十公里，接近地球直径的一半，更是月球直径三千四百七十六公里的一点四倍！

再比如木星，木星已知的卫星达七十九颗。木星的卫星又分成木星内部卫星群，包括木卫五、木卫十四、木卫十五、木卫十六。

伽利略卫星群：木卫一、木卫二、木卫三、木卫四。不属于其他群：木卫十八。

希玛利亚卫星群：木卫六、木卫七、木卫十、木卫十三。不属于其他群：木卫四十六。

亚南克卫星群：木卫十二、木卫二十二、木卫二十四、木卫

二十七、木卫二十九、木卫三十、木卫三十三、木卫三十四、木卫三十五、木卫四十、木卫四十二、木卫四十五。

加尔尼卫星群：木卫十一、木卫二十、木卫二十一、木卫二十三、木卫二十五、木卫二十六、木卫三十一、木卫三十七、木卫三十八、木卫四十三、木卫四十四、木卫四十七。

帕西法尔卫星群：木卫八、木卫九、木卫十七、木卫十九、木卫二十八、木卫三十二、木卫三十六、木卫四十一、木卫四十八、木卫四十九。

刘博的关注点不仅仅是这六个卫星群和两个不属于其他群，却在两个群附近的木卫十八和木卫四十六。更关注不在这六大卫星群的卫星及它们的运行轨迹。

当刘博从太阳系立体星图转到他的资料整理时，又对太阳系立体星图看了过去。对啊，木卫十八和木卫四十六既然不属于伽利略卫星群和希玛利亚卫星群。它们两颗卫星又怎么会在这里呢？是天文学家归类错了，还是有其他问题待验证？

刘博点击南宇天的视频会议。一会，三个人的视频会议就开始了。

"南教授、布朗先生，我们现在用的太阳系立体星图使用多长时间了？"

"刘总指挥，现在使用的太阳系立体星图是五月前刚启用的，到今天只有四十七天。准确率达百分之九十九点九九，您有什么问题吗？"

南宇天是急性子，50多岁的年纪，却有60岁的沧桑。穿着蓝色休闲服，更加重了他的年龄感。

刘博看了一会南宇天。

"我有一个疑问，木卫十八不属于伽利略卫星群。木卫四十六也不属于希玛利亚卫星群，那又为什么单独说呢？而不是像其他卫星，可以不提。但你们在制定太阳系立体星图时，为什么单独把这两颗卫星标注在这两个卫星群，却又说不属于其他卫星群。这里有什么问题吗？"

南宇天看了看太阳系立体星图，看向布朗。

"刘总指挥，关于这个问题，当初是由布朗先生观测的结果，请他来回答您吧。"

布朗原籍是美洲，白衬衣、牛仔裤、运动鞋，55岁的年龄，却洋溢着年轻人的活力。

"总指挥，很高兴能与您交流关于木星卫星的问题。木卫十八运行至伽利略卫星群附近，但木卫十八的运行轨迹还没有完全掌握。主要是因为木卫十八的运行轨迹有跳跃线，并不是圆形或者椭圆形的。所以我们天文团队给木卫十八定义为木卫十八不属于其他卫星群。至于木卫四十六同样在希玛利亚卫星群侧，也不属于其他星群。木卫四十六的运行轨迹更是比木卫十八还要离谱，不仅仅是有跳跃线轨迹，而且还出现过运行轨迹的三角形，然后又继续常规运行。我们对这两颗木星卫星的运行轨迹，困惑不解，所以才这样提示在太阳系立体星图中。我们时刻观察木卫十八和木卫四十六两颗木星的卫星，有新的进展，会马上更换新的星图。"

布朗讲得很充分，却让刘博陷入了沉思。

"布朗先生，我是否可以这样理解：木卫十八在伽利略卫星群侧做跳跃线运行轨迹，是重复的还是临时性的，这是我最为关心的。"

刘博先问木卫十八，是有用意的。

"总指挥，根据我们的长期观察，木卫十八分两个阶段：上半年是重复的运行轨迹。而今年上半年，木卫十八运行轨迹变化，应该是临时性的。与去年同期的运行轨迹相比，木卫十八的运行轨迹没有重合，而是完全不同的两个轨迹。不过从最近两个月的运行轨迹来看，木卫十八有走向去年运行轨迹相同的趋势。"

布朗同时把木卫十八近两年的运行轨迹图发了过来，同时重点标示了去年与今年上半年的同期轨迹比较，让刘博一目了然。

刘博在指挥中心望着木卫十八的运行轨迹图，若有所思。

"请问布朗先生，木卫四十六的运行轨迹，又有什么大不相同？"

"总指挥，请您看这张星图。"

刘博看着放大的木卫四十六的星图，多个不规则的运行轨迹，特别是有几次竟然与希玛利亚星群的木卫六、木卫十三很接近。刘博此刻的心中不是费解，而是似乎找到了答案。

"南教授，我可不可以说一个异想天开的想法。虽然不成熟，或许可以解释这个问题。"

"嘿嘿，刘总指挥，在真相没有出现之前，一切的假想都是去为了揭露真相。不过，你的奇思妙想，大概率会很离谱，却又揭露了真相。"

南宇天开着玩笑，边咬了咬了手中的射频笔尾。南宇天喜欢抽烟，但办公室和指挥中心严禁烟火，这个大烟鬼只能从习惯的动作中，用咬笔尾来替代了。虽然总是让人调侃，但也是没有办法的事，习惯成自然啊。

"南教授、布朗先生，我一直认为，行星的卫星，都是星际旅行的飞船。特别是今天和你们讨论木星的卫星时，木卫十八、木卫四十六的运行轨迹更加加重了我的判断。你们看。"

刘博把木卫十八与木卫四十六的运行轨迹与伽利略卫星群和希玛利亚卫星群运行轨迹的部分交汇点做一个标注。

南宇天和布朗的嘴渐渐张开，惊讶地叫了起来。

"哇喔，真不可思议，以前没有注意，现在才明白。如果木卫十八、木卫四十六是行星智慧生命的星际飞船，这两颗卫星接近两个卫星群不同的卫星，会不会是相互之间传递物质或者登陆与驶离？"

布朗急切地问刘博。

南宇天也是表情激动，点点头，认可布朗的说法。

刘博看着他们的表情，点点头。

"这也仅仅是我的猜想。太阳系内各大行星都有卫星，除了地球只有月球一颗卫星外，别的行星都有几颗几十颗甚至上百颗卫星。这些卫星如果真的是行星上高级智慧生命的星际飞船，那么，整个银河系就都活了。"

刘博的这句话，更是让南宇天和布朗陷入了沉思。

银河系是活的？真的有这么多星际飞船？

看着他们不解的表情，刘博觉得应该做一个说明。

"我们地球，我们人类使用的时间，仅仅是我们人类认为的时间概念，更多的是人的寿命与太阳系内的天文来决定的。如果别的恒星系或者行星上的智慧生物的寿命比我们长，科技比我们发达。那么，我们用我们认知的时间来探讨宇宙的寿命，就是一个笑话。"

南宇天略有茫然，而布朗则回过味来。是啊，我们用人类的思维常识来认知宇宙，难免是初级的、片面的。特别是对刘博提出的时间概念，卫星是星际飞船概念，再一想，也就豁然明白了。

是的，理解了人类的寿命与太阳系运行而设定的时间概念，只是人类自己使用的时间概念。如果用这个时间概念来衡量宇宙，无疑是瞎子摸象。

理解了这个时间概念，再回过来看木卫十八和木卫四十六的异常轨迹，一切就容易理解了。从这个维度来看木卫十八和木卫四十六，还真可能是木星高级智慧生命体的星际飞船。再加上这两颗卫星的不规则运行轨迹，无疑是被操控的迹象，绝不是自由天体所出现的惯性轨迹。

南宇天和布朗由衷地敬佩刘博。虽然年龄比自己小，但刘博开创性的思维方式，总是给他们的工作带来意料之外的指导，并屡试不爽。

"你们的研究团队继续加强太阳系内各大行星卫星的研究，希望你们有重大突破，可以为我们将来的计划提供帮助。"

"将来的计划？"

布朗疑惑地看着刘博，难道刘博早就知道木卫十八、木卫四十六的运行轨迹情况？如果早就知道，看来刘博的新计划没有揭露之前，大概率是绝密了。

"是的。"

刘博笑着回答布朗。

10

刘博在王部长办公室的沙发上坐下，王部长就坐到了刘博沙发的对面。

"你小子，这么长时间不联系我，今天突然袭击，是不是有什么事啊？"

"老领导，来专程看您还不行？主要是想给您个惊喜。"

刘博笑哈哈地说着，从随身的包里，拿出一盒崂山绿茶，放到王部长面前。

"老领导，这可是我爸自己采制的手工茶，一共也没几盒。我偷了一盒，来孝敬您。"

"曤，你真的偷拿你老爸的绿茶？我怎么不相信啊？"

王部长伸手拿过茶，打开包装，把里面的包装打开，放到鼻子下面闻了闻。

"茶香扑鼻，清香四溢。"

王部长边说，边走到热水器前，把温度设定在八十五摄氏度。

刘博一见，马上拿了两个茶杯，向王部长要茶。

王部长向两个茶杯各放了一小捏。

"少放，先品品茶，看看茶品质。"

王部长品茶是行家，他一打开包装，就知道这茶可是正宗的崂山绿茶。反而不舍得给刘博多喝了，刘博可以再向他的父亲要啊。王部长这样想着，禁不住偷偷地笑了起来。

"老领导，您有喜事？"

刘博见王部长偷笑，和他开玩笑。

"你小子，狗嘴吐不出象牙来。知道你来没安好心，不然你舍得拿你父亲亲手做的绿茶？说吧，不用在我面前玩把戏。"

王部长炯炯有神的双眼，看得刘博心里发毛，只能咧着嘴笑了笑。

"老领导，真是来聊天的。如果你有时间，我们聊聊？"

刘博试探着问，观察着王部长的表情。

王部长喝了口茶，点点头。

"入口清甜、香溢心脾。聊聊？聊什么呢？又来给我找事。说吧，我听着呢。"

王部长跷起二郎腿，静心品茶，等待刘博的下文。

"老领导，我前两天和南宇天、布朗举行过一个闭门会议。我们认为宇宙内，特别是银河系、太阳系内，所有的行星的卫星，都是可以利用的超级宇宙飞船。特别是从木星的木卫十八、木卫四十六的运行轨迹看，这个推论的正确性越来越大。在这方面，您有什么建议和观点？"

王部长瞅了瞅刘博。

"想听真话？"

"当然，不然我来干什么？"

刘博醉翁之意不在酒，观察着王部长的反应。

"你啊，拜错神了！你们的闭门会议，与我何干？再说，你们讨论的是天文。我是做什么的？"

王部长看了看刘博，便专心喝茶了。

"老领导，您看您这句话说的。领导之所以称之为领导，是因为有深邃的洞察力，而不是专业力。专业力可以培养，但洞察力是培养不出来的，而是天生具备的。从这一点上讲，今天我来找您，才是正确的。聊聊吧，看在这杯茶的分上。"

刘博知道瞒不过老领导，又开始打亲情牌，也有点小无赖。

"你今天来，是谈论这个问题吗？我感觉你另有所指。即使你们的论断是成立的，木卫十八和木卫四十六是木星高级智慧生物的星际飞船，我们目前的技术、科技研发，想捕获木卫十八类的卫星，还是远不敢想象的。如果你们舍远求近，月球才是你们最好的研究实验对象。我记得你对月球很感兴趣，不会是为此来的吧？"

"领导就是领导，什么事情也瞒不过您。既然木卫十八、木卫四十六是星际飞船，那么月球肯定也是。我曾想过，为什么别的行星卫星多，而地球只有月球一颗卫星呢？王部长您考虑过没有？"

刘博和王部长是推心置腹地谈问题，更深入，也是在找解决方法。

王部长沉思了一会，看着刘博说。

"怎么把天文的事、宇航的探索让我来回答？这不是让我不务正业吗？"

刘博见王部长慢慢进入套路，也就加快了速度来谈，以求达到此行的目的。

"王部长，我们认为，行星的卫星越多，所在行星的智慧生物也越多。卫星的用途也越细分、越专业化，就如同我们的人造卫星一样。比如人造卫星分为通信卫星，也可以分为侦察卫星、气象卫星、资源勘探卫星，等等。至于月球嘛？我倒认为月球作为地球唯一的卫星，那可能就是地球上的高级智慧生命少，一颗月球足够。另外还有一个设想。"

刘博说到这里，意味深长地看着王部长，将要说的话停了下来，端起茶杯喝了口茶。

"怎么，对我还卖关子？臭小子。"

"没有，没有。我哪里敢啊。"

刘博心里偷偷地笑了，但脸上尽量不显露出来，但眼神却是精神焕发。

"是渴了，不就是喝口茶嘛。你至于这么着急听？那好，言归正传。我认为，月球可能是别的星系过来侦察地球的监视飞船呢。"

刘博想要的就是这个效果，把王部长逐步引导到讨论的主题上，让王部长入坑。

"嗯，你们的这两个判断都成立，我也很认同。首先，行星的卫星越多，必然有特定的功能，没有一颗卫星是无缘无故成为行星的卫星的。卫星有功能区分，这方面我更是赞成，你们分析得不错。这行星的卫星，的确会像你们用人造卫星功能细分的比喻，很恰当。"

王部长停顿了一下。

"另外，地球仅有月球一颗卫星，确实有不合理的地方。不管你们设想的两个功能是不是真的，目前来看至少是合理的。我再延伸一点，你们用人类时间来对照宇宙时间的思路尤为正确。比如，月球是从什么时间成为地球卫星的？我们目前还没有准确的时间。即使有准确的时间，那也仅仅是我们人类的时间，所以用人类的思维与时间，已经不能满足或者完成我们认知的宇宙了。"

"领导就是领导，谈问题总是直指本质。我们认为月球成为地球的卫星的时间非常重要，更为重要的是，我们应该知道月球成为地球的卫星之后，一直保持到现在，还是中途离开过，这个问题更为重要。"

刘博从王部长的话中，又做了延伸，也为王部长学会抢答，高兴起来。虽然有恭维的成分，但王部长的延伸分析很到位。再说，王部长上道了，对后面的工作也是一个很好的推进。刘博开始往来意上引，也是常理之中的。

"老领导，我们现在对月球的所有探索，总是不入其门。您认为有什么方式，或者途径？"

"记得你以前给最高领导人陈述过。虽然我忙着应急管理部，那是我没有太关注。你就说说你的想法，我洗耳恭听。"

王部长处理大灾难时，也是刘博接受所长职务的时候，对刘博提到的"末日邮件"有听说，却不知道什么内容。到今天为止，知道"末日邮件"全部内容的也只有刘博。

"王部长，我当时提过'偷月计划'，但当时很多条件不成熟。经过近几年的发展，'偷月计划'的实施，阻力越来越小。目前有几个主要因素正在促成或者说加速了'偷月计划'的推进。"

"有哪几个方面？"

"主要有我们地球的能源告急，而月球有大量的固体能源，只要一百吨，就让地球使用一年，彻底结束能源危机。第二，对于行星卫星的研究，月球是不二的选择，更为可行，为人类在银河系内进行星际旅行提供最好的载体。第三，月球内部是什么样子，也只有把它偷过来，才能彻底揭开谜团。"

"嗯。"

王部长又沉思一会。

"我明白你来的目的了，你是想让我给月球在地球上清空一个区域，首先把人、财、物都移走。对吧？"

"领导英明，正有此意。"

刘博开心地笑了。

"你计划在哪里实施？"

"北美洲！"

第三章

1

古人总是展望星空，直到今天，都持续探索宇宙，却忘了自己居住的地球，在地表之下，我们依然一无所知。

是古人的高瞻远瞩，还是现代人对地空谈导致的这一现象。如果以前是以前，那么现在，我们将从哪里开始？刘博自任所长后到总指挥，一直都在思考这个问题。特别是在"末日邮件"中，刘博对地球的理解认知又深了一层。

刘博任命李光四、凡尔纳、张恒等地质学家负责整个地球勘探团队。自组建以来，在刘博提供资料和指导下，团队用数据证明了"末日邮件"的真实性，这让刘博的信心大增。

刘博来到勘探队临时驻地，与他们进行会诊。勘探基地在金字塔的临时驻地，虽然是临时驻地，却占用了方圆一百多平方公里。办公区域仅占很小一部分，而且是在生活区的中央，这样调度更为方便，也有利于与团队成员的沟通。在生活区周围，分别为工程机械区、维修保障区、勘探侦测区和生活保障区。

工程机械区内，各种工程机械分类停放，整齐又壮观。当然，这只是还没有工作的车辆，所有的这些工程车辆，还都是新车。因为明天开始，它们就要大显身手了，今天还只是整装待发。

小会议室内，刘博与李光四、凡尔纳、张恒在一个四方桌旁，各据一边。桌上用三维立体显示金字塔的全息造型，并不断演示着各种分析结论与施工计划及施工量的计算。

刘博听完李光四做的介绍，点了点头。

"你们的工作筹备做得很好，不管是勘探还是将要开始的施工准备，在这里向你们祝贺。原来我们都以为原墨西哥的选址才是进入地球地下的入口。万万没有想到，真正的地球地下入口却藏在金字塔的密道中。也是，有时候我们想一想，逆向思维才是未来的正向思维。"

"刘，我想问几个问题，可以吗？"

凡尔纳不喜欢长篇大论，反而只想一击即中，直指问题的核心。

"好，您讲。"

刘博对凡尔纳很赞赏。因为凡尔纳不仅是地质学家，更是探险家，经常身先士卒地冲在勘探的第一线。特别是像他这样职级的人，更是显得尤为可贵。

"刘，我们都知道玛雅人留下的进入地球内部的通道在原墨西哥，而且有勘探数据，也有三维显示。是什么让你想到做这个决定的？如果我们的方向错了呢？会走多少弯路和浪费多少时间？"

"凡尔纳博士，您说的这些，以前都对。在我们的计划开始之前，您说的这些都是实情。当然，以前的地下探险付出了很大的代价，换来的这些资料、影像，都是很珍贵的。但您更应该清楚，我们'偷月计划'的实施，远不是玛雅人留下的地下路径可以解决的。"

刘博停顿了一下，看了看凡尔纳，又看了看李光四和张恒，像是下了决心，接着说，

"我们这次是寻找地球的脉络，而不是玛雅人的地下国，这是两个完全不同的任务，也是两个完全不同的目的。或许你们原来认为，只要把玛雅人的地下国找到了，我们的计划就会顺利地完成一大步，对吧？"

刘博看着他们问道。

"肯定的，有什么问题吗？"

凡尔纳耸了耸肩，摊着双手。

刘博又看向李光四和张恒。

"你们怎么认为？"

李光四见这情形，不说话不行，又不能敷衍。

"刘总指挥，以前我们的想法和凡尔纳一样，认为只要把玛雅人的地下国找到了，加以利用是可以达到计划目的的。后来听您讲勘探目的之后，我在思想上，一时转不过弯来，但坚定执行

您的计划。"

张恒也附和地点了点头。

"哈哈哈。"

"好吧，你们三个人是勘探团队的指挥官与技术官，今天就透漏一点消息。不过要严格保密！免得引来不必要的麻烦。"

刘博等他们三个人逐一点头确认后，才接着讲了起来。

2

"我们以前对地球的认知仅仅在地表，特别是我们的科技水平决定了，我们只能进行浅表勘探。这是技术决定的，而不是思维决定的。从另一个方面来讲，这次的勘探，是在开创人类的地球勘探史，更是史无前例的。"

刘博一点，把原墨西哥玛雅人的地下国入口与地下国三维立体全息图像映示出来，对他们指着全息影像说：

"你们看，玛雅人的地下国呈圆盘状，整个面积也近一百万平方公里，从这个方面讲，确实面积很大，但也仅仅是一个大洲下面的一角。而我们的计划，是把整个北美洲发射到太空，与月球互换位置。从这个角度讲，玛雅人的地下国对我们毫无用处。"

刘博说着，又仔细地查看玛雅人的地下国。恍然有感，瞬间脸色凝重了起来。

张恒看到刘博脸色的变化，知道刘博肯定是想到了一个不可挽回的问题。会是什么呢？张恒想一探究竟，毕竟也是与自己的工作有关。

"刘总指挥，看您脸色不好，是不是我们对玛雅人地下国的勘探有问题，还是有疏漏的地方，您直说就行。"

刘博摆了摆手，

"我是想到了另外一个事情，而且是大事。看来，你们地质勘探队又要加活了。"

李光四和张恒有些愕然，而凡尔纳却点点头，摸着下巴，看着玛雅人地下国的三维全息影像说：

"刘，您说的是不是玛雅人地下国的迁移啊？"

刘博赞赏地看着凡尔纳，

"知我者，凡尔纳也。是啊，我们只想着'偷月计划'，把北美洲发射出去，却忘了北美洲地下的玛雅人地下国。这真是个致命的失误，看来我们的计划需要调整了。"

刘博说完，仔细查看玛雅人地下国的三维全息影像。而李光四则介绍每一项数据的详细说明，刘博一边听一边点头。

"你们团队再做一个分工，一个人带队前去玛雅人的地下国。进行实地勘探，如有必要，可以与玛雅人建立沟通关系。我最近几天回去请示主席，如果玛雅人的地下国还有人，而且数量庞大的话，我们得给他们找个安身立命之所。"

刘博这样讲，是有原因的。李光四他们团队一分为二，其实是一个人带队，深入实地勘探玛雅人地下国。为的是与玛雅人接触，如果还有的话。

玛雅人曾经创建了庞大的文明帝国，后来不知道什么原因，从地球消失了。后来有探险家找到了玛雅人的地下国，影像资料震惊了全世界！玛雅人的地下国井然有序、生活富足，而且科技高度发达，很多设施让人瞠目结舌。

当时刘博听到这个新闻，总觉得真实性有待考证。而今天，刘博却不敢有一丝一毫的大意。面前的玛雅人地下国，似乎又预兆着，这将能是一项艰巨的任务。姑且不提玛雅人的科技水平，因为玛雅人地下国的存在，已经证明了他们领先我们好多年。是什么原因导致他们举国搬迁，转到地下国生存的呢？

"刘，你是不是很不理解玛雅人为什么举国迁入地下？"

凡尔纳见刘博盯着三维全息影像，便问道。

刘博看了看凡尔纳，又看了看李光四和张恒。

"你们也知道，我们研究太空，研究宇宙起源的多，但研究地球的少。虽然有历史的原因，有科技水平受限的原因，但我们的胆子总是想着向外，而不是向脚底下去发挥。而看看这个玛雅人的地下国，怎么能让人不震撼？怎么能让人不敬佩？玛雅人的预言与日历，曾是很多人所熟知的，虽然2012年的世界末日预言，没有实现。但这能是玛雅人迁入地下国生活的理由？我看不像。"

刘博感到自己像是自言自语，也就停顿了一下。

"凡尔纳，上次你去玛雅人地下国探险，你有什么收获？给我们讲讲吧。"

　　凡尔纳听到刘博点将，而且也确实只有他进入过玛雅人的地下国，说出来可能有些惊恐与可笑，但也别无选择。因为他们四个人中，只有他去探险过。

　　"好吧，说了解呢，也不全面。说不了解呢，我确实进去过。不过，我说完，你们再评论好吧？"

　　凡尔纳确认他们都遵守之后，开始讲了起来。

　　凡尔纳准备的探险之旅，准备初期就不充分，特别是去神庙之前，他认为神庙是通往地下国的入口这个说法，是很值得怀疑的。又一想，即使去神庙转一转也是好的。凡尔纳带上无人机等航拍器材，又带了些急救药品，就上路了。

　　令凡尔纳没有想到的是，他们这个探险队的组成人员虽然人多，但也是各具特长。领队和其他队员似乎没有受到多大的阻力，就在神庙大门口的右边找到一条通往玛雅人地下国的隐藏门。他们都大叫庆祝了一阵。

　　他们沿着地下通道走了十几公里，但是地下通道的墙壁上没有潮湿的痕迹，整个地下通道只有走路时鞋子与地面的摩擦声和他们的喘息声音。大约又走了两个小时，在地下通道的尽头看到有光亮，这让他们既紧张又兴奋，又心情忐忑不安了起来。

　　他们越向前走，光亮越来越强。在接近地下通道出口的时候，基本和他们在地面上的阳光一模一样了。而随着越来越接近地下通道出口，一个新的世界出现在他们面前。

3

"完全不可想象!

"刚走出地下通道口的我们，被眼前的一幕惊呆了。还没有等我们来得及好好欣赏，只感觉眼前一道光闪过，就什么都不知道了。

"等我们醒过来的时候，我们都在神庙的外面，横七竖八地躺在地上。大家差不多同时醒来，你看看我，我看看你，又看看自己。活动一下身体，身体也没有问题，又检查装备，一样也不少。我们大家都开始议论，但只要谈及地下通道出口的见闻时，谁也发不出声音，只有嘴在动。

"我们当时都惊呆了！为什么谈见到的景象时，却发不出声音来？谈别的没有问题。我们整个探险团队的人都感到不可思议！

"如果仅仅是在神庙外面谈论而导致的失声，那也没有大问题。更可怕的是，我们各自回家后，对家人说起探险的历程，在说到走出地下通道口的见闻时，家人仍然听不到我们在说什么。这个奇怪的现象，出现在我们去的每个人身上，没有例外。

"后来，我们查阅了大量的资料，也一无所获。一个偶然的机会，我遇到一个通灵人。她看了我好久，缓缓地对我说：'你是一个被诅咒的人。'又问我去过地下国没有？

"我把我们的探险历程告诉通灵人，她沉默了。她临走前告诉我，'既然他们不让你们说，不想让外界打扰他们，那你就保持沉默吧。希望你们在各自的世界里，各自安好。'"

凡尔纳讲完，一脸的沮丧。

李光四与张恒感到极为震惊，而刘博却有点明白了的意思。

"凡尔纳，你们的这次探险，是很成功的。但你们回来后，都没有记录，去宣扬这件事。你们是不是觉得被玛雅人诅咒后，很有失败感？"

刘博懂他们的心情，一个一流的探险队，而且在装备及技术含量很高的情况下，暂时失忆，特别是在失忆的时间里，发生了什么？

凡尔纳抬头看着刘博，

"刘，那段时间我们都很纠结。每个人都不去谈探险的事情，越是不谈，反而有更多的人来问我们探险的情况。您知道，我们去探险之前，家人和朋友都知道我们出发的消息，所以他们都不断地前来问候，并询问我们的见闻。说与不说，对我们而言，都是一种灾难。"

"理解你当时的处境，你们当时有没有找过心理医生或者做过心理辅导？"

"没有，当我向大家说我们被玛雅人诅咒以后，有几个人甚至有些崩溃。后来也慢慢平静下来，除了我们说起见闻时失声外，其他的事情和身体、精神都没有问题。"

刘博看着凡尔纳，知道自己问的问题，白问了。因为凡尔纳根本说不出来，即使写出来，也是无字的，口形也是无语。

"凡尔纳，你认为玛雅人的科技比我们高还是低？"

刘博换了一个方式。

凡尔纳一蒙，没想到刘博这样问。凡尔纳一想，这怎么比较，毕竟看到的，只是景象。

"刘，我只是看到景象，科技比较，怎么比较？"

"怎么比？比如，他们在地表下，怎么会有光？光的颜色和太阳的相似吗？另外，光源有几个，光强大不大，这样一比较，科技水平就出来了。"

刘博在循序渐进地开导凡尔纳，希望了解一点细节，但又怕凡尔纳为诅咒所困，也是有些矛盾。

凡尔纳想了想，思考了一会，

"应该是科技水平远远高于我们。他们的科技可以把地表下的空间，模拟得和我们地表上的一模一样。而且，我们只是感觉光线一闪的变化，就都失去了知觉，从这方面来讲，更是远远高于我们。更别说诅咒的事，只是一个小小的咒语，就够我们头疼的，更别说破解了。"

凡尔纳说的都是实情，玛雅人的科技远远超过我们，特别是与古老的咒语相互通用，这才是他们的厉害之处。刘博闻言后，也不禁心中有些忐忑。

玛雅人的地下国，如果对"偷月计划"造成危险怎么办？刘博知道玛雅人以前文明的程度，也可以推断玛雅人地下国的科技水平。也只有他们有很高的科技水平，才能全部迁入地下国生活，这是成立的。如果玛雅人知道我们要把北美洲发射到太空月球轨道，替换月球时，他们的地下国也就到了太空，那时他们会生存下来吗？如果玛雅人知道他们将被送到太空，他们会不会全力以赴地破坏"偷月计划"呢？特别是想到玛雅人的科技实力，刘博忽然感到了身体的疲惫。

4

在刘博分心玛雅人地下国，担心他们的两个月后时，刘博被助理叫醒。

"刘总指挥，在北美洲板块 D 区的探测出现事故，需要您立刻到指挥中心，您看？"

助理叫醒刘博，却又小心翼翼地等着刘博回过神来。

"什么时间发生的？"

刘博一边穿上衣服，一边向卫生间走去，用凉水洗了洗脸，让自己迅速地清醒起来。

"刚刚发生的，是张恒博士在现场报告的。他正在事故现场做应急处理。还有些大的决策等您来决定。"

"你先回指挥中心，把事故的情况做个汇总，我马上到。"

等刘博来到指挥中心时，感到指挥中心一片忙乱。各部门主管面色焦急，正在叫着部署应急预案。刘博来到自己的指挥台前，先看了显示屏上的事故汇总和数据，又询问了几个部门主管，然后开始应急部署：

"我们得到消息到现在，已经过去了近半个小时，我们不能再有一分钟的耽搁了。我先说两点：第一点，涉事机构，各部门按照应急预案马上实施，并联系应急管理部，请求全力支援。第二点，确保不再发生二次事故，也就是说，现在马上把 D、E 区的探测中队全体撤出来，待事故原因调查清楚之后，再开展相关工作。在没有调查清楚之前全部暂停。你们有什么建议没有？"

张恒在场外视频中报告：

"刘总指挥，我们的探测中队除了遇险的，其他人正在火速撤离。另外，我们的救援大队正在前往事故中心地点，抢救应急预案启动。汇报完毕。"

张恒的脸上全是汗水，再加上 D 区地面上正下着小雨，阴暗的天气让现场有些压抑，气氛紧张低沉。

刘博看着视频上各种救援机械不断地驶入 D 区的地下入口，心里一紧。

"张博士，您现场协调好探测中队与救援大队的数据对接，并尽快把事故中地点的具体情况汇报上来。真实的事故中心情况，才是我们现在需要了解的，也是我们制定救援方式的决策依据。"

"明白，我们正在汇总，并确定具体的事故中心位置。再给我十分钟时间，所有的情况就能基本整理完，汇报完毕。"

"好，张博士。您也把探测中队撤回的人数做好统计，我们等你的消息。"

"收到，探测中队快速撤回中，统计同步进行。"

张恒转身与工作人员开车，一阵风似的狂飙而去，前去接应探测中队的回撤人员。

刘博看向显示屏，D区探测中队共有三千七百五十人。他们在平均五十米宽、二十米高的坑道中进行探测与挖掘，面临的风险高、事故易发是常态。但从来没有像这次事故这么严重。具体撤回多少人员，只能祈祷大家平安！

张恒在现场的指挥车上不断接收到探测中队各组发来的信息汇总：

一组：全员九十八人，撤回九十八人，除交通工具外，设备全部遗弃。

二组：全员七十五人，撤回七十五人，除交通工具外，设备全部遗弃。

三组：全员二百八十七人，撤回二百八十七人，设备及交通工具全部遗弃。

四组：全员一百零三人，撤回一百零三人，设备及交通工具全部遗弃。

五组：全员三百零四人，撤回一百零五人，除交通工具外，全部遗弃。

六组：全员四百零三人，撤回二百八十一人，除交通工具外全部遗弃。

联络组：全员三十人，撤回零人。

支援组：全员八十七人，撤回零人。

张恒看到后，叹了口气。探测中队今天作业总人数一千三百八十七人，撤回九百四十九人，还有四百三十八人下落不明！张恒把工作视频不停地倒看，直到事故前的最后一分钟。

张恒把视频连续看了三次，才找到事故原因。探测中队五组与六组在地下一千七百八十公里处进行设备安装时，联络组与支援组在他们后面进行常规工作。在事故发生前十分钟，张恒看到视频中，五组作业面前面一公里处，坑道地面有明显的变化——地面像水一样波动，持续了整整八分钟。

突然，坑道地面波动处爆发出巨大的声响，接着巨龙一样的水冲地而出，在短短的一分钟之内，迅速淹没了五组、六组的作业面。汹涌而来的大水，瞬间把地下一千六百八十公里以下的空间给淹没了。五组与六组一部分、联络组、支援组的人，还没有反应过来，在满眼的惊愕中，迅疾消失在大水中。设备与工程机械也冲出了作业面，有的卷到了水面上翻滚。

张恒的心被紧紧地揪着，有点绞痛。他那么优秀的队员，就在这突然间失去了生命，这次事故发生得太突然了。张恒让工作人员，把探测前的三维全息影像放出来，并仔细查看数据和脉理显示，却一无所获。

张恒把所有与探测 D 区的水系三维影像看了又看，想从中找出地下一千七百八十公里处大水脉的来源，特别是附近水脉与通道的信息。张恒仔细观察了两遍，仍然一无所获。那大水脉是从哪里来的呢？张恒百思不得其解。

5

此时的刘博在想什么呢？

救援大队正在紧急救援，各种潜水救援设备及器材陆续投入救援中。救援大队队长程前已经把救援应急方案发给刘博，刘博也觉得救援计划无可挑剔。刘博只是又在程前的计划后面，加上了：严加注意，确保不会在救援中发生二次事故！即传给程前。

程前回复：明白！

旋即随着救援队伍急匆匆地赶去救援路上了。

刘博看着救援大队在地下一千六百八十公里处展开各种救援工作，特别是搜救工作的无人潜水器接二连三地潜入水中。

刘博默默地祈祷！

救援工作虽然很及时，措施得当。但深达一百公里的大水，实际距离更是达到近六百公里，即使是正常的开车，都需要几个小时，更何况是潜水器的搜救，需要的时间更长。想到这里，刘博感到隐约的心痛，为探测队员的遇险担心。虽然都明白他们生还的可能性不高，但救援工作的紧迫性更强，救援大队在与时间抢生命！

这次大水事发突然，特别是工作区域都是事先排查了，附近没有其他的水系，怎么就会有大水呢？刘博仔细地查看探测大队的工作区域，螺旋式的下降通道，在他们的工作面，却是一段略有上升的斜路。其实，那不是斜路，而是一段天然的溶洞，也是整个工作面的一部分。

探测大队进行的这个工作，没有人比刘博更熟悉。刘博根据"末日邮件"的资料，知道地球与人体一样，有许多像经络一样的隐形通道。刘博经过详细的查阅与计算，选取了其中的两个通道与十八个通道点，规划来完成"偷月计划"的北美洲对接。探测大队进入的这条地下通道，正是刘博规划为量子超级绳索的安装通道。刘博计划用两条量子超级绳索把北美洲与月球相连、捆绑。使其在北美洲与地球分离后的同时把月球拉过来，让月球最终停在北美洲在地球的位置上。

这个"偷月计划"听上去很疯狂，但大量的数据表明可操作性极强。所以，刘博的各项准备工作及实验性设施、设备相继进入制造建设中。目前来看，刘博的"偷月计划"一切进展顺利。除了目前的事故，还有就是杨海的意外事故。这么庞大的计划，都是需要一步步来落实的，也需要有牺牲精神的人来完成，这也是历史赋予我们的使命！

刘博想到这里，心情才渐渐地好了起来。

救援现场的忙碌，却又把刘博的思维带到了另一件事上。

对，既然这条通道必须用，救援结束后，怎么把大水撤走呢？刘博面临两个问题：一个就是这次的透水事故，这大水是从哪里来的呢？还会不会上涨。如果不上涨了，后续的水脉是不是还在一千六百八十公里处的水线上？

第二个问题，即使是放水，把水排到哪里去？这么大的水量，排水可不是一日之功！排水出去，还是挖掘新通道，绕路而行呢？

刘博看着事故中的脉络图，想了一会，让助理去请李光四、凡尔纳两个人过来，去会议室商讨一下。

6

地脉之旅。

会议开了两个小时，仍然没有任何进展，偶尔有灵光一现，却又被大家的质疑给否决了。

李光四点了支烟，吞云吐雾几分钟后，办公室里烟雾缭绕。凡尔纳也加入进来，让会议室成了"仙岛"。刘博没有抽烟的习惯，却喜欢看香烟袅袅升起不可捉摸的感觉，而引人入胜。

刘博盯着三维全息影像的地球脉络图一会，刚要说话，凡尔纳无意中说了一句：

"我们与其坐而论道，不如到事故中心附近的通道与水道探测一圈。我们的三维全息地球脉络图，谁能保证它没有误差呢。"

一语惊醒梦中人！

刘博率领他们登上一辆通勤车，带足了相关装备，一队车队向地下通道驶了进去。

北美洲 D 区的这条通道深入地下两千一百公里左右，在透水处的一千六百八十公里，离通道底部还有四百二十公里左右。因为透水，从这个方向过去，也只能到达一千六百八十公里的救援处。而刘博他们则是从通道的另一端进入，想看看透水的水平线，是不是也在一千六百八十公里处。

通勤车越往下走，路两边越宽阔。这显然不是施工探测通道方向，没有灯光，只能借助通勤车的灯光来观察前方。等车到了近前时，车两侧总是看不清楚。

刘博让驾驶员及引导员，把车侧加装灯光后，观测光线才有了好转。通勤车是大螺旋向下驶去，速度加快，反而令人略有晕眩，特别是刘博，有些紧张。

"报告总指挥，前面出现岔路，我们应该走哪个方向？"

驾驶员向刘博汇报。

刘博他们正在观察通勤车两侧通道的情况，听到驾驶员的汇报向前看去，只见通勤车的前方出现一窄一宽两个通道口。刘博与李光四看了看三维全息地球脉络图，按图的显示，应该走向窄的通道。即使是窄的通道，也有近六十米宽。

李光四看了看，

"我们先停下来，并不是怕走错路，而是要稳妥期间，减少浪费时间。我认为，我们放一个探测飞行器，向宽的通道进行探测，我们也好做决策。"

刘博很赞成，

"李部长的建议很好，你们把车尾的飞行探测器放出，我们看看飞行探测器传回的视频和数据。但时间不宜过长，以一个小时为限。"

"好，我马上安排，同时也让后面的保障车停下，先为我们做个晚餐，我确实饿了。"

凡尔纳边说，边走到车尾，与一个工作人员，开始拉出探测飞行器。

"也好，我们就在这里吃个晚餐，顺便休息一会。刚好利用这个时间，来看看飞行探测器传回来的影像和数据，也是一举两得。"

"破天荒，周扒皮也有发善心的时候？哎，休息时间成了看影像和资料的时间，也就你刘博能这样安排。得付加班费啊，别不当回事。"

李光四边说，边打趣刘博。

刘博瞪了李光四一眼，

"真是狗咬吕洞宾，不识好人心啊！我们出来一趟，为的是什么？解决问题，并尽快返回。我的同志，你提高一下自己的格局，把你的境界打开，懂吗？"

"不懂，这不是格局。工作的事情就是工作，休息就是休息，懂不？休息是为了更好地工作，你想不想我们的工作更富有成效？"

李光四很少和刘博这样说话，自己反而有些扬扬自得。

"嚯，搞地质的，改行耍嘴皮子了？还工作更有成效？我们现在出来，是特殊时期，明白吗？如果不能把两天的工作进度一天完成，那就只能晚回去。如果想和平时一样工作，可以啊，我们小组前进，你可以选一辆通勤车留下休息，好了后再去追我们。不过说句题外话，等你到通道底的时候，我们估计已经回到指挥中心了。"

刘博哈哈地笑了起来，看着李光四。

李光四一听，瞬间没了脾气。

"哎，没办法，孙悟空就是法宝再多，也斗不过如来佛。什么时候我能修成如来佛，把你好好地拿捏一下。"

李光四一边说，一边向刘博做了个抓的姿势，同时脸上的表情更加痛苦，而且故意让脸色狰狞。

"耍嘴皮子，你还是个新兵蛋子。好好工作吧！就你这水平，能有个工作就不错了。如果需要嘴皮子定工资，我估计你就成了要饭的了。"

刘博使劲挤对李光四。

李光四嘘了一声，却又无计可施，刚要发牢骚，晚餐由后勤工作人员送了过来。

7

重大发现！

"你别说，在地下一千多公里的地方吃饭，别有风味哈，我还是第一次。离地心越近，吸引力越强，会不会消化得更快啊?"

李光四边吃饭，边发感慨。而这些话，却让刘博找到了调侃他的好点子。

"老李，确实，离地心越近，地心引力越强，这饭从你的嘴里进去，从另一个口里出来的速度肯定比在地面要快。过会儿，你就看着表，做好时间对比。"

刘博的话还没有说完，司机就笑喷了。凡尔纳看着刘博，感觉刘博也这么幽默，与科技大神和总指挥的身份不符啊。

"刘，你说得李部长这么认真，他会不会害羞啊?"

凡尔纳跟着起哄，大有痛打落水狗的意味。

"切，老李会害羞? 他就是把饭吃到嘴里，马上排泄了，他也不会觉得自己有问题。放心吧!"

李光四听到他们话里捋自己，虽然有些不舒服，但看到他们偷笑的嘴脸，又无可奈何。

"真是秀才遇到兵，有理说不清啊! 本来想提一个很严肃的问题，被某些人以权谋私，成了一个妥妥的笑话，悲哀啊。"

"老李，你说你，扯淡就扯淡吧，让大家好好乐一乐。你非要当正人君子，真是既想当什么，又想立牌坊。好事都是自己的，哪有这样的好事。"

刘博刚说完，又想到一个典故，

"老李，你记得《镜花缘》这本小说吗?"

"滚，你这个总指挥，太不正经了! 你不就是想用小说里的故事说事吗，用心险恶。"

李光四看过《镜花缘》，当然知道刘博意有所指。小说里的一个国，那些人胃口很大，但是吃饭从不让外人看，而且在厕所里吃饭。因为吃了饭，马上就排泄出来了，也就是过过嘴瘾。

刘博笑嘻嘻地看着李光四，又看看凡尔纳。凡尔纳摊开双手，耸耸肩。

"别看我，你们用你们的文化斗嘴，我可真的无能为力啊。"

凡尔纳纵是有心加入，但也是有心无力。刘博与李光四，两个人斗斗嘴，凡尔纳是乐见其成，开开心心地，这才是根本。工作那么理性，多点乐趣，求之不得。

"粗鲁。老李，你可是个部长，注意说话用词。不能有辱斯文，你说对吧？"

刘博怎么会放过捋李光四的机会，早就想好了套，只等李光四上钩了。

李光四把餐具一放，

"算了，把领导贬得一文不值也不好。毕竟官大三级压死人啊，我图一时之长，难免后续给我穿小鞋。你们吃，我去洗餐具。"

李光四高挂免战牌，刚要走，通勤车内的飞行探测器操作员快步过来报告。

"刘总指挥、李部长、凡尔纳先生，发现一个情况，请你们到车内看一下。"

刘博顾不得再等李光四了，他们可不是来演小品的。毕竟还有使命在等着他们，也拖不得。他们陆续上车，坐回原来的位置，马上开始看飞行探测器传回的资料和视频。

李光四看了一会资料，就叫了起来，

"不可能，绝对不可能！我们以前的资料很详细，也探测过。而从飞行探测器传回的资料看，完全颠覆了我们以前的认知与工作计划。刘总指挥，你认为这资料真实性如何？"

刘博早就看到了，只是没有急于表达。刘博在做对比，对比"末日邮件"的资料。说实话，刘博也没有想到，飞行探测器传回的资料，竟然与"末日邮件"的资料差距这么大。

"你叫唤什么？一把年纪，都不如凡尔纳沉稳。老李，这方面你要多锻炼。泰山崩于面前，面不改色，明白吗？"

刘博说完，又一想，既然这次的资料是现场的、真实的。也难怪李光四大呓小喝的，对他打击有点大，便缓了口气。

"也在我的意料之外，但也是一个机遇，不是吗？"

李光四看了看刘博。"哼"了一声。

"你无所谓，毕竟你的资料是我们行动计划的基础。出现偏差，责任都在我头上。希望这个偏差不会太大。那现在该怎么进行下一步？"

还没等刘博说话，凡尔纳就接上了，

"李，现在的资料只是证明新的岔路是一个通道，但至于通向哪里，我们还都不知道。我觉得不用急于下结论，我们还需要继续探测，直到弄明白。"

"凡尔纳说的对，既然出现了资料上没有的通道，对我们来讲，可能又多了一个选择。我想这样，李部长带两辆车加后勤保障车一辆，沿原来的路线继续前进，要抓紧时间。我与凡尔纳带两辆车和后勤保障车一辆，沿新的通道前行。其余车辆原地待命！这两个通道哪个有新情况及时通报。有新情况或者特殊情况，救援车队火速前往。你们听明白没有？"

刘博听到李光四、凡尔纳与救援车队队长回答后。

"出发！"

刘博说完，走到李光四面前，

"路上先休息，让司机多注意安全，有情况及时汇报。"

李光四与刘博挥手告别，登上通勤车，向前疾驰而去。

刘博和凡尔纳走向通勤车，关车门后向另一个方向的通道，快速地驶了进去。

8

脉络迂回。

飞行探测器不断发回前方的各种影像和资料，刘博在车上越看越困惑。

李光四所走的通道，是规划中的最佳路线，特别是通道深达两千多公里，很符合刘博对深入地表对深度的要求，这也是刘博选定这条通道的原因。这条通道的优点就是深度合适，缺点是风险高。

什么风险？

理论常识：越往地心的方向走，离地心越近，温度越高。深入地表下两千多公里，这在以前是想也不敢想的。地表下两千公里，温度要多高？几千摄氏度？一万摄氏度？

常理看，火山喷发，地下的岩浆也不过一两千米。如果深入地下两千公里，那还不得几千摄氏度，上万摄氏度的高温？

世界、地球就是这么奇妙！

每一座火山，每一个活火山，就如人皮肤上的一个粉刺，只有这个粉刺发炎时，粉刺的皮肤才是热的、肿胀的。而粉刺下面的肌肉组织，没有任何炎症，也不会发热、发炎。

地球有脉络！

人体有脉络，如血脉、经脉、络脉、淋巴系统、神经系统、消化系统、呼吸系统等，构成了人体必需的生命机理。地球也一样，如刘博和李光四正在走的通道就是其中的一种，还有一种就是与通道并行的水道。地球内的水道和通道一样，而且是相伴相生的。正常而言，水道与通道之间相隔几公里，水道中的水流速很快，约每小时一百公里。所以即使在通道中，也偶尔可以感觉到通道壁的颤动。

快速流动的水，是保证通道内温度不高的主要原因。也因为这个水道，水循环流动不息，即使产生了泄露，在高流速的带动下，犹如真空一样，泄露的水又会慢慢地被吸回到水道之中，这就是刘博在紧急救援五天后才知道的。这时的刘博，还望着飞行探测器发回的信息，一筹莫展。

第四章

1

国联咨情会

第 11287 号特别国联咨情会在国联大厦 9 号会议厅准时召开。

椭圆的大会议桌，坐着国联委员会的委员及纪律监察委员会委员。在椭圆形大会议桌的后面，是依次渐渐升高的十八排座椅，围绕着椭圆形大会议桌的各区代表的座席。

各区代表，主要是由听证委员会专区、提审委员会专区、司法委员会专区、纪律监察委员会专区和人民自由听证专区组成。这也是国联咨情会制度的设定，为的就是更加客观、公正。

今天举行的第 11287 号特别国联咨情会是应纪律监察委员会的要求，由提审委员会提交议案，针对杨海在月球坠落、探测大队人员意外事故进行评估与追责。

在听证委员会专区就座的是刘博、李光四、潘建东、布朗、凡尔纳、南宇天、田静等人。今天的气氛有些压抑，不仅仅是来自会议厅的气息，更多的则是刘博的第六感，所带来的不安。

"大家肃静，第 11287 号特别国联咨情会现在开始。我是国联咨情会召集人施特劳斯，下面请纪律监察委员会副主席王江山做提案发言。"

施特劳斯是国联副主席，也是会议召集人。相对而言，就是国联的常务副主席。他 53 岁，原丹麦人，身材修长高大，典型的学院派风范。施特劳斯对工作很严谨，秉公正直，有口皆碑。

王江山从椭圆会议桌侧站起来，向施特劳斯点头示谢。

"我受纪律监察委员会全权委托，就近期出现的两起事故，向'偷月计划'项目及其主管刘博等提起调查问询，以决定'偷月计划'是否继续进行。下面先请委员会的克劳德宣读调查书。请。"

克劳德，原意大利人，原属于联邦调查局的首席侦察官，对案件的侦察有独到之处。西装、白衬衣、黑领结是他的标配，以示严谨。

克劳德从座位上站起来，扬了扬手中的文件。

"各位女士们、先生们，相信你们手中已有这次国联咨情会的会议资料。我们纪律监察委员会的职责，就是监督各系统的潜在风险和问题，特别是针对各负责人的问责，是我们这次会议的主题。下面，我就近期出现的两次事故的调查结果，通报给大家：

"第一个，阿兰-斯佩意外事件导致杨海生死不明，往小处看，阿兰-斯佩的误触，引发了我们去月球的救援行动，导致杨海下落不明。往大处看，就是该系统的管理流程、保障机制出了问题，这是无可置疑的。第二个，通道透水事故，导致四百三十八人死亡的重大事件，事后竟然没有做总结，可见地质勘探队存在多少问题。

"我再补充一句：以上两起事故，都是源于启动'偷月计划'的一个组成部分。而'偷月计划'总负责人的责任将怎么认定，是在等这两次事故负责人释疑后再做决定。下面请杜前程、李光四发言。"

克劳德向听证委员会一挥手，然后坐了下来，静等杜前程和李光四发言。

杜前程看了看手中的文件资料，站了起来，走到椭圆形会议桌前的发言席，向国联委员会委员们一鞠躬。杜前程随后调整了一下麦克风的高度，开始了发言。

"尊敬的各位国联委员会委员、纪律监察委员会委员，我是杜前程，我将有关杨海坠月事件做一个详细的汇报。大家都知道，我是作为一名救援队队长的身份，前往月球执行救回阿兰-斯佩的任务。我们的任务，本身没什么可以被指责的。阿兰-斯佩误触量子超级输送机开关，导致阿兰-斯佩在月球出现，并很快失去了知觉。于情于理，我都必须全力以赴地去救援。因为，阿兰-斯佩是我们的工作人员，也是项目组中的专家。我无意强调阿兰-斯佩的专家身份，即使他是一个普通人，出现类似情况，我们也是全力以赴，实施救援。"

杜前程看了潘建东、刘博一眼。

"我认为，我们的救援行动，除了杨海意外坠入月球环形山底以外，并没有不当之处。我们救援队回来以后，把整个事件做了复盘。最后我们一致认为，这件事情可能没有你们想的那么简单！若不是今天的特别国联咨情会，我们的推论应该还仅限于我们研究与论证之中。下面我说的话，还是属于机密，我请求国联副主席，今天的国联咨情会，仅留下国联委员、纪律监察委员会委员和涉事人员，其他人员请离开现场。"

施特劳斯考虑了一下，点点头，

"现在我请除国联委员、纪律监察委员会委员及涉事人员留在厅内，其他人员请尽快离开会议厅。因为事关机密，请离开的人员理解。另外有其他事情时，根据需要，再请大家回来做听证，谢谢大家。"

施特劳斯说完，站起来，向厅外做了一个请的手势。看到人们陆续走出大厅，施特劳斯坐了下来。

"杜前程，你现在可以接着讲了，同时提醒你注意时间。"

"谢谢副主席。我自参与救援行动到事后的复盘，都有一个结论，那就是阿兰-斯佩误触量子超级输送机是被某个高级智慧生物诱使的。我认为大概率是为了试验量子超级输送机对他们有无威胁。"

"等等，请你把这件事讲得明白一些，注意你说话要有证据，不要把责任推到未知的地方。"

克劳德打断杜前程的发言，并指责杜前程有推脱责任的嫌疑。

杜前程看了看克劳德，把手里的一份资料拿了举了起来。

"我想大家都知道阿兰-斯佩回来时是什么状态。到现在为止，阿兰-斯佩的生命特征一切正常，但唯独他的大脑已经没有了，却没有一点手术痕迹。你们谁能回答这个问题？"

杜前程看着克劳德，又看向纪律监察委员会的人。纪律监察委员会的人，都在低头看资料，只有克劳德迎着杜前程的目光，相视了一会。

"杜组长，今天的听证会，可不是你一个人。你提出的这个问题，最好还是由你们一起来的同事做回答。毕竟，不管是脑科学还是登月计划，都是你们一直在推动。如果我们纪律监察委员会的人，都对这类的专业比较熟悉，你们会不会失业？"

杜前程听到这里，感觉心里的无名火一下子就蹿了上来，他们也太不尊重科学家，太不尊重他们的付出了！

"我们会失业？这真是天大的笑话！也好，我们的职责换了，你来做我的工作，我去做你的工作，看看到底是谁不称职！你，敢试吗？"

杜前程的咄咄逼人，克劳德没有接招，反而沉静地喝了口杯里的水。

"我们有我们的职责。刚才是打一个比方，而且我也告诉你，我们纪律监察委员会的人，也是有这方面的专家的。不然，我们也不会提议召开特别国联咨情会。"

"是吗？既然你们有专家，你们让专家来回答这个问题吧。"

杜前程不依不饶，质问克劳德。

"请你注意，今天的咨情会，是我们问你，首先请你明白这个问题。如果你不明白这个问题，可以向施特劳斯副主席请示。"

克劳德这句话很有杀伤力！杜前程也明白，有点懊恼，但却没有向施特劳斯发问的勇气。

就在这时，听证席上的刘博站了起来，走了过来，拍了拍杜前程的肩膀。

"您回听证席。我是'偷月计划'的总指挥，也是各个项目的总负责。所有项目的进展与事故，我熟悉，我来答辩。"

杜前程感到心里一阵暖流，但要刘博全部承担责任，又是杜前程不愿看到的。

"刘总指挥，您来不合适，毕竟事故不是您愿意看到的。再说事故的偶然性、突发性都是有目共睹的。也有记录，不能因为他们一操作，就必须有人负责。这也是事实。"

"杜前程，我相信他们的出发点是好的，任何工程，任何探测都以安全为前提，任何人都不想看到事故，看到伤亡。但我们的工作，可能有失误的地方，我也应该接受特别国联咨情会的质疑。您回听证席，也是对我的支持。"

2

刘博在杜前程刚才的位置坐下，调整了一下麦克风，开始讲了起来。

"尊敬的副主席先生、各位委员，现在由我来进行质疑答辩，我相信各位也觉得我是合适的人选。首先我就杜前程没有讲完的话题，接着讲，可以吗？"

施特劳斯点点头，

"刘博，感谢您来进行解释，这也是对我们国联工作的支持。您知道，这么大的计划，不仅仅是一个科研课题，更是承载了我们人类未来的使命。但我们又要把机密限制在一定范围之内时，我们的国联咨情会确实面临一个大困难。而你，不仅是'末日邮件'的持有人，更是'偷月计划'的发起人与执行人，所以我们也是慎之又慎。关于这一点，我们也请您理解。"

"坦诚、互信、规则、流程是我们解决问题的首要条件。既然出了意外事故，我们就分析事故的原因。只有彻底地分析事故原因，找到事故的主观及客观因素，我们才能解决问题，并避免出现类似事故，为今后计划的顺利进展打好基础。下面我就这两起事故做相关的汇报，希望可以还原事故真相，使大家齐心协力把我们未来的路走好、走远。"

刘博的话，引起了国联委员们的鼓掌，刘博团队的同事们也深受鼓舞，对事故造成的情绪影响，也缓解很多，

"阿兰-斯佩的意外事故及杨海的意外坠落，我们通过大量的数据分析及对阿兰-斯佩的全面体检，证明了我们的推测——系月球高级智慧生物导致的。阿兰-斯佩的大脑全部消失，不可否认，阿兰-斯佩再也回不到他以前的状态了。另外，根据我们对

阿兰-斯佩、杨海大脑里的纳米传感机器人的追踪，结果显示处于活跃状态，地址就是杨海坠落的阿里斯塔克环形山底。"

"请问刘博，阿兰-斯佩如果说是他误触了量子超级输送机是外力下的原因，包括他的大脑被拿走。那'他们'为什么又对杨海下手，让我们失去了第二个人，你怎么解释？"

克劳德虽然相信刘博的分析，他却对杨海的坠月，又耿耿于怀。

"克劳德先生，对于杨海坠入阿里斯塔克环形山底，我们亦感到十分悲伤。我相信，我们还有机会遇到杨海，因为从阿兰-斯佩事故上，我们分析'他们'是想得到我们人类的思想，这是'他们'关心的。真正的人体，并不是'他们'的关注点，随着'偷月计划'实施并成为可能，希望我们可以在地球上再见到杨海。"

刘博对杨海，还是有侥幸，认为杨海是被'他们'抢去，做对人类的研究，以此来对付人类的样本。

"刘先生，如你所说，在月球的高级智慧生物，如果在极短的时间内，可以窃取人类的大脑。'他们'这样的科技，你有什么把握可以打败'他们'？"

克劳德这句话问到了点子上。刘博力主"偷月计划"，但"偷月计划"的风险性及危险性，刘博一直没有讲。特别是在接连出了两次事故之后，纪律监察委员会及国联委员会的担心与日俱增，也是导致今天召开特别国联咨情会的原因。

此刻，刘博也清醒地知道，"偷月计划"的风险性高，不确定因素多。但刘博相信这几年科研的突飞猛进，是把一切不可能变成可能的关键因素。特别是地球面临日益严峻的能源危机，与其坐以待毙，不如主动出击，至少还有一线希望。至于说能不能打败月球的高级智慧生物，目前尚不能下结论。

"各位国联委员、纪律委员，坦白来讲，我对打败月球高级智慧生物没有把握。如果用打败、征服这个方面的立场来谈，是我们的惯性思维。也许，从另一个角度来讲，我们或许可以和'他们'共存呢？即使真的到了决战的时刻，我相信我们能够找到他们的弱点，并把他们解决掉！"

"如果解决不掉呢？"

克劳德打破砂锅问到底，这也是大家关注的。所以，国联委员都盯着刘博，观察刘博的反应。

"如果解决不掉，就是地球的末日，也是人类的末日。虽然有这种可能，但我不允许这种情况出现。"

刘博的语气很坚定，但没有说出方法，仍然让国联委员们心怀忧虑，克劳德更是忧心忡忡。

"如果这个疑虑不解除，我代表纪律监察委员会向国联大会提交决议，终止'偷月计划'的实施。刘博，你明白吗？"

"我当然明白！任何事物的发展都不是一帆风顺、一蹴而就的。也没有任何一个新事物没有风险！我们的'偷月计划'是一个连续计划的一部分，如果我们连第一步都迈不出去还谈什么探索宇宙？即使面临的是能源危机，我们也无法应对！所以，科技创新本身就是探险，是为了更大的探险准备的。自上次脑联事件已经过了十年时间，在这十年内，我们的科技发展成果比自工业革命以来的所有创新还多。特别要指出的是，我们的大脑利用率接近百分之十！我们已经具备了走出太阳系的能力，现在该是进入实施阶段了。所以我认为，实事实干，才是我们走出太阳系的基本基础。如果我们的决策层还在纠结偶然事故带来的风险，我们终将被困在地球，自绝于地球！更是对有史以来所有天文学家探索与贡献，赤裸裸的嘲笑！"

刘博的豪言壮语，让几位国联委员深有感触，按了赞成灯。但克劳德依然不依不饶！

"我不否认你说的这些，都是对的。我问的是，如果'偷月计划'成功，月球上的高级智慧生物对我们人类发起攻击，这样的引狼入室，我们有把握赢吗？赢得概率有多大？需要投入多少人的牺牲，请你回答我？"

克劳德的发言，有极强的煽动性，也是把问题直指核心，特别是指向刘博都不确定的核心。椭圆形会议桌上的人，三三两两地开始小范围交流，听证席上则气氛压抑，都开始为刘博担心。"偷月计划"本身的方向性与未来性无可置疑，但接连出现的事情，却成了压在他们心上的大山。

3

刘博见避无可避，只能迎难而上！

"'偷月计划'有很多预案，包括对月球高级智慧生物时，我们的预案有。至于效果如何，我们会在量子超级输送机输送完量子超级绳索后，对月球高级智慧生物进行一次探试，也为我们直面月球高级智慧生物做好准备。当然，我们的工作内容现在还不便公开，这取决于我们的工作进展。另外，对于克劳德先生提出的问题，我认为我们赢的概率超过百分之九十。损失的人口会有，但绝对不会多！我和我的团队有能力赢得了未知的、未来的战争。"

还没等刘博说完，就听到克劳德的嘲笑。

"你用什么来制止月球高级智慧生物的入侵？你又拿什么方案保障呢？空口无凭啊。"

刘博知道，这不是赌气的时候，更不是任性的时候。面对质疑，如果换作是刘博，相信刘博也有同样的质疑。所以，刘博对此保持足够的冷静，并没有因为克劳德的发问而失去理智。

而刘博所有的信心皆来自"末日邮件"。但"末日邮件"又不可示人，也意味着反击的无力！

"我理解克劳德先生的疑虑，现阶段我和团队确实拿不出有力的武器来保障人类及地球的安全。但任何事情都是从理论再到实际的创新的，难道不是吗？我是确信'末日邮件'的内容及未来的发展路径，这个是不会有错的，特别是从脑科学的发展带动各学科的大飞跃。这是有目共睹的，难道不是吗？"

"有目共睹的大发展，也不全然是'末日邮件'的功劳吧？难道我们人类不努力吗？"

"人类都努力！但你不应该否认'末日邮件'里的理论与技

术带来的创新，更不应该漠视'末日邮件'的作用。再者，我们这样的争吵没有任何意义，除非你们也有好的解决方案。不然，我们这样谈，就是浪费彼此的时间。"

刘博已经渐渐看到克劳德的固执，忽然失去了与他继续解释的心情。

"怎么，你想撂挑子？这么大的计划与工程，你想干就干，想不干就不干，你是在要挟国联委员会吗？"

"克劳德先生，你可能误解我的意思了。我认为我的解释你理解不了，我们的沟通不在一个频道上。因为技术研究的方面你不懂，更何况在人类前途命运方面的问题上，不是纪律监察委员会所能预判的。您看这样好吗？你们再找一个或者组建一个纪律监察委员会技术专家组，到时候我们再进行国联咨情会吧。不然，我们这样的咨情会，只是单纯的浪费时间。"

刘博的这几句话，有足够的杀伤力，直接把没有技术背景的克劳德踢出去了。

克劳德早就火冒三丈，气冲脑门。脸色红红的，眼睛瞪大，身体也有些颤抖。

"刘博，你要为你说的话负责！是，我不懂技术，但是我懂风险！我懂流程、我懂纪律，这些就足够了！说到技术，你不过是挟'末日邮件'以令诸侯罢了。可谁又知道你的'末日邮件'不是你自己编造出来的呢？你可以把你的'末日邮件'拿出来，这样就可以结束无谓的争吵了。"

刘博冷冷地看着克劳德，就像看着一个怪物。

"我不拿出来，自然有不拿出来的道理。再说了，这件事我当时请示过主席。为了安全，只能由我自己保管，其他人无权查看。上次脑联死亡人数之多，悲惨的事件你应该经历过，你还想让悲剧重演吗？"

"别说得那么吓人。你拿出来验证，会有悲剧上演？如果真的有这样严重的后果，放在你一个人这里，稍有偏差，全地球的人，都得给你陪葬！"

克劳德的这句话，犹如一颗炸弹，整个会议厅顿时愕然，而后成了喧哗的海洋。

"大家肃静，请大家肃静！"

国联副主席施特劳斯大声说道，同时用手拍了拍麦克风。

"嘭、嘭、嘭。"

"克劳德先生，这里是特别国联咨情会，请注意您的言辞。关于'末日邮件'确实有，这方面你确实无权过问。今天的咨情会，仅就这两起事故进行问询。请您不要把其他的事情扯进来！"

施特劳斯的发言，让整个会议厅内顿时安静了下来，克劳德见副主席发言，也只能忍气吞声，不再去询问"末日邮件"的事情，但他也不会就此罢手。

"好吧，既然这样，我们再回到发生的事故上。特别是通道透水，导致四百三十八人死亡的重大事故，必须有人为此负责！"

克劳德边说，边直视刘博，最后说话的语气，已经是恶狠狠的宣战！

刘博看了看克劳德，知道他们不会善罢甘休。与其扯皮，不如担责，其他的，交给天意。因为，你面对的是小人。

"我是总指挥，不管什么原因，我都有不可推卸的领导责任。这两件事上，我负全责。"

"既然你负全责，那我们纪律监察委员会就追究你的责任，你没有意见吧？"

克劳德终于抓住机会，准备痛打落水狗，可惜他得意忘形，而忘了职责。作为一名纪律监察委员会成员，秉承客观、公正才是他的本质。一旦陷入自己的偏见，越走越远，只会毁了自己的天。

刘博狠狠地瞪了克劳德一眼。

"施特劳斯副主席，我对这两起事故负有领导责任，既然纪律监察委员会要追究责任，那就由我一个人承担吧。另外，工程的进度希望可以继续进行，以免使计划中断。再次感谢国联委员们对'偷月计划'的支持，谢谢！"

刘博说完，站了起来，向施特劳斯一鞠躬，向听证席走过去，逐一跟团队成员打招呼。然后迈步向会议大厅外走了出去，留下国联委员会与纪律监察委员会的委员，一脸茫然。

4

棉　兰

印度尼西亚苏门答腊岛的第一大城市，海拔低，气候宜人。

　　刘博与凯瑟琳牵手走在郊区的工地附近，看着直径约十米，并排有一千根电缆组成的巨大长龙，呈东西向穿过棉兰，在赤道正中延伸开来。

　　"刘博，这真是个壮举！十公里宽的电缆，在赤道中心围绕地球转一圈。这不是给地球戴了一个戒指，而是戴了一个环啊。"

　　凯瑟琳站在电缆旁边，仰着头看着圆柱状的电缆像一条条巨龙。因为外表是一层透明的绝缘层，里面黄铜色的线芯清晰可见，宛如一排金黄色的长龙，卧附在大地上，真如给地球戴上一枚金戒指。

　　刘博看着凯瑟琳摇了摇头。

　　"你就是个没心没肺的洋娃娃！既使人稀罕，又胸大无脑。你当年的诺奖怎么拿的？哎。"

　　刘博做出一副生无可恋的样子，偷着笑。

　　凯瑟琳也没有生气，反而调皮地笑着，用手指刮了一下刘博的鼻子。双手绕着刘博的脖子，温声细语地说：

　　"你傻啊。一个女人再聪明，在她的爱人面前，智商约等于零。再说，我的智商越高，不就显得你越普通了吗。让你信心不足，那多不好。"

　　"切，自己还会臭美，给自己脸上贴金。"

　　"没办法啦，十年前拿诺奖的美女，可不是别人羡慕的。即使你想拿，诺奖已经停发、停办了。"

　　凯瑟琳得意扬扬，等着刘博回击。刘博却没有再说话，用力

地把凯瑟琳向怀里一抱。凯瑟琳感觉刘博压向自己，忍不住"啊"了一声。

"你这么大了，怎么还像个愣头青？告诉你啊，这个月大姨妈还没有来，已经晚了五天了。"

"嗯？那怎么不早告诉我？你居然隐瞒不报，看我怎么收拾你。"

刘博保持着张牙舞爪的表情，并开始牵着凯瑟琳的手向房车走去。

"你慢点。这样拽着我，我手疼啊。"

凯瑟琳抗议着，无效！

刘博停职后，在家喝酒喝醉过。刘博也向老所长诉过苦，就差一把鼻涕一把泪了。在凯瑟琳的建议下，两个人开着房车周游世界，权当是散散心。

今天是他们两个人出来的第八十七天，颇有浪迹天涯的意味。也碰巧，今天在棉兰郊区看到了围绕在地球赤道宽达十公里的电缆线圈，使刘博的情绪兴奋起来。刚才凯瑟琳说大姨妈迟来快一周了，让刘博更为激动。刘博不让凯瑟琳乱走了，回房车好好休息。

房车内部秩序井然，一室、一厅、一厨、一卫。在他们出来的这些日子里，这就是他们的家。刘博让凯瑟琳在 U 形沙发上坐下，然后去倒了一杯水给凯瑟琳。

"说吧，怀孕了为什么不告诉我？"

"只是晚了五天，现在还不确定嘛，你猴急什么？"

凯瑟琳并没有当回事，这是有道理的。女人嘛，有时候晚几天也正常，特别是这段时间以来，他们两个人从来没有这么长时间在一起生活。

"晚了五天不是关键，关键的是你到现在也没有来的迹象啊。以前你来大姨妈之前两三天，总是腹痛，你现在还没有腹痛，就表明你三两天内不会来大姨妈。三两天不来，就七八天了，证明你怀孕了。亲爱的，这是我们出来最大的收获。"

刘博把凯瑟琳搂在怀里，亲吻了她的脸，又亲吻了她的额头一下。

"你想得美，一生孩子，女人就丑了、就老了。到那时候，你移情别恋了，我得多后悔啊。"

凯瑟琳嘟囔着。

"是吗？得诺奖的女人，就这么不自信？"

"得奖是十年前的事了，现在跟着你浪迹天涯，四海为家。你说我这是多惨，混成什么样子了？"

凯瑟琳偷偷地笑了下，被刘博发现了，伸手在凯瑟琳胳肢窝上一挠。

"哈哈，太痒了，不要。不说了好吧？"

凯瑟琳按着刘博的手，想逃开，哪里挣得脱。

"让你气我，先给你点颜色看看。"

"我投降了，下不为例好吗？"

"还有下次？先把这次解决了。"

"咋解决？都听你的，亲爱的。"

刘博不再说话，对着凯瑟琳就吻了过去，环抱着凯瑟琳的腰，手向下去抚摸凯瑟琳的臀部。凯瑟琳静了下来，投入接吻的激情与温情中，身子软了下来……

第五章

1

海南文昌，原航天发射中心改为了超级地磁指挥中心。

南宇天、布朗、施密特-冯、吴天祥、田静等最近刚到这里办公。与其说在这里办公，倒不如说是他们的落脚点。因为在项目的安装期内，他们出差的时间比在控制中心的时间要多。今天难得他们没有出差，所以，南宇天决定召开一次项目的进度协调会。

项目协调会在控制中心五楼的会议室举行，宽敞明亮的会议室内，除了一个长条状会议桌外，就是那醒目的显示屏。虽然显示屏不常用，已经是十几年前的产品，但用在今天的会议中，却有意想不到的效果。屏幕越大，效果越震撼！

南宇天等项目团队成员依次坐好之后，逐一看了看他们。

"大家都到齐了，我们今天开个会，这个会也是我们项目组的最全的一次开会。所以，我们这个会是项目进度协调会，也是我们大家的碰头会。我首先讲一点，就是我们这个团队从组建到现在也不过一年零两个月，取得的成绩，也是目前整个'偷月计划'各项目中最快的、最好的团队。在这里，我要感谢团队的全体成员，是你们的努力，确保了整个项目有序、高速地推进。

"另外，我们整个项目目前的速度，可能是早于计划时间达两个月。也就是说，我们的工作要早于其他几个项目组提前完成了。下面，我们请吴天祥汇报能源组的工作进展。"

南宇天的声音刚落，会议室的掌声随即响了起来。

吴天祥40来岁，一张国字脸，眼睛炯炯有神，站起来时脸上略有腼腆。

"感谢领导支持，感谢大家的帮扶。"

他向大家点头算是打招呼，然后开始了他的工作报告。

"我们能源项目组，根据总能源指标，做了以下两个分解：一是针对我们'偷月计划'总体要求，我们把能源供应分成两个方面，一是陆地能源，凡是环赤道线圈经过的陆地，有水电的利用水电，有火电的利用火电，有风电的利用风电，当然也包括光电资源。从这方面来讲，陆地能源的供应不成问题。二是针对海洋占了环赤道线圈的大部分。我们项目组在环赤道线圈南北五百公里的范围内，大规模地安装海洋漂浮光电系统，目前安装进度已经达到了计划总量的百分之九十。相信到了月底，整个环赤道线圈的能源供应基地就能全部完成。"

会议室内再次响起来热烈的掌声，吴天祥的脸色发红。

"大家先让我说完。

"二呢，针对光电系统先天的缺陷，那就是只有白天才能发电，夜晚及阴雨天，能源供应就无从谈起。我们项目组根据这个缺点，采用了海底储能设施，把白天发的电，先储存到储能设施中。特别是提到的储能设施，安装在海底有三个优点：一是降温好，消除掉储能设施产生的高温。二是防止储能设施易燃易爆的伤害。三是特制的防水系统。通过这三点，我们能源供应组的施工方案与计划进度都超过预期。

"通过这两个方面的规划与施工，确保环赤道线圈能源的稳定供应。我们能源组能够顺利完工，当然要感谢我们拥有强大的生产能力与安装施工能力。在目前情况下，只要有创造性的计划，其他的都不是问题。创造性的问题交给领导，剩下的问题交给我们。不负众望！"

吴天祥讲完，向大家一鞠躬，然后坐在位子上。

南宇天带头鼓掌。

"我代表项目组团队成员向能源组表示祝贺，你们辛苦了！为了我们共同的使命，我们要继续攻坚克难，直到保障'偷月计划'顺利完成。下面请施密特-冯汇报测控组的工作进展。请。"

施密特-冯是原德国人，工作严谨，不苟言笑。也正是因为他的这个特点，南宇天将测控组交由他来领导，也是因人授权。

施密特-冯站了起来，点点头，开始了汇报。

"我们组建的测控团队，经过一年的锻炼与工作，目前已经接近完工，只等其他组完成后，即可全面开展第一次实际测控。"

他顿了一顿。

"测控组根据地球南北两极的磁性属性，对目前施工中的环赤道线圈的长度、功率、耗能及最大作用距离，都进行了详细的计算和估算。各方面都已经在做最后的完善，可以负责任地讲，测控组远远超出了'偷月计划'的总体要求。测控组全体成员于昨天完成最后一次计算验证，证明环赤道线圈与地球磁极相配合，很轻松地完成这次'偷月计划'。另外，测控组在安装环赤道线圈控制设备时，使用甘特工作图及大量的人工智能应用，高精度控制设备的三百亿条控制线，无一差错，提前完成测控设备安装……"

2

会议室内的汇报渐渐接近尾声。田静作为能源组与指挥中心的协调官，欲言又止。

南宇天看了看田静，知道她的顾虑。

"田静，你有什么想法，就和大家聊一聊，不要有顾虑。"

田静听到南宇天的点名，站了起来，神情有一些凝重。看了看南宇天，像是下了决心。

"南教授，各位同人。听了你们的项目进展汇报，让我由衷地感到高兴。相比其他的项目组，我们能源供应组工作量最大，却又是最安全，也应该是最早完成项目进度的小组，这是值得庆贺的。而我刚刚听大家汇报的同时，在想一个问题，那就是'偷月计划'的发起人——刘博。刘博被国联委员会停职，使得'偷月计划'前途未卜，我作为协调官，深知各个项目的进展。我们项目进展的最后调试阶段，都少不了刘博的现场调度和参与。因为，'偷月计划'的核心是刘博。"

田静说完，陷入了沉思。会议室里的气氛，猛然降到了冰点。刚才汇报工作进展超额完成任务的喜悦，被田静的发言打破了、打碎了，会议室静得可怕。

南宇天想接话，却都一时没想到怎么说。

布朗、施密特-冯、吴天祥等，感觉这个话题，离他们很远。他们是项目组的执行人员，即使南宇天，也只是项目的执行长，任何方案的改动，他也没有决策权。整个"偷月计划"的实施与项目拆分，南宇天参与得很少。所以，田静讲完，南宇天也陷入了深思。

而在他们谈到刘博的时候，也不会想到刘博也曾因为停职，而陷入自暴自弃的状态。如果当时他们见到刘博，肯定会吃惊到害怕。

刘博在特别国联咨情会后回家。刚进门，凯瑟琳就迎了过来，把刘博的公文包接过来，同时用左手拥抱刘博，在刘博的脸上吻了一下。

"亲爱的，国联咨情会的结果怎么样？"

刘博亲了亲凯瑟琳的脸，使劲地拥抱了她一下。因为他知道，不要让凯瑟琳替他担心，给她应有的安全感。

"还没有结果，我是负有领导责任，也许过几天就有结果。正好可以在家休息几天，你也可以好好地尝尝我的做菜手艺。"

"真的假的？你可不许耍赖皮。那今晚的菜，就由你负责，我去修改几处文件。"

凯瑟琳边说，边把刘博推向厨房。

"哎、哎，我刚到家，怎么也得休息休息吧？你有没有同情心啊？"

"同情什么？快去做饭，我饿了。"

凯瑟琳知道，你不赶紧催他做饭，他立马又去偷懒，而忘了做饭。

开始几天，刘博表现还可以，专心做家庭好妇男。随着事情的拖延，刘博的心情也逐渐沉重了起来，做的菜口感也越来越差。

凯瑟琳知道他的情绪正在变得越来越差，只能默默地看着，帮不上任何忙。

就在刘博回家一周后，收到了停职的通告。刘博看到停职通告中将死亡四百三十八人之多的责任，全部由刘博一个人承担时，刘博真的生气了。红着脸、咬着牙把停职通告撕了，顺手把碎纸扬在了客厅里。刘博的"偷月计划"并不是他的一己之私，那是为整个人类命运的未来做的探索！在耗费巨量的物力、人力之后，因为两起事故，就面临下马的危险，这更让刘博心疼不已。

特别是两起事故造成的人员死亡，全压到他一个人身上时，刘博真的是欲说不能、欲哭无泪！刘博颓废地躺在沙发上，泪水顺着眼角流了下来，如同断了线的珍珠，滴落在沙发上。

刘博自启动"偷月计划"以来，夜以继日把时间大部分都扑在了工作上，为此他与凯瑟琳的家庭生活也舍弃了很多。更是大大地减少了去看望父母和孩子的次数，为什么？还不是为了早日让"偷月计划"能够早日达成，早日让人类进行太空之旅！人类用宇宙飞船是完不成走出太阳系的，人类只有用地球的卫星——月球，充当星际旅行的飞行器才是最为可取的。原因有三个：一是月球足够大，可以让几千万人生活在月球内部，保证人类在月球上的正常繁衍。这样就是再远的星际都不可怕，到哪里只是时间问题。二是月球表面的环形山，可以在星际旅行中，抵御小行星对人类的损伤，让生活在月球内部的人没有性命之忧。三是月球本身具备的能源，可以很好地为人类提供源源不断的能源供应。

仅仅以上三点，刘博相信，无论是谁提出这个"偷月计划"都不会有人反对，肯定会获得国联委员会的授权，而顺利展开。结果呢？自己提出并付出了大量的心血，却因为两起事故而停职了，这心中的怨气，让刘博自己感到窝囊，问题出在哪里呢？

刘博用手敲了敲脑袋，张开两只手的手指，把手指插进头发中，攥紧了头发，用力地揪了一把，希望头发的疼痛，可以让自己清醒一点。

刘博站起来，走到酒柜前，顺手拿了瓶老贵窖-黑金，打开包装盒，开启瓶盖，对着嘴就喝了一大口。高度白酒的浓烈，呛得刘博咳嗽了几声。刘博的脸色红了起来，开始喝第二口酒、第三口酒。不一会工夫，刘博就把一瓶老贵窖－黑金喝了个精光。刘博又把手伸向酒柜……

3

凯瑟琳一进家门，旋即被酒味及呕吐物的气味给熏得差点吐出来。捏着鼻子走到客厅，看到刘博躺在客厅中央，周围全是刘博吐的酒水和少量的早餐类食物。凯瑟琳气得跺了跺脚，过去看了看刘博，然后走到卫生间拿了条毛巾，在洗手盆里用水打湿了，又拧干水。

凯瑟琳走向刘博，蹲了下来，用毛巾先擦了擦刘博的脸，再擦了擦刘博的手。刘博刚才喝酒大醉，浑身沾满了自己的呕吐物，让凯瑟琳皱起了眉。想了一下，凯瑟琳开始脱刘博的衣服。刘博的胳膊被凯瑟琳伸缩地弄着，为了脱他的衬衣。

"别动我，别动我。听到没有？我肚子不舒服，让我休息会。"

喝醉的刘博是有意识的反应，酒醉后的头晕，让他睁不开眼，感觉光线都亮得让他头晕。更让他感到难受的就是凯瑟琳对他脱衣服的举动，凯瑟琳每动他身体一次，刘博都感到疼痛在加剧。

"你喝了多少？前几天不是好好的吗？怎么突然喝这么多酒。身体是自己的，你不知道吗？40 岁的人了，还像个傻孩子。你和谁赌气呢？命是自己的，听着吗？小傻子。"

"听着，浑身难受，别动我！让我躺会，听到没有，别动我！"

"不动你？你看看你身上、脸上，全是你吐的脏东西。你不恶心？自己脏得要死，家里都是酒臭味，你这是像谁示威？"

凯瑟琳边说，边动手脱光刘博的上衣，又给刘博擦了擦脖子。刘博因为喝醉了，不仅不配合，反而挣扎，让凯瑟琳一会就大汗淋漓。

凯瑟琳擦完刘博的上半身，又把刘博的裤子脱了下来，刘博只穿着内裤，赤条条地躺在客厅中。凯瑟琳又去洗手间把手中的毛巾洗了洗，把水拧干，再来擦刘博的腿和脚。

凯瑟琳收拾、擦拭完刘博的身体，把刘博的脏衣服和毛巾扔进洗衣机，靠着卫生间的门，看着躺在客厅的刘博。凯瑟琳知道刘博最近的委屈，但你一个人思想走得太快、想得太远，会有多少人理解你、支持你？你是无私的，但人究竟还是自私的多。"偷月计划"是对的，但投入的人力和物力，也是天量的数字。"偷月计划"是人类历史上第一个敢于把一颗行星的卫星拉回到行星上的行动。这么大一个工程，以前是不敢想象的。而刘博敢于提出，敢于去行动，这本身已经载入史册了。

刘博在地上翻了个身，趴在了地上。凯瑟琳一看到刘博翻了个身，再翻身就又要粘上呕吐物了。赶紧走过来，凯瑟琳看了看，想扶起刘博。刘博嘴里嘟囔着，就是起不来。

凯瑟琳知道，刘博趴在地上，时间长了对身体不好，不能因为停职，再把身体搞垮了，毕竟身体才是事业的本钱。凯瑟琳只能用胳膊抱着刘博肋下，拖着刘博向卧室走去。

沉！

刘博喝醉了酒，死沉死沉的，好不容易把刘博拖到床上，凯瑟琳也累得没了力气，喘着气看着刘博。又一想，刘博在地上待了这么久，又哄着刘博把内裤脱下来。

刘博嘴里喊着老婆，凯瑟琳搂抱着刘博的头。

"想喝水吗？"

"不喝，难受。好老婆，我难受。"

"喝醉了能不难受。你喝了多少酒啊，不要命了？"

"想要好老婆，想了。"

"你都喝醉了，先睡觉，听话。"

刘博借着酒劲，开始摸索着解凯瑟琳的衣服。凯瑟琳用手阻止刘博的手，反而惹得刘博更加用力地去解凯瑟琳的上衣。凯瑟琳刚才忙了那么久，已经没有力气阻止刘博的胡作非为了。

爬到凯瑟琳的身上，把凯瑟琳的双腿向凯瑟琳头部的方向一压，就开始活动。凯瑟琳闭着眼睛，泪流了下来……

4

南宇天做会议总结，使得气氛变得有些压抑，而这也是大家都知道的，都不公开谈论的原因。

刘博的停职，不仅仅是对刘博造成了心理上的压力，特别是当克劳德把两起事故死亡人数强加给刘博的失职后，在等待判决的那两周时间内，刘博的情绪压抑到了极点。

刘博承认自己负有领导责任，但如果让自己负全责，这与谋杀无异！四百三十八条人命全部由一个人承担，这肯定是有失公允的，判决中没有提。

"天要下雨，娘要改嫁，我有什么办法。既然认定我的责任，这也有事实。我已经够幸运了，相比其他人，我至少还活着。相比他们，我还与妻子、父母、孩子一起生活着，这就是幸福吧。"

凯瑟琳盯着刘博，使得刘博心里发毛。

"看我干嘛？我刚才说的是真的。以前总是忙，忙工作、忙研究、忙会议，结果错过了父母的生日、错过了结婚纪念日、错过了年夜饭。这样的生活还是生活吗？现在好了，无官一身轻。虽然事故是我的责任，但我已经接受了处罚，总结了教训，即使我天天以泪洗面，也改不了，也换不回他们的生命。所以，我要放下包袱，从做一个儿子、丈夫、父亲开始，重新生活。凯瑟琳，我这样对吧？"

凯瑟琳点了点头。

"你这样想就对了。本来工作是工作，生活是生活，当两者深度重合时，这两方面都会一团糟。在等待判决书的两个星期里，你喝醉了三次，拒绝电话一百一十次，对我和孩子发了无数次火。亲爱的，你知道吗？你这样做的时候，你的心境让你成了恶魔！你有压力、有愧疚、有绝望，这些都是正常的。但你把这些情绪发泄在家庭中，发泄到我和孩子面前，你已经深深地伤害了我们。而且……"

凯瑟琳欲言又止，刘博感到疑惑，看了看凯瑟琳。

"怎么了，你直接说就是。"

"你的状态也影响到了我们的夫妻生活，你走向了两个极端：要么粗暴直接，没有一丝温情，与强奸无异。要么一蹶不振，但你还在一直反复坚持。你这样让我很受伤，我理解你的处境与心情，你不能总是无休止地沉沦下去。因为这样不仅伤害了最爱你的人、最亲近你的人，更是让你自己坠入罪恶的深渊。"

凯瑟琳说着，眼睛红了，眼泪顺着脸颊无声地滑落。一颗接着一颗，又滑落到额下，湿了毛衣的衣领。

刘博知道自己错了，赶紧走过来，紧紧抱着凯瑟琳，亲吻她的脸。

"对不起亲爱的，最近我的失态，有些变态了。也许是心理的落差，也许是面对失去了的那些生命。重压之下的我，心态有些崩溃！有时候想喝酒麻醉自己，却越喝越难受。又想和你做爱，想发泄出来就好了，结果是事与愿违。更让我信心崩溃的是，有时候想和你做爱，很想、很想，但却勃起不了。以为我们下体的摩擦可以有助于勃起，却在摩擦中毫无反应。当时我就想，难道就一个打击，我的性生活都没了？失败感加上负罪感，让我陷入而不能自拔。亲爱的，原谅我吧，我要振作起来，重新开始。我要证明，'偷月计划'的总指挥，不是这些事情就能打倒的。意志也不是他们可以摧毁的!"

凯瑟琳听了刘博的心里话,高兴地笑了起来。

"这才是我的爱人!这才是你应该有的强大的内心!只有坚韧不拔的毅力,才能成为合格领袖。既然解开了心结,我们到爸妈家一趟吧,爸妈都担心你。"

"好,我们去看看爸妈。我们开房车去吧,看完爸妈,让他们不用担心,然后我们两个人浪迹天涯吧,沿着318走一圈,然后环游世界。一辆车、两个人,好好地享受一下我们的二人世界。你赞成吗?"

刘博的设想,都从眼睛里流露出来,这让凯瑟琳兴奋不已。

"好,我赞成!想想就浪漫。我们两个人环游世界,天涯孤旅,会别有一番意味。既是更好地体验生活,说不定还有很多惊喜。想想这些,我都迫不及待了。"

凯瑟琳双手紧紧地抱住刘博的脖子,与刘博热吻。刘博拥抱着凯瑟琳,揉捏凯瑟琳的臀部,凯瑟琳来回地扭动着腰身,却渐渐感觉到欲望在刘博体内迅速地爆发,与凯瑟琳的扭动配合,两个人的气息粗了起来……

第六章

1

无尽的争吵!

国联委员会已经连续开会两天了，争吵声从未停息。国联预算委员会主席张大江正在把统计数据又一次做了调整，投影在国联大厦会议中心南墙的大屏幕上。

"各位主席、委员，下面的统计数据，希望大家认真看看，特别是支出的款项和类别。这是'偷月计划'实施以来的所有数据，也包括投入的资金、人力成本等各项支出。同时，我把'偷月计划'的总预算，也在各项数据之后做了一个对比，使大家都可以有个直观的判断。"

张大江把数据的分类、类别分别做了标注，以便在座的各位委员更直观地、更简洁明了地看到数据。一张图表看下来，到结尾时，张大江开始总结性地做发言：

"尊敬的各位委员，相信大家都已经看完所有有关'偷月计划'预算及支出的详细数据了，是否继续推进'偷月计划'，我想你们心中已经有了答案。另外，我还是想和大家强调一下，我们整个'偷月计划'的总预算为七百二十八万亿元人民币，目前已经投入近六百万亿元人民币。也就是说，从财务角度而言，我们的投入已经达到总预算的百分之八十二点五！请大家注意，我们的投入已达六百万亿元人民币！如果现在停下来，谁会对这六百万亿元负责呢？刘博吗？不是他。因为现在停职，'偷月计划'的责任人已经不在刘博身上了。如果继续投入，再投入一百二十八万亿元人民币，整个项目就可以以成败论英雄了。成了，刘博首功一件。失败，整个项目的管理团队都有不可推卸的责任。但这个事后的责任分隔，怎么判断，那就是另外一回事了。"

"张主席，我打断一下，可以吗？"

克劳德这时打断了张大江的发言。克劳德在听到张大江谈到如果"偷月计划"项目失败，怎么界定责任的时候，克劳德的神经被点燃了，一下子来了精神。

张大江闻言，看了看克劳德，笑了笑。

"克劳德主任，现在我们讨论预算及支出可能面临的风险，你有什么不明白的吗？"

"张主席，您的'偷月计划'预算及支出数据都很翔实。从支出比例来看，我也支持'偷月计划'进行下去，也只有把项目进行了，才对得起已经投入的六百多万亿元，不能半途而废才符合全局的利益。不过，我想如果'偷月计划'失败，主要负责人的责任追究，大家来谈一谈，这可是七百二十八万亿元啊！是人类有史以来最大的单一项目投资！占了全球总产值的百分之二十五，这可不是一件小事情。"

克劳德给大家出了一个难题，那就是从"偷月计划"开始到现在，大家的思维都在考虑项目的投资及进展，真正对项目的负责人，出现项目失败后的情况，没有想过，也根本不敢想！投资预算七百二十八万亿元，是人类历史上最大的单笔投资，又是不可控的星际经济。想到这些，会场出现短暂的沉默。

任何对星际的探索都会付出巨大的资金和人力成本，即使失败了，都是人类的一笔财富。如果事先就以失败责任强加给责任者，谁还敢有探索的冒险精神？

科技委员会副主席科威特朗站起来，看了看沉默不语的委员们。

"先生们，关于这个问题，我想，我有发言权，可以听听我的观点吗？"

国联委员们都看着科威特朗，一会，掌声从稀疏到雷鸣般地响了起来。

科威特朗50多岁，一副学究风范，此刻的他，举起双手做向下压了压的手势，掌声很快停了下来。在万众瞩目下，科威特朗向前方一鞠躬，开始了他的演讲。

"尊敬的各位委员及列席会议的各地区主宾们，我们的'偷月计划'到了生死存亡的时刻了，我绝不是危言耸听。如果大家以为这句话是危言耸听，那么，接下来的话，可能会吓死很多人！如果'偷月计划'下马，我们人类只有等着地球的能源枯竭而走向毁灭了。为什么这样说呢？我从两个方面来做一个叙述。

"第一个方面：'偷月计划'确实是人类有史以来最超前、最大胆，也是最异想天开的庞大工程。'偷月计划'的伟大性，我们用再华丽的词汇来形容、赞美都称之无愧！至于耗资、人力及风险，与这个'偷月计划'而言，都是微乎其微的。因为'偷月计划'是一石二鸟，不仅仅是解决了地球的能源危机，更是为我们人类开启星际旅行，创造了可能。这才是'偷月计划'最大的价值所在。

"第二个方面：我们聊一聊克劳德主任提出的问题，那就是创新的后果及责任。大家都知道，小的创新，都是个人或者小团队性质的。这类的创新，一般危险性不大。但开创性的创新，却都是由个人来承担创新研究中的风险。我举两个例子：一个是布鲁诺，大家都知道布鲁诺为了宣传'日心说'，不惜与罗马教廷为敌。结果也显而易见，布鲁诺被烧死，即使教廷后来为布鲁诺恢复名誉，把行刑的广场命名为鲜花广场，但布鲁诺的生命能够挽回吗？我的回答是不能。另一个例子是居里夫人，她一生致力于研究，并两次获得诺贝尔奖。居里夫人发现了放射性元素钋、镭，并把 X 射线用于医疗设备，使现代医学的诊断设备及水平向前了一大步。但她的发明与创新，也深受创新之害，她被射线长期辐射导致了白血病，并因此而逝世。

"我想说的是，创新本身就有献身精神，本身就有极大的危险性。一如居里夫人，她的创新为全人类带来了福祉，但她收获的只有荣誉，却献出了生命。诚然生命是珍贵的，而布鲁诺的'日心说'宣传，却死在了'地心说'利益维护团体上。罗马教廷承认'日心说'有这么难吗？难道只有扼杀创新、扼杀创新的人来达到暂时的安宁，保持愚昧？请问，我们人类的前途命运在哪里？谁能回答我？哪位先生回答我？"

科威特朗环视了一圈，最后目光定格在克劳德脸上，饶有兴趣地看着克劳德。

"克劳德主任，我的回答您还满意吗？"

克劳德感觉自己的权威被挑衅了。克劳德感觉自己的脸发烧、发烫。克劳德本来想当着这么多人，去提这个问题，让自己在纪律监察委员会树立威信，再过两年接任副主席。结果这次弄巧成拙了，他心中的火气腾地就上来了。克劳德继而死死地盯着科威特朗。

"您说的我都赞成。我只是站在我的职责上来谈论'偷月计划'，若果失败了，七百多万亿元的损失，谁来负责，怎么负责？布鲁诺与居里夫人都付出了生命的代价，赢得了全人类的福祉。而'偷月计划'呢？难道说付出了七百多万亿元失败之后，这项庞大的工程负责人，会受到怎样的处罚，难道不该讨论吗？"

国联委员会副主席见这样的争吵没有任何意义，特别是双方已经说明了观点，剩下的交给时间吧。

"大家都镇静一下，现在纪律监察委员会与科技委员会代表都表达了各自的立场。现在我宣布休会，国联委员会再开始投票。现在，我宣布散会！"

2

科威特朗在办公室里正忙着下半年的工作计划，突然被敲门声打断了。科威特朗抬起头，看了看备忘录，没有访客安排。

就在科威特朗怀疑安排的时候，敲门声又响了起来，同时门外传来嘈杂的声音。科威特朗放下手中的工作，站起来，走过去开门。

门一打开，李光四、潘建东、凡尔纳、布朗、南宇天、于敏先、田静、杜前程等十八九个人站在门口。

"你们来有什么事吗？"

"副主席先生，我们代表'偷月计划'的全体工作人员共计九十七万三千两百八十一人，把联名请愿书交给您。请您在下次国联委员会上，把我们的联名请愿书在听证会上宣读，让国联委员会委员们听到我们的声音。"

李光四双手把联名请愿书递给科威特朗。科威特朗接过请愿书，翻着封面，看到了他们的一段话：

尊敬的各位国联委员会委员们，我们是"偷月计划"的全体成员。我们自"偷月计划"实施以来的每一个工作日，每一个小时，都在为这项庞大的未来计划而努力奋斗。虽然这项工程耗资巨大，是有史以来投资最大的工程，也因为投资巨大而载入史册。不管我们成功还是失败，都将是一个新的世界纪录。

创新都是有风险的，这项庞大事关未来计划的工程，更是有不可控的一面。历史告诉我们，不能因噎废食！虽然在施工中不幸发生了两起事故，导致人员伤亡，但我们认为，如果这种意外事故发生在我们身上时，我们也一样慷慨赴死！没有献身精神，就不配做创新，没有牺牲精神，我们人类永远走不出地球！为了表达我们"偷月计划"全体人员的立场，我们的态度是，前赴后继，直到"偷月计划"成功。纵然我们都牺牲了，还有新来的人，在我们的基础上，继续前行，直到成功。

如果"偷月计划"失败，所有的责任由我们全体人员承担。另外，"偷月计划"到了总试机阶段，我们离不开刘博，没有刘博，"偷月计划"也将无从谈起。所以，我们全体工作人员，请求国联委员们批准刘博重回"偷月计划"担任总指挥！

感谢各位国联委员会委员们能够看到、听到我们的联名请愿书，您支持的，就是我们整个人类向太空迈出的重要一步！有了您的支持，人类进行星际旅行不再是梦，人类的星球，不再是孤单的生命星球！

科威特朗看着请愿书后依次而写的签名，特别是一张全体人员签名的微缩照，心也激情澎湃起来。是啊，为了一个"偷月计划"，他们竟然可以慷慨赴死、前赴后继，他们是没有私心的！

他们为的是人类命运共同体的未来前途。仅仅有这种使命感，已经远远超过了所负的责任，他们是多么好的科创人员，又是多么好的人类命运共同体的强大斗士！只要他们的魄力与坚韧不变，没有什么事情是不可能的。

科威特朗招招手，让他们进入办公室，坐在办公桌对面的沙发上，仍然有七八个人没有座位，而选择站在沙发的两侧和科威特朗办公桌的两边，静等科威特朗表态。

科威特朗看他们的表情，也知道他们来的目的与动机。也好，什么事情坦诚地说开了，更有利于推动事务的进展。

"感谢你们能够信任我，由我到国联委员会上代为宣读。这对我而言，也很乐意效劳！另外，我想多说两句，希望你们能够支持我的工作。第一呢，我也是支持'偷月计划'的坚定人员之一，因为'偷月计划'不仅仅是一个庞大的工程与科技的探索，'偷月计划'还是继脑科学、灵眸交流系统之后，人类在科技创新到应用上的一大突破。

"第二呢，作为科技委员会的副主席，我有责任，也有义务来做这件事。你们包括刘博，都是科技委员会的委员和会员。特别是刘博，也是科技委员会下一届副主席的候选人。从这个角度来讲，我作为副主席，更要维护委员和会员的权益。我这样说，你们大家有不同意见吗？"

科威特朗的一番话，大大超出了他们的预想。这个表态，让他们振奋起来。

"科威特朗副主席，您的发言让我们有找到家的感觉，不再是没人疼爱的孩子。我有一个请求，不知道您能不能答应？"

凡尔纳第一个发言。因为，他是有目的的。既然科威特朗身为科技委员会副主席，那就更有分量了。

3

正能量的阴谋。

凡尔纳一说话，特别是说到请求，让科威特朗产生了浓厚的兴趣。他倒想看看凡尔纳会有什么请求，这个请求会是什么？科威特朗没有过多迟疑。

"凡尔纳，你有什么问题，直接问就行了，你说吧。"

凡尔纳有些腼腆地笑了笑。

"我们要求不高，对您而言，是举手之劳。您最好先答应我，我马上告诉您。"

科威特朗看着凡尔纳。其实，科威特朗早就明白了凡尔纳的意图。从他的经验来判断，凡尔纳是典型的科研人，理性思维，直来直去。凡尔纳不会掩饰自己的情绪。他们来找他，肯定不仅仅代为递交与宣读这么简单。不过，即使有难度，自己也会为他们，也是为自己的职责而奋斗一把。

"你说吧，我答应你。"

凡尔纳听到后，兴奋得像个孩子，脸色微微发红。

"副主席先生，我请您也在联名请愿书的第一页，在空出的地方签上您的名字，可以吗？"

科威特朗没有急着回答，而是笑着看着凡尔纳。凡尔纳见他不说话，直盯着自己看，心中忽然没有了底气，凡尔纳低下了头。

"你真是个直男。你让我先答应你，再告诉我。这就说明，我已经答应你了，不是吗？"

科威特朗说的话很有感染力，也更有亲和力。瞬间办公室里的人都欢呼起来，并逐个击掌相庆！他们认为科威特朗的签名，一字千金！他身为科技委员会的副主席，象征意义远远大于实际意义。

科威特朗把食指放在嘴唇上，做出一个噤声的手势。看着他们眼睛发亮，静下来，看着他。

"你们稍等，我签字。不过，你们不要太高兴。另外，你们在我的办公室里，让我压力很大，可否允许我出去一下，在另外的房间签好字，再回来？"

笑容渐渐消失了，他们的脸上渐渐多了疑虑。凡尔纳担心科威特朗后悔了，马上就急了。

"副主席先生，我可以跟着您一起去吗？也好看看您签字的书法，是不是写得很漂亮。"

科威特朗看着这个可爱的直男，"嘿嘿"地笑了。

"如果你有时间，那就跟我走吧，只是，你可不要后悔。"

"我不后悔，愿意跟着您去。"

凡尔纳答应得很快，立刻站了起来，走向科威特朗。科威特朗拍了拍凡尔纳的肩膀。

"是不是对我不放心？"

一句话把凡尔纳问了个大红脸。

"哪有不放心，是虚心向您学习。"

"是吗？学习英语书法？"

凡尔纳反应过来，刚才自己口不择言，说学习书法。科威特朗还是习惯用英语签名，写英语怎么会有书法。

"咳、咳，就是想近距离向您学习一下。"

科威特朗盯着凡尔纳，叹了口气。

"以小人之心度君子之腹！等我回来，你或许会是另一个样子！"

科威特朗向凡尔纳一眨眼，拉开办公室的门走了出去。在科威特朗把房门关闭的那一瞬间，凡尔纳有种莫名的压抑涌上心头。如果科威特朗不回来怎么办？本想跟着他去，让他识破了。

凡尔纳向左右看了看，他们也正在盯着他。他们的表情和自己一样！舍得一身剐，敢把皇帝拉下马！自己为什么就没有坚持到最后呢？

"对不起，是不是我给大家添麻烦了？刚才，我想跟着副主席一起出去。可是他识破了我的好意。"

"凡尔纳，你不用自责。你是好意，我们都看到了，别放在心上。既然副主席说出去签字，那肯定有他的道理。副主席的话，我们要相信。"

田静安慰着凡尔纳。因为田静知道，凡尔纳心直口快，不能让他因为情绪变化影响了大事。而李光四他们也是一样的心情，说说话，使大家可以心情好起来。

"大家别丧着脸，又不是丧事。我们来的目的比较简单，虽然对我们而言是大事。但对于副主席而言，也是他分内的职责。而且副主席自己不是也这样说过吗？"

潘建东的话，让大家一想，也是这么回事。确实，没有必要为自己莫名的猜疑而影响情绪，影响来的目的。大家都不好意思地"嘿嘿"了两声。办公室里的气氛，缓和了不少。

4

李光四他们的高兴，没有超过半个小时！他们从劝解凡尔纳放下猜疑不到半个小时，他们的心情又慢慢地紧张了起来。

科威特朗已经出去半个多小时了，还没有回来的迹象。他们聊天刚刚高兴起来，又渐渐地失去了兴趣。李光四不自然地摸了摸口袋。习惯性地拿出香烟，点了一支吸了起来。

刚吸了一口，于敏先、杜前程的手也伸了过来，吓了李光四一跳。扭头看了看他们的表情和手势，"哎"了一声，又把烟掏出来，给了每只手一支烟。接着把打火机拿出来，放在一只手上，便低头抽起自己的烟来。

燃起的香烟从李光四鼻子里吸进又喷出，如同两条雾龙，在办公室里蔓延开来。

于敏先、杜前程则是星星之火可以燎原，只见香烟头红光闪闪，吞云吐雾已形成阵势，助力把办公室搞成了小蓬莱，颇有仙境的意味。

他们的吞云吐雾，可把田静他们几个人害苦了，其他人也只能忍受。没办法，只能陪着吸二手烟。本来压抑的气氛，渐渐地有了些悲壮。也正因为这种悲壮的气息，反而让他们甘于受二手烟的危害而默不作声。

田静看了看表，自科威特朗出这个房门，时间已经超过一个小时了。田静也渐渐失去了耐心，难道科威特朗真的食言了？

凡尔纳更为沮丧，不时地抬头看看房门。后来凡尔纳就坐在靠近门口的一把椅子上，听着房门外面的动静。凡尔纳已经把门外有无脚步声来作为科威特朗回来的佐证。

李光四的第五支烟点燃的时候，科威特朗已经出去两个小时了。一屋子人，都躁动不安，再加上烟雾缭绕，让他们都头晕脑涨。唯一的共同点，他们竟然没有一个人去厕所，或许是紧张压抑的环境导致的。杜前程他们虽然吸烟但他们的耳朵却变得异常敏感，那也是唯一的希望。

就在这时，听到外面走廊传来一阵快速的跑步声，皮鞋与地面因为跑步的冲击显得尤为响亮，从走廊的一端快速向这边跑来，越来越响。

凡尔纳早已站了起来，伸向门把手的手心，微微的有些细汗，但他却浑然不觉。凡尔纳在听到跑步的声音在接近门前停下的那一刻，把房门拉开了。

而门外站着跑步而来，还没有站稳的科威特朗！

科威特朗满脸兴奋，对着凡尔纳扬了扬手中的联名请愿书，走进了办公室。迎面而来的烟味，让小跑一阵的科威特朗咳嗽了两声。

"咳、咳，这是谁抽的烟？抽这么多，打算熏死我？"

科威特朗说着，看了一下他们。科威特朗看他们的反应并不是高兴，而是有些沉闷。

"怎么了？害怕我不回来？你们这些人，就不能把胸怀放得宽广一些吗？以小人之心度君子之腹。"

科威特朗扬了扬手中的联名请愿书。

"你们好好看看，我签的名字怎么样？"

杜前程快走两步接过联名请愿书，看到在显耀位置上科威特朗的签名，脸马上笑得像个孩子，叫着跳了起来。大家受杜前程的感染，等了这么久的委屈也烟消云散，跟着叫了起来。

科威特朗等他们闹腾了一会，拍拍手，等大家都看向他时，科威特朗说：

"杜前程只看到一个签字，在我的签字旁边更显要的位置，还有一个签名，他没有注意到，谁可以帮他找出来？"

田静听完，马上从杜前程手中抢过联名请愿书，看到科威特朗的名字后，在最显眼的位置，也是一个刚刚签好的名字！田静认识他，他可是绝对的老大！大家见田静惊讶的样子，都挤过来看，三言两语地议论起来。

"我靠，大佬的签名，谁这么牛请动的？"

"哇塞，我们联名请愿书的含金量翻了不止一个等级！"

"拨云见日，有救了！"

……

等大家回过味来，又一起看向了科威特朗。科威特朗微笑着看着他们，凡尔纳鼓足了勇气，开口号了一句：

"抛他！"

大家喊叫着围住科威特朗，七手八脚地把科威特朗使劲向屋顶抛去。

5

压力空前地大！不当家不知柴米贵！

预算委员会早上把"偷月计划"的支出情况，特别是自停工以来每日需要的维护费用、人员工资等，送给施特劳斯。施特劳斯一看就头疼！仅仅维护费用，每天就高达一万亿元！

施特劳斯又把预算报表看了一遍，签名后发给国联委员会成员。然后向后一倚，在椅子上闭目养神。其实，施特劳斯正在盘算最近发生的一系列事情，希望找出最后的解决方案。

施特劳斯身为国联委员会副主席，可谓一人之下万人之上，身份显赫。但施特劳斯却谦虚随和，处事公正，赢得了很好的从政口碑。因为他自己知道，作为国联委员会副主席，他一直兢兢业业，如履薄冰。倒不是说他害怕什么，而是自己一直奉行的处世原则——谦虚谨慎。他为的并不是从政或者仕途前途，真的是为了更好、更高效地为大家工作。这样说，或许很多人不信，你身居要职，这样说不是谦虚，而是彻彻底底的虚伪！虚伪不虚伪，只有自己知道，问心无愧，每夜安然入睡就是写照。

施特劳斯又拿起科威特朗送过来的联名请愿书，翻开封面，首先映入眼帘的，赫然写着科技委员会正副主席的名字。然后是"偷月计划"各大主管的人名，一个一个看下去，施特劳斯烦躁起来。几十万人的签名，怎么看得完？看完得需要一周时间！

施特劳斯合上联名请愿书，又看了看封面。这个做法很老套，但确实反映出了大家的希望与期待。如果置之不理，结果显而易见，不仅仅昂贵的保养维护费用惊人。如果弃之不用，则更是浪费，更是犯罪！想要继续进行项目复工，也是阻力重重。

施特劳斯坐直，端起咖啡，慢慢喝了一口。边喝咖啡边想着事情从哪个切入点，可以找到解决的方案。咖啡的苦味，丝毫没有影响他的思维。或许，他的神经对咖啡的苦味传导已经变慢了。

"偷月计划"在国联委员会的表决会马上就要召开了，如果大家继续这样坚持，损失是每个人都要承担的。解决办法，解决办法？

施特劳斯忽然明白了什么，把咖啡一饮而尽。又忽然做了个鬼脸，苦啊！他起身走出办公室，向纪律监察委员会主席的办公室走去。

第七章

1

又是一个战壕里的人。

视频通话时，刘博和凯瑟琳正在沙坡头景区的房车上。刘博他们俩的环球旅行，这是回到中国后的第二站。特别是沙坡头景区的美景吸引了他们。沙坡头景区隔着黄河与贺兰山相望，今天成了他们的乐园。

两个人先在黄河边上坐羊皮筏子，湍急的黄河水，推着羊皮筏子流得很快。他们把脚伸出去，搭在羊皮筏子的边上，不时地用脚当船桨，与黄河水亲密接触，感受黄河水阵阵的清凉。头顶着烈日酷暑，脚下却是凉爽，这样的冰火两重天，倒很值得体验。

体验完羊皮筏子漂流，两个人又玩滑沙。近百米的沙山上，坐一个长方形塑料盘，呼啸而下，远比滑雪好玩。不过，两个人在第一次玩滑沙时，因为坡度陡，身子都向后倾斜，不然就翻跟头了。当下滑到三分之二处时，凯瑟琳的滑沙板碰到刘博的滑沙板，一紧张，两个人都翻了几个跟头，才停了下来。所幸身体无大碍，却让两个人的衣服、头发、鞋子里面都是沙子。两个人把鞋子里的沙子倒出来，身上的沙子和头发里的沙子让全身不舒服。两个人也就没了玩的兴致，回到房车上第一件事就是洗澡，清洗沙子。

刘博刚刚洗完澡，坐在 U 形沙发上用毛巾擦着头发。王部长的视频请求就在车载屏幕上响了起来。

刘博看着王部长的头像发怔，该不该接电话呢？自停职以来，刘博失望过，绝望过，更是从很不堪的日子中活过来，环球旅行也近三个月了，刚刚恢复了点元气。王部长是老领导，一直默默支持自己，真的有愧对老领导的感觉，眼下的视频，接不接呢？

这时凯瑟琳洗完澡出来，看到刘博正望着视频请求发呆。知道刘博的心态还没有调整好，而且，更需要的是过面子这一关。

"刘博，你怎么不接视频？没有过不去的火焰山。接吧，至少王部长对你的支持，是老领导、老大哥，你还有什么纠结的？"

刘博看向凯瑟琳，瞅了一眼。

"你懂什么，我这不是怕挨训嘛！停职通知可是写得明白，我可是辜负了老领导的希望，心中有愧啊。"

"你觉得心中有愧，不接视频就没有愧了吗？你越是不接视频，你以后的愧疚就越重！"

刘博一想也是，反正离职这么长时间了，也应该放下了。重新开始自己的新生了，无论再做什么，都需要把过去放下了，重启征程。想到这里，刘博打开了视频接受，马上传来王部长的骂声。

"你这个兔崽子，是不是想拒接我的视频？让我等这么久，干嘛？你们在造孩子？"

视频中王部长笑骂他的样子，倒是亲如父辈。看到刘博的样子，笑了起来。

"造什么孩子。报告领导，已经怀孕了。刚才在沙坡头滑沙，弄了一身沙子，刚洗完澡出来。您看，我头发还没干，就跑过来接您的视频，迎您的大驾，没有蒙您吧？"

王部长在视频中盯着刘博看了一会，就问在一旁的凯瑟琳。

"弟妹，你身孕几个月了？"

凯瑟琳闻言，瞪了刘博一眼，伸手就打了刘博肩膀一下。

"你的嘴，到处漏风，看我怎么收拾你。"

然后转向视频。

"王部长好，这是两个人的私事，不方便向您汇报吧？"

"怎么是私事？为宇宙探索生育下一代，这是大事，也是公事，这个你要实话实说。刘博这小子，就属破车子的，不敲打，不上进，不成器。我看好你，你就实话实说吧。"

王部长想晾一晾刘博，很久没和他们视频，也是略有歉意。刘博当时进研究所，也是他点的将。自己更是刘博的证婚人，所以这样问也是顺理成章的。

凯瑟琳对刘博做了一个鬼脸并吐了吐舌头，面对王部长，也是实话实说了。

"肯定向老领导如实汇报。上个月确实是收到意外的大礼。这也是我和刘博决定终止环球旅行，返回的原因。刘博这次停职后，最大的好消息，就是这次环球旅行收获美景的同时，更收获了我们爱情的结晶。王部长，刘博这次算不算事业失意，情场得意呢？"

凯瑟琳故意给王部长一个球，看看王部长怎么接，回头就对刘博挤挤眼。

刘博一听这话，头大了。事业的失意，或许是不可避免的，也不是一个人可以控制的。当自己把事业与整个人类探索宇宙捆绑起来时，就会面临很多的未知与不确定性，这个问题，刘博还是明白的。虽然事业上的波折是正常的，但死亡人数的责任，全算到刘博头上，这是他接受不了的。如果这也算是事业失意，那就失意吧。而今，凯瑟琳又怀上了小宝宝，就算是孕育了新生，爱情的结晶，当然算情场得意。

"你们都是老夫老妻了，还情场得意，你们两个人真酸。你们两个还未婚？我记得给某两个人证婚过。哎、哎，这事不提了。你们现在在哪里？"

"刚到沙坡头，准备明天开始回青岛。陪父母和孩子一段时间，以前欠父母和孩子太多，这回可以好好陪父母了。"

刘博实话实说，以前因为工作，总是很少休班。现在好了，有大把的时间，可以好好地陪父母一段时间。

"刘博，有个很不幸的消息要告诉你，你可要有心理准备。"

2

一个不幸的消息？

什么消息？让刘博的大脑高速地胡思乱想起来。是父母的身体出了问题吗？不会啊，昨晚刚和父母、孩子视频聊过天。还有什么不幸的消息？现在的这个情况，难道还有比我这个状况更不幸的吗？没有。

刘博盯着王部长瞧了一会，才缓缓地说：

"还有比剥夺一个人的理想更不幸的事吗？还有比一个人被停职更不幸的事吗？没有！从停职的那一天开始，任何事情于我而言，都是好事。所以，你说的、所谓的、不幸的事情，与我无关。收起你的危言耸听吧，那是吓唬小孩子的。"

"你看看你，态度不行，导致做事不行，都怪别人。中国有句老话：不听老人言，吃亏在眼前啊！你以为你的环球旅行一圈，你就解脱了？做梦吧。"

刘博听到这里，"嘻嘻"地笑了起来。

"我旅行与你有什么关系，你找我还是吓唬我，是来吵架的吗？"

　　王部长见他一副死猪不怕开水烫的架势，这个方法不灵。只能另辟蹊径。

　　"你小子，别狗咬吕洞宾。我和你联系，是为了拯救你。"

　　刘博撇撇嘴。

　　"别整天拿这个说事。拯救这个拯救那个的，你王部长很忙啊！整个银河系都需要你来拯救。别和我浪费时间，你快去忙吧，去晚了，银河系就成一锅糨糊了。"

　　这句话着实让王部长上头、上头！这浑小子，自从被停职后，火气不小啊。也是，无论这件事发生在谁身上，情绪都会有太大的起伏。生这一段时间的闷气与自暴自弃，也是正常的，谁都有点脾气。特别是看到刘博这个样子，已经比他预想的好了很多。一个人在挫折中重新站起来，才能越挫越勇。

　　王部长看着刘博，也感觉到刘博经过一段时间的自暴自弃之后，成熟度与抗打击能力明显提高。虽然他还在逞口舌之勇，不过，比他之前更让人放心了。在做前无古人、后无来者的大事上，需要坚韧的性格与魄力。从这个方面来讲，刘博都具备了。当然，不能再和他胡扯了，言归正传。

　　"刘博，国联听证会的决议，你知道吗？"

　　"国联听证会与我何干？我现在停职，又不是在职。"

　　"你小子，停职可不是离职，只是给你一个假期而已。明白吗？"

　　"明白什么？无须明白，现在只要自由自在。"

　　"好吧，既然你不想明白，那我就不打扰你了，你安心地自由自在吧！这么大的人，不识好歹！本来是想给你个机会，让你证明自己。你想背负那个失职的就背着吧，这样你墓志铭上的污点，好好让后代铭记，也算是你给人类做的最后一点贡献吧。你好好享受生活，噢，对了。以后就不和你通信了，先提前祝你早日当爹！再见。"

王部长说完，作势就要关视频。刘博一听他后面的话，真是在埋汰他！让刘博的火气腾地就上来了。我这还好好的，你竟然把我的墓志铭都想好了。

"等等，你不用拿激将法。你的小伎俩，还想激将我？"

王部长听到刘博这样说，让他成功地被气乐了。

"激将法？用得着吗？你就想着你的处分做墓志铭，只要你愿意，别人有什么办法？"

"我的墓志铭，又不用你来写。我不用你操心了，我现在就很好，把这个去掉，谁知道呢？"

刘博渐渐地心虚了，每个人的墓志铭可都是比较中肯。如果真的百年之后，墓志铭上有这个处分背着，可真是个人的污点，有耻辱感。

王部长知道他已经是口是心非了，但还是要加把火。王部长看了看在刘博身边吹头发的凯瑟琳，有了主意。

"凯瑟琳女士，你怎么嫁了这么一个人。我都后悔为你们证婚了，跟了一个没有羞耻感的浑小子。"

凯瑟琳一听，把手里的吹风机停了下来，笑着看着王部长，知道王部长是意有所指。凯瑟琳经历了刘博停职后的崩溃期、自暴自弃的日子，也经历了刘博的粗暴和落寞。所以凯瑟琳更希望刘博重回正轨。平淡的生活不是刘博的归宿。凯瑟琳知道王部长是话里有话，估计刘博的事情会有个说法。不然，这样的不白之冤，确实对人是一种侮辱。特别是对宇宙探索的压制与打击！

"王部长你后悔什么？你不过就是一个证婚人，在婚礼上前后也不过就是出场了十分钟。而我呢？是和他同甘共苦的人，他的好我却没有得到过。就说前段时间的停职风波，让刘博彻底暴露了他的本性——一个名副其实的暴君！但，他就是我的爱人。因为我知道，人生有波折是正常的，但波折的原因，却是来自不做事又总是指手画脚的同胞身上时，我感到的，只有心冷。王部长，刘博自进研究所就是您的兵，也因此，我帮刘博的时候，也是帮了您一把，我这样讲对吧？"

"啊？"

王部长听到凯瑟琳把战火与球引向了自己，没有心理上的准备，脱口而出的惊讶。想了想，才缓缓地说：

"也是，你当时用替身来把你的研究带给我们，让我们研究所少走了很多弯路，让我们的脑机系统跑在了世界的前列并成功地解决了危机。从这方面讲，你对我们有恩，或者说功不可没。即使你现在做的事情，对于我们的未来，也是高瞻远瞩，你让我心生敬佩。当然，这可不是客套话，而是作为朋友之间的真心话。所以，作为我们彼此的朋友，也是我们至此视频通话的原因。既然我们相识是因为事业而走到一起的，无论发生什么事情，我们必须向前看。"

3

"向前看？我每回向前看，不是被打击就是被动撤职，有什么好事？坏事都是我背了。"

刘博接上话，嘟囔着。刘博更想可以有个洗刷自己耻辱的机会，但有吗？那个克劳德及其背后的人，有他阻碍，还有我什么事？这就是国联委员会。国联委员会团结起来，集全人类的智力、财力、人力，可以无坚不摧。可是如果扯起淡来，也可以让人一事无成，并含恨而终！

"说你小子浑，你不信。我问你，国联委员会的决策你知道吗？你不回答。你近两个月已经是井底之蛙，坐井观天了。这两个月发生的争吵太多，倒也是吵出了成果，只是两个月的时间，又浪费了近六十万亿元！所以，只有亏损，才能让无谓的争吵闭嘴！也只有压力，特别是巨大的财务压力，才会成为各方妥协的根本。我今天和你联系，是想给你个机会，让你完成自我的救赎。你现在明白了吧？"

"自我救赎？你没有别的目的？"

"我能有什么目的，我利用你能当主席？你也没有这么大的能量。你就是一个理工疯子，不懂人情世故，不懂政治。所以，你有起伏是很正常的。一个人无论做什么事情，都需要一个知进退、看全局、文理兼备的综合素质，恰好是在这一方面，你的缺点就明显地暴露出来了。你想一下，是不是这回事。"

王部长不急不躁，把刘博的个性与风格解剖得明明白白。也就刘博自己想一下，只有他自己开悟了，才会真的理解自己，才会有新的认识，一个自我的认知。虽然这个自我的认知，需要自我面对时的勇气，更是一场自我认知的革命。王部长的话，犹如一把匕首，透过人情世俗的面子，直刺刘博的心脏！刘博感觉脸皮在发烧。是的，自己是优秀的，甚至是伟大的单科生，绝对不是全科天才！自己的诸多短板，决定了自己的前途及命运，而不是由自己的单科来决定的。

"嘿嘿，还是领导厉害，一针见血地指出不足。也让我醍醐灌顶，大受裨益。哎，不对啊。"

刘博说着说着，停了下来，看着王部长。

"什么不对，又发什么神经？"

"既然您这么了解我，为什么不提前告诉我？直到现在出了这么大的事，今天才开导我。我感觉你就是个事后诸葛亮，而且其心莫测啊。这样的人，居然能当部长。"

王部长一听，刘博又犯浑了。靠，真心真意地对他，反而狗咬吕洞宾。

"当部长需要的因素，你一点也不占。所以，你就死了当部长的心吧。现在告诉你也不晚，希望你改过自新，重新做人。不和你浪费时间了，想知道国联委员会的决议吗？那就好好地讨好我，我高兴了，或许你的愿望一不小心就实现了。"

"你来这么多废话，就是来说国联委员会决议的？你说吧，我们之间，我讨好你，就是讨好我自己。再说，我在心里已经讨好你很多次了。你痛快些，直说吧。"

"哎，你真是江山易改，禀性难移。好，不和你绕圈子了，我把国联委员会的决议书发给你，你看完我们再聊。"

王部长说完，动手把国联委员会的决议发给刘博。刘博一刻也不想耽搁，马上看了起来。

4

刘博眯着眼睛看着王部长。

"这么说，我们又是一个战壕里的人了？"

"有国联委员会的决议，你还有什么质疑的？"

"兜兜转转了半天口舌，原来是告诉我，我们又一起战斗了。他们说的倒是容易，说让我停职就停职，说让我工作就工作。凭什么？"

"难道让你工作还需要理由？"

"当然！让我停职是因为两起事故。让我出来工作，我想不仅仅是国联委员会，可能联名请愿书才是主要的吧。"

"联名请愿书只是一个由头，但不是主要的。这么庞大的工程，少了它的发起人，就是自寻死路，这才是让你出来工作的原因。"

王部长明白，让他复工就复工，人哪有那么好摆布的。特别是

144

刘博这样的人，没有一个说法，他宁愿破罐子破摔，也不会妥协的。

"这么简单？如果仅仅是国联委员会的决议，就让我出来工作，那也太小瞧我了。而且，也太不拿我当人了，对不对，老领导。"

"嘿嘿，我知道你想什么，一个纯种的倔驴。那你说吧，你还有什么条件，才出来工作。"

"这个还需要想吗？很简单。只要你，国联委员会能够答应，我才回去工作，想听吗？"

"说吧，我听着呢。但你说了，我也不能保证国联委员会会同意。你说说看吧。"

王部长无可奈何地说着，没办法，每个被冤枉的人，不仅有脾气，还会挑理。

"那我可就说了。"

"说吧，我听着呢。"

"我们说的是公事，不涉及个人感情。所以说得不妥的地方，你别站在你的位子上发火。"

"太啰唆了，说吧。"

"好。"

刘博真不是省油的灯。

"我有两个要求，这两个要求也简单。我先说一个保障的要求，我重新工作以后，所有由'偷月计划'引发的未知后果，都不需要我来承担责任。只要我在'偷月计划'中的执行没有私心、没有失误，至于产生的其他后果，一概不能向我问责。这样提第一个条件，也是为了避免再次造成我停职的情况。"

"好，我向国联委员会反映。第二个要求呢？"

"第二个要求就是要问责！既然纪律监察委员会能追究我的责任，同样也要追究对我停职人员的追责。因为对我的停职，造成了近六十万亿元的损失，这个损失，可是天文数字。如果不追究这个人，那我们的'偷月计划'还会有被再度搁浅的可能。如果不追责，我们整个科学界的未来，则永无宁日。"

王部长在听着，刘博说的这两个要求，与其说是要求，不如说是他工作的两个条件。这两个条件，必然又会在国联委员会上引来唇枪舌剑与背后各种较量。王部长想到这里，瞅了瞅刘博，又看了看凯瑟琳。

"刘博，你说的这两个要求，作为个人，如果站在你的立场，也一样会提出来。这是最基本的，也是对自我保护的两个条件。但同时你应该也知道，国联委员会的召开流程与决议过程，讨论这两个条件所耗的时间，不是一天两天就可以把你的问题解决的，对吧？"

"老领导，我又不急，我现在有的是时间，大把的时间，我等得起。你先把这两个要求上报国联委员会，我呢，和凯瑟琳先回青岛，和父母及孩子住一段时间。另外凯瑟琳怀孕了，估计她的脾气会有变化，我希望国联委员会早日把我拖出苦海。"

凯瑟琳一听，被气笑了。

"找我的事，你是不是找打？以后你再喝醉了，我就把你扔进冰箱，让你与世永存。"

"看看，孕期的女人，就是这样，说变就变。"

他们三个人不约而同地笑了起来。

第八章

1

　　青岛的家中，刘博与凯瑟琳已经回来三天了，刘博的父母从未如此开心过。老爷子见刘博已经走出停职的阴影，和凯瑟琳珠联璧合，特别是凯瑟琳在环球旅游中有了身孕，让这个家庭充满了惊喜带来的欢乐。这个惊喜，让三代同堂的成员中，将再增加一员，好事成双啊。

　　刘博与老爷子爬崂山回来，老爷子直喊累。

　　"年龄大了，人老了，身体跟不上灵魂的脚步了，真是心有余而力不足啊。现在的身体来看，与前两年相比，真是一年不如一年。希望自己多活几年，最好能熬到我们家四世同堂，这就是我最好，也是最后一个心愿了。"

　　"看您说的，您和我妈身体都很好。您不能总把自己的身体与小青年相比，这样一比，您的心理落差就有点大，影响吃饭的胃口。爸，您要和邻居比，您看张大爷，比你大五岁，结果人家坐轮椅七八年了。你再看看李叔，比您小一岁，李叔每天坚持锻炼，结果让血栓一拴，半身不遂了。您再看看您的身体，还和生龙活虎一样，您知足吧。"

刘博让老爷子躺着，他要为老爷子做按摩。

"爸，您的小心思，我早就看出来了。不就是想让我给您按摩嘛！你直说就是，还用得着拐弯子说自己老了吗？"

"你这孩子，就做不到看破不说破，还是一如既往的直肠子，没有城府。你真的不适合做领导，只适合做一个顶级的研究员。哎哟，少用点力，一说你的缺点，你就打击报复，还是和小时候一样任性。"

"哎，我真是费力不讨好。用力小了，说我糊弄您。用力大了，说我打击报复。好人难做啊，没办法，谁让我是您儿子呢？只好认了。"

老爷子"嘿嘿"笑了两声。

"你不用这个口气，做我的儿子，是你一辈子的荣耀。不信？你问问凯瑟琳，我们的《智经》已经在脑机系统中全面上线了！从下载量与激活数据来看，效果远远超出了我们的预期啊。"

"是吗？前段时间工作忙，又出去三个月，还没有注意这件事。看来您和凯瑟琳初战告捷，值得好好庆祝一下。"

"嘿嘿，庆祝是要有的，你没看见你妈今天一大早就去买海鲜了吗？今天中午，我们在家庆祝就可以。凯瑟琳为了推动《智经》的全面上线，带领她的团队做了大量的工作，特别是在你的项目出了两次事故，国联听证会之后，为《智经》的全面普及创造了很好的舆论环境。"

"爸，这事怎么又与我有关系呢？"

"《智经》不仅仅是科技道德的底线，也是全人类的道德底线。重新修订的道德底线，也是为了最大限度地消灭掉或者减少每个人心中的自私之念。只要把个人心中的自私之念压缩到最小，这就是《智经》成功。而你的项目因为两起事故，导致你停职，这本身不是坏事。但有人用这两起事故来对你进行打压甚至人身攻击，则是他们职责以后的私心所致。因为我是一个看客、局外人，所以比较清醒，也看得明白。我估计，这几天你提的两个条件，肯定会被国联委员会答复的。"

刘博在思考老爷子的论断，一时没有接话。老爷子看感到刘博按摩的手停了下来，却没有说话，扭头一看，刘博走神的样子。

"想什么呢？"

刘博愣了愣神。

"老爸，《智经》只许成功，不许失败！我也是刚才从您的话中感受到的。人类的发展、信仰与道德底线思维密不可分，也是必须加强、再加强的地方。《智经》首先可以全部设置入高阶人工智能中，这样对人类的安全加了一把安全锁。当然，对于人类，需要以日常生活行为规范逐步规范，到养成习惯。我坚信《智经》会成为全人类的福祉。当然，您和凯瑟琳还有大量的工作及细节问题要做。"

老爷子从床上坐了起来，起身在窗前来回走了几步。

"知易行难，哪里有一帆风顺的？《智经》的推广注定了是一个漫长而又艰辛的工作。你看看历史，自从人类有了信仰与道德这个概念，每一次的道德体系更新，都会伴随着血腥的战争！战争是统一思想最残酷的手段，但也是最后一个选择。现在，人类之间已然没有了军队的战争，但每个人都是独立的主体，这方面也体现在国联委员会中，这是一个看不见硝烟的战场。所以说《智经》的全面实施，还远未看见光明，但我们已经准备好了。你准备好了吗？"

"怎么有我？"

刘博一脸蒙逼地看着老爷子。

2

"你真不明白？"

老爷子看着刘博，从刘博的眼神中，感到刘博的确不知道，便叹了口气。

"哎，脑机与脑联技术的发展，的确给我们一个天大的机遇。但事分两面：一方面原来的宗教也不会坐以待毙，他们也同样在脑机上加大生命力，使他们得以快速地发展新的教众。他们又通过脑联，使原本在教会才完成的仪式，都通过脑联完成了。这样是平等的、安全的宗教之间的竞争，本无可非议。另一方面呢？《智经》的推广，让他们以为是他们的敌人，所以他们抱成了团，来共同对《智经》进行了抵制，特别是一些不恰当的言论。所以，我和凯瑟琳及团队，另辟蹊径，开始了从初衷到现实又回初衷的一个轮回。"

刘博听得是云里雾里，因为从老爷子与凯瑟琳共同推广《智经》开始，刘博就再也没有听到他们自己谈起与这相关的事情。现在老爷子一说，刘博的思维就跟不上了。

"初衷到现实又回初衷，怎么就成了轮回了呢？"

"你真不知道？"

"我知道什么？"

"凯瑟琳回家没有跟你谈论过？"

"谈论什么？在家不谈工作，是我们两个人的约定。"

"噢，难怪说起这件事，你的反应和傻子一样。"

刘博的脸"唰"的就红了，也是自己粗心。老爷子的事业，是伟大而又神圣的。自己因为工作不帮忙也就算了，也是作为儿子的失职，自己没有问过，也没有了解过。作为凯瑟琳的丈夫，自己却对她的工作一无所知，也没有主动问过，都陶醉在两个人的小世界里了。这样来看，自己也是失职啊。对老爷子、对爱人的两个失职，忽然间让刘博觉得，自己所谓的只关注工作，工作有了问题，只关注二人世界，却忘了对父母的事业追求去多关心多了解。而这些，才是自己真正的失败。

"对不起老爸，我以前对你们的关心太少，我一直自以为是。

用工作当作一切的借口，却忘了为人子、为人夫、为人父了。直到今天，我对孩子还没有一个真正的认识，自己从心里说，觉得自己还是一个孩子。这几年小睿一直由我妈和您来带。我都快忘了，我已经是个父亲。"

刘博说着，声音渐渐哽咽。是啊，为人子要尽孝道，最好的尽孝，就是了解父母、支持父母、关心父母。而自己回家一趟，总是来去匆匆，与其说是回家看父母，倒不如说是自己回家休短假。回来大吃大喝的，除了这些，自己都没有给父母什么。

再说为人夫，自从和凯瑟琳结婚六七年来，为了使家庭成为一个温馨的港湾，两个人达成一致，让家充满了表面上的温暖。如果夫妻之间真的都不关心彼此的工作，那么心灵上的关心就越来越远了。夫妻之间的关心，难道仅仅是家里？

再说为人父。孩子三岁了，自己抱过小睿几次？又给小睿换过几次尿不湿，睡前讲过几回故事？想到这里，刘博越发觉得自己失职。工作没有做好，就是自以为的家庭中，自己更是糟糕得一塌糊涂。如果不是经历这次停职，经过父子的交流，刘博总是觉得自己委屈。停职的责任、自己的责任，到底付出了多少？

"你这样说话重了，父子俩不说两家话。我们只是侧重点不同，你重质、重量，为人类走向宇宙做探测。我们注重精神、信仰，不同社会、不同时代，信仰不同。人类的信仰也是从图腾开始的，向文字、向哲学逐步演进的。再回到刚才的话题，就是从初衷到现实再到初衷。"

"爸，您讲。"

"嗯。你应该记得，在凯瑟琳没有来中国之前，我说过《智经》是科技道德的底线，一定要守住。《智经》的初衷是针对科研人员，不去为虎作伥，不生恶念。让科技全心全意为人类服务。你记得吗？"

"记得，我也是这样同凯瑟琳讲的，这也是她后来全力、全职来推动《智经》的原因。凯瑟琳以前也是科学界的大牛，也可以说，整个科研界应该都知道她的名字。因为诺贝尔奖得主，不知道的人很少。她自认为有诺贝尔奖光环的加持，在科技界推广《智经》应该问题不大。"

"是啊，《智经》在科技界、政界推广尤为顺利，所以我头脑发热，以为在全人类中推广应该会更好。经过两年的时间证明，在社会上去推动信仰升级，真是难上加难。一是触动别人的利益，动了别人的蛋糕。二是大部分的信众已经习惯了原来的信仰，突然间让他们换信仰，他们觉得不可思议。即使有很多现实的例子告诉他们，他们的信仰升级之路，还是很漫长的。"

"噢，这就是您说的，从初衷到现实再到初衷的原因？"

"是的，我们计划先用一年的时间，好好加固科学界、政界的新信仰习惯养成。巩固好，就有了一个高起点、大格局的新开端。以此为起点，由政界向民众从强制到自然地进行信仰升级，这才是一个合适的路径。"

"借助政界，合适吗？"

刘博对这个方式有些担忧，故而说道。

"怎么不合适？政界的信仰升级了，他们本身就是受益人，再由受益人现身说法，向民众推广信仰升级。这是社会发展的趋势，更是大势所趋啊。"

"嗯，事是这个事。事分两面来看，真要到了落实的时候，政界向民众提供一些小福利，可能推动的难度就小很多。或许，推动得可以更快些。"

"你说的是后期工作中的细节。我与凯瑟琳谈过一个新的方案，我们计划先接触各大宗教的持牌人，希望与他们合作，由他们把《智经》与他们的信仰结合一下，这样使信仰的升级可以在短时间内全面普及。就目前来看，我们的进展不大。"

老爷子说着，略有些灰心，眼神有些游离。

"我明白了。老爸，您和他们谈信仰升级、谈《智经》，他们感觉，您对于他们而言，就是一种威胁！但如果站在他们利益角度而言，新的信仰则需要较多的成本。当他们把这个成本与预期的收益加入教众收费中，却也是他们赚钱的新机遇来了。"

老爷子一听，眼睛就亮了。

"好小子，说到点子上了！"

两个人击掌相庆，开心地笑了起来。

3

快乐的时光总是短暂的。

刘博与老爷子击掌相庆没有超过一分钟，王部长的视频通话就打了过来。

刘博一看，知道事情有结果了，不论这个结果是答复了并应允了，还是没有应允，总是会来的。其实，经过刘博自己的反省，刘博的固执与偏激少了很多，再面对王部长与前几天相比，已经是判若两人了。当然，这是以心理成熟度而言。

刘博打开视频，王部长的三维立体形象就展现出来。刘博静静地看着王部长，没有说话。王部长心情大好，朝刘博挥挥手，算是打招呼。

"刘博，在家这几天休息得怎么样，有没有感到无事可做啊？"

"老领导，您的思想太传统了，我是乐不思蜀啊！还是在家好，温馨。早上爬崂山，中午吃海鲜、喝啤酒，下午陪孩子、父母。这样的日子，是幸福的开始。"

刘博故意刺激王部长一下。这样也是让他明白自己无意受国联委员会的牵制，表明了顺其自然的态度。

"你啊，醉翁之意不在酒。你会安心在家做个寓公？让父母、媳妇养着你、哄着你，你还是个男人？你的血性呢？"

王部长明白，对刘博他自有办法，而刘博则不想进行这种弯子战了。

"算了，绕弯子不适合我们的谈话，我们还是直奔主题吧。上次我提的要求，国联委员会答复没有？"

王部长笑了。

"嘿嘿，这就对了。国联委员会有答复，而且比较详细，你想不想看？"

"您先说内容吧，不用卖关子。"

"好。国联委员会答复您的两个条件是没有问题。但有一个条件，你应该料到了吧？"

"什么条件？"

"增加'偷月计划'的汇报频率，而且每项重大决策的过程及技术点，同时向国联委员会备份。"

"这不是什么问题，增加这项工作记录和技术点后，是不是所负的责任就可以在我的要求之内了？"

"你可以这么理解。"

"我的第二个要求呢？具体答复是什么？"

"国联委员会的正式答复我一会发给你。第二条答复是按国联纪律监察委员会的程序进行，肯定会有让你满意的结果。但，估计时间会比较长。这个问题，你要有心理准备。"

"这个我心中有数，毕竟这个没有额外的损失，肯定会有人出来负责的。当然，这两起事故造成的全面停工，不是一个人造成的。所以追责将是一个漫长而又扯皮的过程。"

"你能这样想，我就放心了。看来我们在一个战壕里工作的机会，马上就可以实现了。"

"你先别高兴，等我看完国联委员会的回复函，我们再谈，那时答应也不迟。"

"不用这么拖拉，我现在发给你。看完马上谈，每天近万亿元的损失，不是你我可以儿戏的！"

"好吧，您发过来，看完接着谈。"

王部长把国联委员会答复函发给刘博。

刘博接着就认真地看了起来。王部长关注着刘博的表情，却感觉收获不大，只有等他看完了。

4

刘博看完国联委员会的答复函，沉默了一会。

"国联委员会的答复函很公文化，找不到明显的确定，也没有明确的不确定。或许这就是政府或者文字的艺术魅力吧，可是即便如此，我们再讨论时，于事无补啊。"

"刘博，事哪有完美的。文字游戏以前我们都玩过，但国联的回复函表述并不过分。好事多磨吧，希望你的第二条要求，在'偷月计划'结束前，会有一个结果和交代。"

王部长与刘博都明白国联委员会的套路和流程，你并不能说国联委员会的人不好，他们也是职责所在。因为每个委员的出身不同、职责不同，所以考虑问题的高度和角度也各有不同。也正因为各有不同，才形成更全面、更细致的答复函。而答复函只是国联委员会综合素质的体现之一。在更多的决策中，委员的多样性，也更容易减少后期的误差、减少决策失误。

两个人对视了一眼，意味深长，又同时默不作声。既然国联委员会的答复函已经明确完了，那就是刘博工作开始的时间，但两个人都沉默了，为什么？

王部长自然也明白，"偷月计划"以前是以刘博为首的一人制总指挥。而在停职后，国联委员会把王部长调过来，负责这件事，成了事实上的"偷月计划"总指挥。那么刘博此刻的复出，是什么职务呢？

刘博有点小郁闷，可以放手工作了，却不知道自己的职务是什么。没有明确的职务，自己又该从哪个方面展开工作呢？

两个人同时在想工作的问题，其实就是职务的排定与责任的划分。但恰恰是这个最重要的地方，国联委员会没有明确指出来，这给两个人造成的困扰，不比刘博停职的困难小。

王部长考虑了一会，也是他从到职以来最难的一个决定。那就是刘博还是任总指挥，这样有利于"偷月计划"实施的顺利展开，不能因为职务问题再使"偷月计划"每天损失近万亿元，耽搁不起！再说，自己对"偷月计划"总体的了解相当有限，即使前期工作都有记录，都有档案，但这些仅仅是已经做了的工作，将要进行的工作呢？王部长是一头雾水。如果刘博不配合，板子肯定是打在自己身上。即使刘博配合，他不说出全部计划及执行细节，自己也是心中无底，犹如瞎子摸象，每天在战战兢兢的工作心态中，提心吊胆地去工作。估计"偷月计划"还没有完成，自己就已经进了精神病医院了。

刘博则是另一个想法，自己从总指挥到总工程师或者总技术师的这个角色转换也是可行的。毕竟王部长以前就是自己的领导，两个人知根知底，配合工作没有问题。遗憾的可能就是自己作为"偷月计划"的发起人到路人，再到总工程师的转变。影响很大，说没有失落感，那肯定不是真心话。但如果自己不复出工作，"偷月计划"的成功概率肯定低很多，而且也不符合自己的使命感。人生一世，能做出几个出彩的项目，特别是事关人类命运及前途的大事，个人的荣辱成败又算得了什么呢？想到这里，刘博也就释然了。

5

"我想问一下。"

两个人几乎同时说出这句话，然后两个人都笑了起来，又相互谦让了起来。

"你先说，你先说。"

"还是您先说，您先说。"

王部长见刘博坚持，便选择主动一些，这样也有利于两个人今后的工作展开。只有两个人坦诚、互助，才是整个项目成功的开始。

"刘博，我们两个人虽然工作有过交集，但真要肩并肩地工作，这是第一次。'偷月计划'是你提出的，整个计划方案与技术线路也是你主导的。所以我认为，今后我们两个人的工作分工，你依然是'偷月计划'的总指挥。而我嘛，则任'偷月计划'的总调度。我这个身份，与你的性格及专长是一个互补，也让你今后的工作，不再有后顾之忧，你看这样可以吧?"

刘博万万没有想到王部长在职位上的谦让，更没有想到王部长会为了大局，而甘愿屈居人下。特别是曾经的部下之下，刘博深受感动。

"老领导，您这样做确实出乎我的意料之外，又把我震惊了!既然派您来主持工作，您肯定是总指挥。而我嘛，自我定位就是总工程师更合适，特别是我这理工男的性格，定位为总工程师，配合您工作，这样国联委员会也放心。所以，我们的角色定位就这么定了。"

"你小子，想逃避责任啊?门也没有。'偷月计划'是你提出来的，又是你组织实施的，中间出了两起事故，你就撒手不干了?你像话吗?"

老领导就是老领导，说话直击问题核心。"偷月计划"是刘博提出并实施的，他做总指挥是顺理成章的。如果任总工程师，就是逃避责任了，这样一说，让刘博退无可退!

"老领导，您也知道，'偷月计划'的总指挥是我，那您的职级可比我低了半级，这对您的形象不好。再说您是我的老领导，哪有下属指挥老领导的，这不是要我的命吗?"

"什么要你的命?职务还是我个人?这个问题你要分清楚。首先以前你就是总指挥，怎么我一来，就要你的命了?还是我一来，你要赶我走?我碍你工作了?"

王部长故意气势汹汹的，就是让这小子赶紧就范，赶紧工作。时间不等人啊，花钱不等人！

"领导没有冤枉人的，我不是您讲的这个意思，我只是认为您应该担任总指挥，比我更全面，更合适，这是我的真心话。特别是您身兼应急管理部部长，对于整个'偷月计划'的实施，有极好的促进与推动作用。所以，您不要再推辞了，我们说的是分工。"

"哟，还跟我谈分工？那好，我这个老领导还能不能指挥你？"

"肯定的，今后听您指挥啊。"

"不是玩笑话，当真吗？"

"当真，不是玩笑话。"

"那好，今天我任命刘博为'偷月计划'的总指挥，即时生效！明天上任，有问题吗？"

"怎么又绕回来了？"

"什么绕回来？难道我这老领导说的话不好使了，还是你对自己刚才说的话后悔了？工作不是儿戏，也不是私下的相互谦让，而是基于工作性质的属性决定的，明白了吗？"

王部长这句话，让刘博无可反驳！对啊，工作不是儿戏，而是责任。整个"偷月计划"有任何一点疏漏，带来的损失都将难以估量。特别是两起事故造成的人员伤亡，更是给刘博敲响了警钟。

"王部长，我明白了，我听您的！明天我就上任，我们一起让'偷月计划'重回正轨，并争取早日实现。那您还有其他安排吗？"

"刘博，其他的安排目前没有。我有个想法，和你聊一聊，不知道你有什么意见？"

"老领导，您先说，只要是工作方面的，都能谈。"

"好。鉴于以前的两起事故，给我们的教训，我们要吸取，所以想和你沟通一下，能否改变一下工作方式？比如，我工作的下一个环节之前，你可以把你的技术方案给大家宣讲一下。这样做的好处是让大家对这个技术环节有个比较完整的了解，并理解它的重要性。同时大家讨论一下，或许可以让技术方案更全面，也让整个环节失误降到最低。这样有利于避险，明白吗？"

"避险？什么意思？"

"一个总指挥的使命是以确保整个'偷月计划'胜利完成为目的。如果在这个过程中，你被中途下马，或者你的身体出问题了，怎么继续？或者出了意外，'偷月计划'大概率就会中途夭折。所以，既要做好事，也要学会避险。避险有两个方面：一个就是有一个合适的搭档，形成互补。而不是一个人冲锋在前，特别是面对内部，一个人冲在前面，如果出现突发问题，没有缓冲、没有协调人，就会陷入进退两难、骑虎难下，甚至是被赶下工作岗位的境地。这个情况并不鲜见，你前段时间就是这个情况。所以说，你我搭档，就可以避免这类事情发生。第二个方面就是要进行的下一个阶段工作，要进行全体的中高层人员的全员宣讲，把技术段、任务段、施工段、计划段、调度段的各项工作都讨论好。这样的宣讲讨论后，没有异议，全面进入工作状态。这个情况下，再出现事故，就不是你一个人的事情，也不是一个人的责任，因为法不责众。这两个方面是针对你而言的，虽然这属于阴谋的计策，讲出来对你而言，就是阳谋。无论是阴谋还是阳谋，只要是针对社会无害而且有益，都可以去实施。以结果为导向，方可无愧于自己内心，也无愧于国联委员会，无愧于人民。"

刘博听王部长讲完，简直就是醍醐灌顶！王部长讲的其实就是有所为、有所不为的为官之道！王部长这是在保护自己，而且现身说法，非常正确。自己属于理工男，面对错综复杂的人际关系时，确实有时候力不从心啊。和王部长搭档，一切迎刃而解。

"听君一席话，胜读十年书啊！领导就是领导，今日受教了。看来，国联委员会派您来，所有的困难都迎刃而解，我的工作方式、方法也将向您说的那样转变。从明天开始，我们进行发射美洲的技术宣讲，以您的大政方针，马上开始实施。"

刘博与王部长隔空击掌……

第九章

1

发射美洲

刘博回来工作的消息在指挥中心传开，就是连各项目基地的人，都欢呼、沸腾了。特别是贵州基地的南宇天、布朗他们，连续放了一个小时的烟花。南宇天像个淘气的孩子，领着一大帮工作人员，挨个去点燃摆放整齐的烟花，然后仰头看着烟花腾空而起、爆炸的瞬间，绽放火光映美了夜晚的天空。他们再继续点燃下一排烟花，再仰头看烟花绽放。南宇天如此往返，乐此不疲。

看着、看着，南宇天的眼中含满了热泪，昂着头，泪光中的火树银花，更加绚丽多彩、光华四射。泪眼看烟花的美，犹如看烟花的万花筒，更是火树银花不夜天。但南宇天的眼泪，显然不是为看烟花准备的。

在刘博停职后，整个"偷月计划"的工作人员一是感觉不可思议，这么大的一个天字号工程，事关人类未来的顶级大工程说停就停，说审查就审查。权力的盗用，让大家感到荒唐，所以出现联名请愿书的事情。二是在群龙无首的日子里，他们也迷茫过，他们也感到无所适从。不仅仅是建了一个半拉子工程，关键是每天的损失，更让他们心疼，即使他们想维护设备，那也是遥不可及的事情。

在刘博停职后，人心浮动、人心思变。这也是人之常情，有小部分人嚷嚷着要回原工作单位，他们来"偷月计划"项目，是想收获荣誉与待遇提升。无休止的停工，让他们失去了耐心，等待的时间越长，他们越焦躁，言论越来越不理智，在整个项目工作人员中，成了名副其实的分离分子。但他们又回不到原单位，因为他们没了主帅，群龙无首的情况下，所有的工作都停了下来，包括人员调动。他们在焦虑、烦躁中煎熬，度日如年又茫然无顾。

当然，指挥中心的人员信心从未动摇。以李光四、南宇天、布朗、吴天祥、田静、施密特-冯、于敏先、加斯林、杜前程等核心人员。他们一致认为，"偷月计划"是人类唯一可行的、改变人类的巨大机遇。能够参与到这样一个人类历史机遇中，将是人生最光辉的一笔，也是自己的荣耀，因为实施"偷月计划"成了他们生命中的使命。人一旦在思想中有了使命感，那么，他的思想、他的人生就与众不同！

使命感深植入心、入髓的人，意志坚强，遇事冷静、做事百折不挠！这就是有使命感的人普遍具备的素质。他们不盲从，往往会将挫折当作前行的动力，推动事业不断向前。他们也是人，也会在情感上有脆弱的一面，每一个人心底都有最柔软的地方，任何人概莫能外。如果说这些人有脆弱的一面，那就是刘博的停职。刘博停职带给他们的风暴是感情上的。刘博与他们工作时间长，相互信任、相互支持、相互尊重。刘博是个理工男，没有政客的心机，恰恰让他们引为知己，因为他们也是理工男！

当刘博回来工作的消息传来，他们肯定是最高兴的。指挥中心成为欢乐的海洋，他们叫着、喊着、喝着。不知是谁提议，把餐厅里的啤酒拿来后，他们成了欢乐的神，伴着酒香，在频频碰杯中起舞，来庆祝刘博即将归来，期望"偷月计划"重回正轨。

就在他们最嗨的时候，指挥中心的大屏幕上出现了微笑着的刘博。刘博看到他们开心的样子，也笑了。但考虑到工作问题，忍下心来，打破这欢乐的气氛。

"大家好，我是刘博。"

最大声在指挥中心响起，让欢乐的他们渐渐静了下来。看到屏幕上的刘博，他们又欢呼了起来。刘博举起手，向下压了压，他们才真正安静了下来。

"大家好，我是刘博。感恩大家联名请愿书的支持，让我得以重返'偷月计划'，谢谢大家！另外，我可能要扫大家的兴致了，现在是晚上10：30，我希望明天早上9：00看到大家在这里工作，我将与大家进行'发射美洲技术研讨会'。"

2

　　指挥中心后面的会议室里鸦雀无声，偌大的会议室里坐了三百多人，仍然显得很空旷。刘博在会议室的显示屏前讲解发射美洲的技术细节，从刘博开始讲到现在，时间已经过去了三个多小时，依然没有结束的迹象。

　　前排就座的有王部长、李光四、张恒、潘建东、南宇天、凡尔纳、布朗、田静、吴天祥、施密特-冯、于敏先、居里夫、加斯林、丹-布朗、杜前程等。另有国联预算委员会主席张大江列席，来听听刘博发射美洲的技术讲解。其他都是参与发射美洲相关的工程主管人员、施工人员及后勤保障部的主管人员。

　　刘博的构想乍听似乎是天方夜谭、天马行空。但随着刘博讲解技术要点与步骤，从宏观到细节，步步深入，王部长等都开始不断地点头。一众前排就座的各项目负责人，则是从惊讶到佩服，由衷地对刘博感到赞赏。后排的各工程、施工、保障主管人员，更是从惊讶到惊喜。听到精彩之处，大家激动得开始鼓掌，随后掌声响成一片。

　　刘博的讲话被掌声打断，颇有些无奈，只好用手势做个暂停的姿势，让掌声停了下来，以便继续讲解。这时，王部长站了起来。

"刘博，讲了三个多小时了，你过来喝口水，休息会。发射美洲这么大的工程，你一次讲得越多，大家反而接受得少。一次讲一部分，让大家好消化。"

"好，听老领导的，我是恨不得一次就把'偷月计划'的技术点与总体方案全部讲完。一次讲完后，大家都是总指挥，我们的'偷月计划'也就成功了。"

刘博急于赶时间的心态，也是可以理解的，毕竟停职耽搁了这么长的时间，必须把失去的时间抢回来，这是一个原因。另一个原因就是刘博接受王部长的建议，在今后每一个新的技术点中，刘博都要召开技术点研讨会，这样更民主。提前与大家进行技术点分解，可以有效地堵上国联委员会某些人不时进行干预的口实。工作就是这样，能够做到防患于未然，才是正常的水平。

"欲速则不达！刘总指挥，心急吃不了热豆腐啊。"

王部长恰当地开了个玩笑，让会议室的气氛瞬间轻松起来，却又成了调侃的时间，犹如脱口秀的世界。

"就是，老领导都发话了，我们就休息会。刘总指挥，可以问你个问题吗?"

杜前程不想错过这个机会，想把从田静那里听来的一些事情，一探究竟。虽然杜前程与刘博是从"偷月计划"才认识的，但杜前程对脑机、脑联的熟悉，也是对刘博仰慕已久。

刘博看了看杜前程，又专注地盯着杜前程的眼睛一会。杜前程感觉自己的心事，被刘博一望而知，心里反而有一些羞愧，慢慢慌了神。

"好，你讲吧，我知无不言。"

听到刘博爽朗的回答。杜前程改了话题：

"听说你在研究所的时候，你手下打了人，结果是把你停职了，有这回事吗？"

晕啊！刘博好像恍然大悟一样。

"你不说，我倒忘了。当时在老领导手下，被降职，又因为我点背，就停职了。现在你一说，还真是，历史重演。两次确实又是同一个女神救我于水火。哎，缘分呐。"

刘博故意大发感慨，但又说的是事实。刘博的话还没有说完，田静就接上话了。

"你的意思是说，你的假媳妇可都是我照顾的。你可好，结婚时，都忘了我这个媒婆。我们有句话怎么说来着？刘总指挥娶了媳妇忘了娘，更何况我这个媒婆。可悲啊。"

田静一句话，犹如热油锅里倒了一勺水，顿时就炸了。会议室里起哄的声音顿时与掌声同时响了起来，凡尔纳更是马上用手指伸到嘴里，吹出一个声音高亢、嘹亮的哨声，让这休息的时间达到了高潮。他们的说说笑笑，把他们几个月之间的生疏，迅速地抹平，并把感情拉得更近。从王部长脸上的笑容中就知道，预期的目的达到了。

3

欢乐的气氛有助于学习的效率，这句话是千古不变的真理，今天也一样。刘博上午讲了三个多小时，下午讲了两个多小时，把发射美洲的全案全部讲完。会议室里的掌声响了整整有十分钟，就是王部长站起来示意安静下来，也未能阻止。为什么？因为刘博把发射美洲全案技术点到施工总案到具体参数细节，事无巨细，即使你是一个对此不了解的人，也一听就懂。特别是刘博打了一个比方，让参加会议的人豁然开朗而深信不疑。

"我们都知道，炸药是诺贝尔发明的，雷管也是诺贝尔发明的。我认为，炸药就是我们古代四大发明之一火药的升级版。从这个方面来讲，诺贝尔的创新是有迹可循的。诺贝尔发明炸药和雷管，当时的初衷是用于开山等领域，结果就是诺贝尔的发明优先用于军事，使得热兵器时代又多了一个利器。炸药与雷管投入军事的使命，并没有使我们战争的烈度提高一个维度与高度，而诺贝尔的另一项发明往往被大家忽视了，但诺贝尔的这一项发明，却成为热兵器时代的一个开创性的、革命性的、视距之外的战争开启了。大家知道诺贝尔的哪一项发明吗？"

刘博突然一个提问，倒是把大家问蒙了。来听"偷月计划"发射美洲全案的，刘总指挥却提个意外的问题。诺贝尔被大家忽视的发明？诺贝尔一生有四百多项发明，我们熟知的仅为炸药、雷管与尼龙。他还有什么发明，却又能够影响战争的？

就在大家的思考与记忆待展开又尚未展开之际，刘博又开始讲了。

"炸药与雷管只能做成炸药包、手榴弹，这样的军事武器，用于攻坚可以，却没有远距离的投送能力。即便是手榴弹，个人的力量，一般也就是投掷几十米，力量能达到投掷上百米的战士，应该是寥寥无几。但诺贝尔的炮弹发射火药，这个发明的成功，却让军事从枪战到炮战的一大跨越。枪战仅仅为百十米、几百米，杀伤力有限。而诺贝尔炮弹发射火药的研发成功，直接将交战距离从几十米、几百米推进到了几公里、十几公里，甚至是几十公里！更为关键的是，枪战是以子弹头的金属来杀伤生命，而炮弹则是以炮弹头的炸药和金属碎片来对人员和物体进行杀伤的。而且炮弹的杀伤力，远不是枪弹头所能比的。所以说，诺贝尔发明的炮弹发射火药的问世，才促生出了真正的火炮炮弹。炮弹发射火药的发明，让人类可以把炮弹头也就是炸药包发射得更远。这个炮弹头可是诺贝尔发明的炸药、雷管的共同体，杀伤力巨大。我们从第一次世界大战、第二次世界大战的战场就可以看出来。陆军用的大炮、坦克，海军用的舰炮及战争后期的高射炮、航炮等等，构成了战争中消灭军事人员的绞肉机。

"诺贝尔炮弹发射火药的发明，直到今天，依然对我们有很强的借鉴意义。其意义，犹如从火药到炸药的一个跨度。而今天我们需要做的就是，把冷战时期欧美生产的大量核弹，改造成为发射美洲的发射核弹。核弹只有产生爆炸才会形成强大的威力，大家都知道，核弹最初的爆炸力相当于两万吨 TNT 炸药。在二战结束后，各大国相继研发成功核武器。没有核武器的有了核武器，有了核武器的又不断推高核武器爆炸当量的提高。核武器竞争发展的结果就是爆炸当量达到了令人恐怖的一亿吨 TNT 当量，相比最初的二两万吨 TNT 当量，整整提高了五千倍！

"这里说的是核武器爆炸能量指数级的一个发展，我们更应该看到，在核武器发挥的过程中，核武器又多样化，如原子弹、氢弹、中子弹等等。不同类型的核弹，爆炸后用于战场的杀伤力也是各不相同，这也给我们今天对核弹的改造提供了借鉴。所以说，有益的借鉴，可以带来开创性的工作，这也是今天我讲的技术关键点。

"我们团队中有优秀的核武器专家、核物理专家，这就需要大家齐心协力，根据地球脉络结点，制造数据参数相匹配的美洲发射专用核弹！我们根据欧美核弹不同类型、不同当量，改变原有的核弹结构及引爆方式，放置于地球脉络结点的核心位置。我期待我们的发射美洲任务一战即成！

"另外，我再说几点。关于核弹、改造核弹来做发射美洲的计划，我已经经过几次计算和模拟，成功率达到百分之九十九点九九。当然，这方面于敏先、居里夫才是核专家，还需要你们及团队对我的技术点再做分析和最后的组装、安装，加快推进我们发射美洲的任务。"

4

刘博讲完，对大家的启发很大，特别是居里夫与爱因斯，开始不断地讲起来。

"刘总指挥的比喻很对。但欧美的核弹总数量达到了近四万枚，我们根据您的分类与爆炸当量分级，也需要时间。最大的难点在核弹的重新调校上，无论是引爆机构还是重新装填，这个工程都太需要时间了。我们从设计到模拟实验再到改造，我估计没有一两年，这个任务完不成啊。"

爱因斯谈工作直来直往，即使他以为一两年完不成，那大约需要多久可以完成？核弹改造可不是小事，不仅要面对辐射问题，特别重要的是核弹的安全问题。所以说，整个"偷月计划"中，最为关键的就是核弹的调整改造。但这个改造周期需要多久，谁也没有确切的时间表。

"我认为，按照刘总指挥的技术路径没有问题。当然，我们的主要问题就是时间。我们当前的任务就是尽快根据各类型的核弹与爆炸当量级别，拿出一套解决方案，计算验证有没有误差。调整改造、试爆符合预期，再展开大规模的改造与安装。这样做应该是风险最低、效果最好、安装最快的。"

居里夫的发言比较客观，方式与方法也很优化，应该说居里夫代表了大多数人的想法。刘博已经把技术点讲完，核弹调整及改进，只需要一点实验及操作就可以搞定的事，谁也没有想到又发生了分歧。

"居里夫先生，您不知道刘总指挥给我们的时间要求吗？半年！按流程与工作计划，我们一两年都完不成，特别是按您的方式方法，估计三年时间，我们都搞不定！"

爱因斯关注的是整个任务的时间，毕竟"偷月计划"的时间窗口倒计时，错过了又是一年。但一年的等待，将是三百六十万亿元的支出。这个数字，可不是一个人、一个团队想负担就能负担的。事关重大，谁也想把事情做好，就是能拼解决方案。

"你冲我嚷什么？你只是关注时间，时间能决定一切吗？没有安全的情况下，时间将一文不值！没有安全的情况下，我们将成为人类的罪人！你能想想近四万颗核弹爆炸，会有什么后果吗？是你、是我，还是刘总指挥能够担得起的责任？"

"唉，你真是怪，讨论问题，你把刘总指挥拉上来做什么？是不是你心虚啊？谈工作就谈工作。核弹就这么容易爆炸？而且还是近四万颗核弹一起爆炸，你有点常识好不好？我敬爱的爱因斯先生。"

居里夫看到爱因斯有些发火，心中很是不快。特别是他拉上刘博后，心中更生气了。但说话还是很理智，至少没有爆粗口。会议室里的气氛。却渐渐充满了火药味。

刘博没有说话，因为讲解技术点是今天的主要目的，时间点也讲了，自己虽然没有把最终的方案拿出来，就是看看他们有没有创新的能力。如果他们能够做好，解决这个问题，那么今后的工作都可以举一反三，所有的工作都可以胜任。

王部长看了刘博一眼，表示赞许。又看了看在争论中的两个人，声音越来越大。王部长觉得，应该请于敏先发表一下看法，以平息这场争论，使他们两个人都冷静下来，用全局的眼光来看待问题。

"于老，您有什么高见？这方面您是专长。"

于敏先早就料到这个局面，因为他对居里夫和爱因斯的性格很了解，有争论也在正常的范围之内。王部长既然点将了，于敏先觉得也应该把自己的观点讲出来，毕竟核弹安装任务是自己负责的。说心里话，在接受任务时，于敏先就明白，这个任务非同一般，超出了目前所有的认知，而且这是个胆大包天的计划。敢于接这个任务并不是自己的勇敢与自大，更多是信任刘博的整个计划方案。另一个重要的原因，于敏先没有对任何人说，那就是核弹的处理问题。

自国联成立后，地球上爆发核战的可能性已经微乎其微。自上次马克毁灭人类的计划后，欧美人口的极度损失，剩余的人口都是老幼病残，已经失去了作为一个国家独立的能力。在中国向欧美大规模移民后，各国才重现生机。但同时因为欧美已经失去了控制核弹的能力，于敏先带领团队全面接管了欧美遗留下来的近四万枚核弹。如果说在场的人中，谁最了解这四万枚核弹，那肯定是非于敏先莫属。

于敏先不仅对近四万枚核弹的类型、爆炸当量及存放地址都

烂熟于心，而且从刘博的讲述中，于敏先就形成了自己的解决方案。这就是于敏先的优点，遇事找方案、找方式、找方法。

5

于敏先站起来，示意他们两个人停止争论，又向刘博、王部长示意，他要讲两句。获首肯后，于敏先用手示意会议室静一静。

"听完刘总指挥关于发射美洲的技术点后，我形成了一个方案，不算成熟，我讲出来，大家讨论。"

会议室里响起一阵热烈的掌声。他们也希望听一听他们的领军人有什么好方案，既能保证时间窗口，又能保证安全按计划完成任务。

"按照刘总指挥的发射美洲技术点的讲解，我自认为基本懂了。今天我们面临的任务形式是以前没有过的、全新的。我们以前研究核弹，是要利用最好、最少的核弹原材料，产生最大的爆炸威力，或者制造用于局部战争的小型核弹。但让我们研究把核弹当成发射美洲的发射核弹药，破天荒是第一次。凡事都有第一次，核弹能做成，我相信发射美洲的核弹药一定也能成。我原来的职务就是负责管理欧美遗留下来的近四万颗核弹，所以，无论是从技术，还是从对欧美核弹的了解程度来讲，我都是责无旁贷的第一人。

"我首先谈核弹的分类。我把核弹按爆炸当量分成九个等级，等级为三以下的核弹，用于炸开地球与美洲的连接点。这就比如以前的火箭助推器，正因为核爆当量相对比较小，用在炸开美洲与地球脉络的连接点更合适。核弹爆炸当量四到九级的核弹，适合作为美洲发射核弹药。所以，我认为，核弹四到九级的核弹适合改装，只有把核爆当量四到九级的核弹改装，这样基本就让我们缩短了三分之一左右的任务时间。

"第二呢，核弹分类后，立即开展核弹在地球与美洲脉络结合点的适配工作，哪个点需要几颗几级核弹。适配工作开始后，紧跟着的就是核弹的运输到位。这个工作并不烦琐，却是最需要时间的。

"第三就是爆炸当量四到九级核弹的改装方案，我希望是在一周内，就可以做好相关方案，并立即展开实验。待实验成功后，也就是核弹与地球及美洲脉络结合点适配结束的时候。这个时间内，我们需要边运输、边完成爆炸当量四到九级核弹的改造工作。

"大家是不是觉得这样的工作比较疯狂？我认为却是最合适的。大家想一下，一列高速飞驰的火车制动器，也就是刹车坏了，在火车高速飞驰的情况下，给火车换制动器的难度大吗？"

于敏先提出的这个问题，让会议室炸了锅，为什么？于敏先讲的从核弹到火车的两个事物，是两个不同的物质，却有一个共同的属性，那就是解除危机和解决问题。

"于老，这不是一类问题，难度都很大，就看找到的工作解决方案可行度有多高，能否执行。"

田静忍不住地说道，同时又引发了更多的声音。

"这个工作比航天工作刺激，更有挑战性。"

"老杜，你少说风凉话。这个核弹的危险性你不是不清楚，于老是让我们开拓一下思维，你可别不识好歹。"

张恒看着杜前程，知道杜前程对这方面没有深入的研究，只是让杜前程不要起哄。

"什么话，于老是问哪一个难度大，而没有不让讨论啊。我认为，这两件事难度的大小，取决于我们具备什么样的工作条件、工作环境及相关的技术能力。我这样说，于老，对吗？"

于敏先笑了。

"你说的相对而言，是对的。这两件事对比来看，决定难度高低的，是你的技术能力、统筹能力及时间管理能力。恰好的是，我们在这三个能力方面，有先天的优势，至少目前来看是这样的。就如给飞驰的火车换制动器一样，得有备用的制动器组件，得有熟练的工程技术人员，得有各项调度支持，等等。决定一件事难度的，是人的思维，而不是条件。只要你的思维维度扩展了，你的工作思维维度也就多了，只要当你的思维维度多的时候，解决问题的方案也就有多样化可以选择了。"

6

于敏先在会议室里的讲解水平，不低于刘博。有时候引经据典，有时候旁征博引，听着像是跑了题，却都在回味中蓦然就是正道，让会议室内的一众精英由衷地叹服。这就是于敏先个人的魅力，他从事核弹研究四十余年，并对核弹的类型、参数、组装工艺、爆炸威力如数家珍。

根据于敏先的计划，即日起，把四万枚核弹分级后陆续运往美洲的三千六百个核弹安置点。这个过程中，把核弹爆炸当量四到九级中各一枚，做改装及试爆验证，以求为后期的核弹改装组装打好理论基础。第二是培训大量的技术改装人员，从改装组装参数到安全防护要求，到模拟调试等等。第三就是要求所有核弹的改装、组装地址就选在三千六百个核弹安装点。这样的优点在于节省时间。前面的工作做好了，在核弹安装地址组装，直到完成任务。这样做的优点就是安全隐患降到最低，不会出现连环性的、不可控的问题。

安全才是大问题，犹如为飞驰的火车换制动器，核弹的改装也是如此。用于敏先的这个新方案，四万颗核弹从试改装到运输、改装与安装，总用时预计为四个月零十天。比原计划提前一个月零二十天！

于敏先讲完之后，会议室里掌声雷动。王部长、刘博站起来带头鼓掌，会议室里成了掌声的海洋、欢乐的海洋。事成于谋、运筹帷幄方见于敏先四十年从事核弹研究的实力，发射美洲俨然已经进入倒计时。

第十章

1

大迁移历来是敏感话题，敏感到什么程度呢？敏感到一想到这个话题，就意味着艰辛、跋涉、死亡、惊险的词汇陪伴，我们经常看动物界的大迁移，动物为了生存、为了繁衍，进行的大迁移。少则几百公里、远的多达上万公里。特别是在迁移的过程中面临天敌的侵袭，长途的劳累、环境变幻莫测及疾病的困扰等等。所以说，每一次迁移，都是一场生死大逃亡。

刘博很庆幸王部长来工作，老领导统筹，相当于后勤部部长，很多事情迎刃而解。面对美洲现有人口即将开展的大迁移，刘博的工作规划与时间规划没有明确的列表。刘博端起杯子，向王部长的办公室走去。走之前，顺便拿了包绿茶。

"老领导，来，我给您泡杯绿茶。"

刘博走到王部长办公桌前，拿起王部长的水杯，就要加茶叶，被王部长挡住了。

"等等，今天什么风把你吹来了？我估计是无事不登三宝殿。有事说事，别弄这些无用的。"

王部长看着刘博还是拿着杯子，往杯子里放了一捏茶叶，边接话边走向饮水机。

"您看您这话说得，您让我做总指挥，我来关心一下老领导，难道错了？我这茶叶，您可买不到，正宗的崂山绿茶。生津止渴、静心安神。"

"是吗？我记得你用这句话对秦大元说过，来，告诉我，去拍人家马屁，是什么感觉？"

刘博翻了个白眼，这老领导，八百年前的事都记得。那时秦大元主任，还真和哥们差不多，现在也常联系。

"您那，那是嫉妒！当时秦主任，和我们处得像哥们一样，搞得我们有种士为知己者死的魅力。那时在他手下工作，是一种幸福，现在都怀念啊。"

"嗯，老秦无论从领导能力、工作能力还是技术能力来看，综合素质一流。当时点将，我点他还真是点对了。俗话说，治兵先治将。将勇有谋，诸事可成。所以，我们就成了。"

王部长回忆起在脑科学研究院的时光，依然深有感触。

"老领导，我可以说句题外话吗？"

刘博见缝插针，想提升一下自己，也显摆显摆。

"什么题外话？你说吧。"

刘博把茶杯放到王部长面前的办公桌上，然后在王部长对面坐下，略有点嗓子痒，让刘博增加了点紧张。

"我感觉秦大元主任的点将水平比您高多了。您认为对不对？"

"嗯？唉，你是在夸自己吧？"

"没有，秦大元点了我们三个人，还有李睿、田静。我感觉，秦大元点我们三个人，组成中层的科研管理团队，职责分工不同，却又相互配合、相互协作，这就是他的高明之处。反观您呢？弄了个梁文坚过来，这倒好，让我成了背锅侠。要不是我另辟蹊径研究灵眸系统，我可真的就暗无天日了。"

王部长盯着刘博，看着他的表演。王部长的阅历，那可不是刘博所能比的，阅人更是无数。他也是从刘博这样的职位上来的，明白刘博肯定是有的放矢，看看他有什么花花肠子。刘博说完这几句话，却不往下说了。

"继续说啊，是说完了，还是没有台词了？"

"您看您，老领导就是老领导，您怎么知道我没台词了呢？"

"绕吧，别绕得我没事，却把自己绕进去了，就成了一个笑话。也能让你在'偷月计划'团队中，成为笑话。"

"老领导，我真没绕。我的意思是，您要证明您比秦大元更有点将水平，现在就有一个机会，想不想听？"

"听什么？你跟我不用玩激将法。要知道，你这个总指挥的职位，我不稀罕，你还能有什么让我上赶的地方？就是为了证明我比秦大元会点将？本身已经说明问题了。犹如我选帅，帅选将。再说，我的本职工作就是辅助你做好工作，让你出成绩，我做无名英雄。明白吗？”

2

刘博知道王部长这个老领导，确实是用实际行动来说话的。说的再好，不如做事一秒。在这个方面刘博深有感触。

“老领导，有件事我想请教您，不知道当讲不当讲？”

“你是总指挥，指挥权在你那里。我是你的后勤部长，你这样想就行。有事谈事，无事喝茶。”

“嘿嘿，听口气不善啊。有事说事，无事喝茶？喝茶多没劲啊，还不如喝酒。”

“小子，看来你遇上大事了。说吧，什么事？事谈完以后，可以喝酒，你请客。”

王部长盯着刘博，知道这小子不按常规出牌，心里总是提醒自己别中了他的道。当然，王部长的酒量大，倒也不怕这小子使诈。

“老领导，我们的‘偷月计划’部署很顺利。却忘了最紧要的一件事——美洲人口大迁移啊！美洲现在还有近六百万人生活，还有很多的动物、植物、文化遗产都需要迁移。特别是迁移的地址也没有全面论证，更何况迁移的方式、方法、途径、步骤、团队组成，等等。您有什么高见？”

"噢，你说这件事，你不是'偷月计划'中都有方案吗？大政方针当然是你出，我可是只做执行啊。"

王部长见刘博问这件事，心里乐了，但表面表现得无动于衷，反而将了刘博一军。而刘博也不气恼，反而笑嘻嘻的，心里有底了。他们两个人的心智攻防，都快成教科书了。

"老领导，要不我们边喝边聊？"

"聊聊，在哪里聊？"

刘博一看有门，立刻把准备好的台词就用上了。

"在指挥中心旁，我的休息套房吧。一是比较近，二是指挥中心有什么突发情况，我们可以马上到岗。"

"好吧，既然盛情难却，走吧。"

两个人笑嘻嘻地向刘博的休息套房走去。

说是套房，其实就是一间休息室、一间客厅、一个卫生间，没有厨房，这也是基于实际情况和规定的。他们这些人，每天忙得不可开交，吃饭都去餐厅，省时、省钱、省事，关键是不用动手。想换几个口味，可以让餐厅给单独做几个菜，从工资单里扣除就行，刘博也乐在其中。

刘博把王部长让到客厅中沙发上坐下，把茶几调整一下，两个人坐个对面。过了不一会，餐厅工作人员就把几样菜送了过来。刘博把菜向茶几上摆好，菜虽然不多，但很精致。一盘南京盐水鸭、一盘东坡肉、一盘葱爆海参、一盘油淋秋葵、一盆紫菜汤。四菜一汤的标准，每份量都不大，做下酒菜却是刚刚好。而且这几个菜，大都符合王部长的口味。

"老领导，您喜欢喝什么酒？"

刘博走到休息室，边翻床底下的纸箱，边问王部长。其实，也没几样酒，刘博就是客套客套。

"吆，你有酒库吗？需要我点酒，指挥中心不是有禁酒令吗？"

"您看您，指挥中心明令禁酒。这可是我的休息室啊，算了吧，我们就喝老贵窖-黑金吧，免得您再挑理。"

"哈哈，好。客随主便，你拿什么，我喝什么。"

刘博拿了一瓶老贵窖-黑金，打开放到茶几上。从茶几抽屉里拿出两个分酒器、两个小酒杯。先给王部长的小酒杯倒满，又把王部长的分酒器给倒满。然后，才开始给自己倒酒。

王部长看着刘博，自己拿起筷子，先夹了块盐水鸭吃了起来，边吃边点头。

"老领导，我们餐厅的菜，味道还合您的口味吧？"

"不错，盐水鸭做得很地道，就是分量不大。在喝酒前，你不说两句祝酒词？"

"第一次近距离和老领导一起工作、一起喝酒，心中难免紧张。这样吧，我先干为敬！"

刘博端起酒杯一饮而尽，拿起筷子，吃了两口菜。

"你啊，总是让我忍不住批评你两句。以后记住啊，喝高度白酒，一口干后，让口腔的味蕾充分体验白酒的火爆。体验酒体在口腔中流动并咽下去的口感，并回味酒体丰满带来的顺滑。饮酒两分钟后，吃菜刚刚好，菜味更合口。"

"老领导妙谈，我是受教了。来，老领导，我敬您一杯。"

刘博举起酒杯，往王部长的酒杯前一碰，接着就把杯中酒干了。王部长闻了一下，也是一饮而尽。刘博这次没有着急吃菜，而是回味酒在口腔向食道进发过程中的体味，偶有妙不可言。

两个人体味酒的香、辛、甜。又回过来尝菜，聊天。

"刘博，你知道我在你停职的日子里，我来主持工作的这三个月里，我主要做了什么吗？"

刘博边吃，边抬头看了看王部长，从嘴里吐出一块鸭骨头，清了清嗓子。

"不知道，我来上班才不到一天，下午的技术点宣讲会刚忙完不到一个小时，我就去您的办公室找您了。关键是，您是我的老领导，您做事不用向我汇报，我怎么知道啊。"

刘博贫嘴的毛病改不了，但王部长也习以为常了。

"你啊，今天来我办公室问我什么来着？"

"关于美洲现有人口的大迁移啊。"

"好，那就安心喝酒。明天我带你去个地方看看，你就明白了。"

"明白什么？"

"喝酒、喝酒。不到谜底揭开，就不用多问。干杯！"

两个人又干了一杯。

3

两个人站在双流机场航站楼的顶层，看着起降的客机、货机，整个机场一片繁忙的景象。而且最为繁忙的却是机场对外的运输，前来接人的客车与接物资货车汇成了川流不息的长龙。

王部长指着机场起降的飞机对刘博说：

"你知道吗？仅仅一个双流机场，每天起降的飞机已经超过一千架次，每天来的移民超过了十五万人。我们整个云贵川地区的机场运送量加起来，每天运送的最大载力超过一百五十万人。货物的运载能力达到十万吨。在你不在职的日子里，我组织团队研究美洲移民的选址及安置计划。你知道吗？美洲移民简单，把人、财、物转运就可以做到。但移民之后呢？整个美洲移民六百万人，需要的住宅就超过了二百万套，我们应急管理部的团队，在半个月内找到与租赁的房屋超过了一百五十万套。我们又加班加点地建设了五十万套住房，待新房设施完成后，让临时住房的居民转到新房。不是向你表功，仅仅完成这六百万的美洲移民，我们应急管理部就动员了超过一百万人参与整个移民计划。我们决定先从美洲把人移民过来，预计用半个月的时间，这一阶段目前已经接近尾声了。美洲有庞大的动物和植物种类，这部分需要的时间略长，估计还需要近两个月的时间。当然，我们会将大部分的动植物留在美洲，以便于后期美洲到太空后，观察这些动植物能否在温度、环境巨变的情况下生存下来，或者是生存下来后，会发生哪些变化。比如说野兔、老鼠等穴居动物，在遇到昼夜温差两三百摄氏度时，它们会不会加深洞穴，以适应新的环境。

"刘博，我做的这些工作，不知道会不会打乱你以前的工作计划。但你不在的日子里，我只能预判地去做工作，当然这样做对了，是加快了'偷月计划'的进程。如果做的事情有些偏差，我希望你能够指出来，尽快让事情发展重回正轨。"

刘博听着王部长介绍的移民情况，又听到王部长谈了美洲动植物的移栽、迁移情况。特别是听到王部长将穴居动物的实验设想时，刘博对王部长的这些工作，都感到崇拜了。

"老领导，您对美洲移民及动植物迁移的计划和工作，真的远远超过我的预期！特别是您讲到的穴居动物做实验时，这更是开创性的，又有利于我们后期研究太空的星际之旅时，研究对环境变化的生存问题。老领导就是老领导，不仅将美洲移民及动植物迁移计划提前近一个月，而且比我原计划都周详，我得好好请您喝酒。"

"可别提喝酒了，我们先把工作做好。下次喝酒，希望是'偷月计划'的庆功酒，那时候我们可以一醉方休。到时候，我这老头子，舍命陪君子一次，庆祝我们创造了人类历史上第一个奇迹。那就是用科技、用方法，在行星上捕获行星的卫星！"

"老领导，您先别高兴太早，'偷月计划'本身没有问题，但还有很多细节，需要我们逐步完善落实。您也知道，昨天的宣讲会效果很好，这样大家都对工作及怎么做有个清晰的预判。您看这样行不行，我计划近期在国联委员会上做一次'偷月计划'的技术点宣讲，同时向全体工程技术人员同步直播。我认为，以前的我过于保守，总是担心泄密问题，现在这种担心略有多余。世界各国的概念已经消失了，我们成立了全球性的国联委员会，我们已经是一个真正的地球村了，一个集体的成员。老领导，您说，这个'偷月计划'的宣讲会应不应该去？"

王部长想了想，认真地看着刘博说：

"你成熟了，也成长起来了，宣讲会是我们针对你的一些误区的一个补救。既然你自己想到在国联委员会上做一个'偷月计划'的宣讲会，我认为很好。第一呢，宣讲会有利于推动国联委员会达成一致并大力支持，更会带动全体人民的工作热情与凝聚力。第二呢，我们全体工程人员对工作的全景、全程熟悉，也有利于工作高效、优质地完成。自'偷月计划'实施以来，我们的工程人员全体奋战在各条战线上，付出很多。通过让'偷月计划'在国联委员会上的宣讲，让全体人民知晓，给全体工程人员以荣耀，恰恰是最好的鼓励！"

王部长所说的，也恰恰是刘博所想的。刘博深知，是自己的过度防范，造成了自己的停职。人只有在适当的时间，做适当的事情，才是最好的结果。自己已经吃了因果的亏，也赚了因果的福。

"听老领导一席话，胜读十年书。不，是胜做十年人。如果领导早过来给我指导，事情的进展就会好得多，也许就不会有这两次事故了。"

王部长笑着拍了拍刘博的肩膀，聊着走下了航站楼的顶层。

4

两个人来到南充市嘉陵区的美洲移民安置局，李睿和凯瑟琳迎了出来。看到凯瑟琳，刘博吃了一惊。李睿是属于借调，王部长的应急管理部为了这次的美洲移民，动员了一百多万人参加这项人类历史上最大的移民项目。需求的人员多，特别是能够应对复杂情况下独立工作的人员，李睿当即报名参加。在李睿看来，美洲大移民是临时性工作，两三个月的工作时间，相当于休假，希望自己的微薄之力，可以促进美洲大迁移的早日完成。

如果说见到李睿是惊讶，看到凯瑟琳则是吃惊加惊喜，更是惊奇了。凯瑟琳在刘博与王部长视频时，为刘博的重新工作感到很高兴，但是高兴之余，凯瑟琳想为刘博做点力所能及的事情，特别是一两个月的时间，刚好是身体最好的阶段。凯瑟琳知道美洲移民的信息后，给王部长打电话，要求参与这个工作，王部长考虑到刘博比较忙，希望凯瑟琳做好刘博的后勤部长。凯瑟琳仅用几句话就让王部长改变了主意。

"王部长，先不说个人的特长，本身应该适应各自的工作。

就说我本身就是美洲人，以前获得过诺贝尔奖，也是《智经》的推广人，三重身份叠加，使我与其他人相比，更适合做美洲移民后的安置、协调、安抚工作，您说，是这个道理吧?"

凯瑟琳在王部长同意后，也就是刘博前脚刚走，凯瑟琳后脚就直奔工作岗位——南充市嘉陵区美洲移民安置局，凯瑟琳一来，就遇到李睿，两个人认识，在熟悉工作职责后就分工工作。分工是李睿负责美洲移民物资的接送、安置。凯瑟琳负责安置移民的沟通、安抚、祝福移民新生活的开始等，颇有些牧师的味道。两个人的合作是，李睿在工作中发现有情绪或者发牢骚的个人时，及时通知凯瑟琳，由凯瑟琳来安抚处理。凯瑟琳是女性，更是一个特别知名的女性，先天性的优势，这也是心理学科的分析结果。

李睿与刘博一见面，相互用拳擂了对方肩膀一下，两个人才握了握手，久违的同事感又回来了。

"你这呆子，见了领导也不打招呼，却用实际行动支持老领导，孺子可教也。哎，是不是和我老婆一起工作，你忽然开窍，变得聪明了?"

面对刘博的打趣，李睿嗤之以鼻，有点不屑。

"别把自己的老婆当宝，可能在别人眼里没有那么好! 比如田静，你让田静夸你老婆试试? 所以说兄弟，我是看在你是总指挥的分上，说真心话，让你清醒一下。可别自己给自己灌迷魂药，让自己不知道东西南北了，那'偷月计划'可就危险了。我自愿来工作两个月的心血，可能就白费了。又是一个见色忘友

192

的、贬友的家伙。"

李睿的话，逗得他们三个人哈哈大笑，都指着李睿各说各的话。

"你这个呆子也会开玩笑了，还比较有水平，看来环境改变人啊。"

"你说的田静，她为什么不会说我好话？"

"小李，有时候的题外话，可能让某人有辩解时间长于十分钟啊。"

话一说完，三个人的反应各有各的不同，刘博是瞪了李睿一眼。王部长离开他们走了一步，有隔岸观火的意思。凯瑟琳就盯着刘博。

"给我一个完美的解释？"

"解释什么？解铃还须系铃人，从他嘴里的话，你只能从他那里找答案，不是吗？"

刘博说的也在理，既然李睿发了球，又被刘博踢了回来，只是李睿没有想到刘博这么淡定，反而无言了。凯瑟琳向李睿一看，李睿心想坏了，得赶紧转移话题。不然，倒霉的准是我。但怎么突然转移话题，谈什么呢？哎，有了！

5

"老领导、刘总指挥，请进。到会议室后，我和凯瑟琳详细地把我们马上开展的工作，做一个汇报。同时请两位领导批评指正，免得我们工作有遗漏，给美洲移民过程中造成不必要的麻烦。"

李睿把刚才叙旧兼挑事的气氛中抽出来，以官方的语气谈起了工作，但谈工作就得去会议室，四个人在门口站着说话，也不像样子。

四个人来到会议室依次坐下，李睿先做工作计划汇报，条理清晰，方案周全。

"两位领导，我们南充市嘉陵区美洲移民安居区规划安置十二万人，目前已经进驻七点八万人。目前每天以三千八百人的速度在增加，预计再有十二天的时间，我们美洲移民安居区达到规划入住的满额。我们物流运输团队有六百人，现在每天两班轮换，把安全放在第一位，请两位领导放心。"

"不错，从美洲到亚洲、到南充，舟车劳顿。美洲移民身体疲劳感强，情绪波动很正常。在这一方面尤其是他们在新的环境、新的地方重建家园，你们一定做好心理疏导工作。"

刘博这个总指挥，话总是说到点上。今天来谈工作，而凯瑟琳在这里，让刘博惊喜之余，也倍感欣慰。凯瑟琳闻言，知道刘博是想听听自己的工作介绍。工作就是工作，工作不谈婚姻，更无婚姻中的样子，因为这就是职责所在。

"两位领导，我的工作汇报，远没有李睿先生汇报的数据翔实。我昨天来就熟悉了一下工作，然后和我的安居团队主管们见了一面。我们安居团队在南充嘉陵区第一期有近三万人，确保每一户新居民在入住的第一时间到位，做好新居民入户的第一时间帮扶。这样的优点，是让移民尽快适应新居，并了解周围的生活环境，最大限度地降低移民后的初期不适应，使移民尽快恢复到正常的生活状态。"

凯瑟琳在短时间内，把团队的工作任务熟悉，也已经是很努力了。凯瑟琳来之前，这个团队已经服务了七点八万人，总体来看是成功的。在凯瑟琳加盟后，凯瑟琳自己的计划，使工作效率再向上提一提。因为这两天刚来，凯瑟琳并没有冒然地提出来。

"你刚来工作，把任务理解得这么透，已经很好了。特别是你们的一期团队，经过系统培训后，展现出来的工作能力，让人刮目相看，比我预想的好。我们要践行伟大领袖的世界人类命运共同体精神，落实到工作当中，首先就是要把美洲移民的安居做好。只有从人类命运共同体的思想觉悟来看待工作，所有的工作难题将迎刃而解。刘博，我这样说，你还有补充的吗？"

王部长点评凯瑟琳的工作，顺带把人类命运共同体的思想高度讲出来，来促进工作的高效完成。王部长点名刘博，也是给刘博提醒，今后的工作，不要局限于个人、个体的狭隘思想中，要有全局观。全局观是什么？全局观就是人类命运共同体，"偷月计划"的目的，就是人类命运共同体又快又好地发展。王部长这次与刘博来检查美洲移民的工作情况，一是把工作进度掌控好，二是为了让刘博增加顶层思维的格局。

刘博知道老领导点名的意思，这是老领导的言传身教。自己的不足，恰恰是对人类命运共同体这个思想的高度，以前有所误解和抵触。现在由老领导一讲，不就是为了人类命运共同体的最高利益奋斗吗？想到这里，刘博的心理纠结一下子全部释然了。

"老领导讲的很对，我举双手赞成。美洲移民与动植物迁移，是有史以来最为庞大、最为复杂的大工程。特别是时间短、任务重的情况下，你们作为其中的一员，进展顺利，直到今天没有任何事故，我由衷地祝贺你们。在你们这里，让我们由小见大、由大知小，这两者是相互验证、相互成就的。为什么这样讲？因为由小见大，从你们工作情况看到其他的移民安置局同你们一样，都在陆续完成美洲移民及迁移工作，有条不紊、按部就班地把工作来完成。由大知小，则是从你们思想认知的提高，从人类命运共同体的思想高度来看工作、看问题，胸怀全局观、价值观，可以让我们的工作更加有效，再反映到每一项工作中，并落实到工作方式、方法时，我们的工作将是高效的，我们的团队也是战无不胜的。"

刘博的这番讲话，让王部长倍感欣慰，刘博开悟了。李睿与凯瑟琳两个人鼓起了掌，虽然是两个人鼓掌，却更有内涵。

李睿是由衷地赞叹刘博的进步是看得见的，更是每时每刻都在成长。作为以前的同事，虽然职务的差距很大，但不影响两个人的友谊，让李睿没有任何的嫉妒之心。凯瑟琳则更为不同，她与刘博虽然是夫妻，两个人的事业心强，共识就多。但在一起工作，却是破天荒第一次。凯瑟琳从前几个月刘博的歇斯底里的状态到今天工作的认知，真是判若两人。凯瑟琳见到刘博的状态越来越好，是从心里为爱人感到高兴。

"刘博，你这个总指挥，完全合格了。如果说以前的你是挟技术以令群臣，现在则是海纳百川，道、法、术融会贯通了。整个美洲移民迁移计划是你以前的思路，我拷贝后执行的。那你说一下，为什么把美洲移民都安排在云贵川呢?"

王部长虽然执行力、应变力、思考力超前，但对技术规划，特别是'偷月计划'略有不足。王部长不懂就问，从来不懂装懂，这就是王部长实事求是的见证。

6

"老领导，选择云贵川来接纳美洲移民，我想是第一次，却不会是最后一次。这次移民，为我们一个月后各大洋沿岸的大迁移做个序章，听我从头给您讲完。"

刘博的"偷月计划"移民分两个时间段，第一个时间段，即美洲移民、动植物迁移，也是目前正在执行的，这个工作大家都能理解。如果美洲的人不移民，动植物不迁移，一旦美洲发射成功，美洲将与月球互换位置。试想一下，美洲在月球的轨道上，美洲上的人、动植物能存活多久? 从这个方面来讲，美洲移民是必须的，而且是刻不容缓的。

"美洲移民的紧迫性在于自核弹在美洲板块底部安装开始前，就必须完成移民。如果我们不能在核弹安装前把移民及动植物迁移完成，我们的人、动植物随时有被核爆的危险。经过了两次事故，我们决不允许再出现第三次事故了，再出现事故，我们就是犯罪！所以，美洲移民是跨洲移民，考虑到美洲人的生活习俗，我们尽量全力做好相应的安置工作。

"如果你认为美洲移民已经是有史以来最大的移民，达六百万人。但我告诉你，马上就有一个地方的移民数量远超过美洲移民，那就是太平洋、大西洋沿岸海拔低于一千米的地区居民，必须全部都要迁移到海拔一千米以上的居住区。要不然，你住的地方就是汪洋大海！我们'偷月计划'一旦成功，月球落在原北美洲的位置，由于月球体积略大于北美洲，再加上月球落入北美洲位置时巨大的冲击力，会导致太平洋与大西洋以北美洲为中心，向太平洋、大西洋形成海啸，最终可能高达近千米的海啸，冲向海岸。所以我预测，原低于海平面一千米海拔的居住区，全部转到海拔高于一千米的地区居住，这是其一。其二，海啸会反复几次，但每次的高度渐渐降低。'偷月计划'完成后，由于月球落在原北美洲的位置，会导致海平面上涨三百米左右，再加上月球坠入地球时产生的热量，会导致地球温度上升五摄氏度以上。这将导致南北两极的冰山大量融化，又将加剧海平面的上涨。这两个因素相加，海平面最终会比现在的海平面高出六百米左右。

"海拔一千米以下的太平洋、大西洋沿岸，总人口约四点五亿人，约占我们现在人口的三分之一。这么大的比例，这么多的人口迁移，是前所未有的、前所未闻的。整整四点五亿人口，必须在未来三个月内完成迁移，这是死任务，必须完成。这是我们面临的终极大考，但又必须考满分。

"老领导、李睿，你们的整个工作，只是为了太平洋、大西洋沿海人口向高海拔地区转移的序演。你们这次北美洲移民工作做得越好，那么，我们马上面临的四点五亿人的大迁移将会做得更好。因为，工作的经验是相通的。"

刘博说完，看看惊愕中的李睿，又看看王部长。王部长脸色凝重，他现在才知道，自己接受的工作，不仅是个烫手的山芋，而且站在了火山口上。

刘博没有去看凯瑟琳，因为凯瑟琳有身孕，指定不能再参加下一阶段的移民工作。所以，刘博把凯瑟琳忽视了。但凯瑟琳看到刘博对自己的无视，心里酸酸的。转念一想，心里又暖暖的。凯瑟琳看刘博的眼中，也多了些柔情。

"总指挥，你没有开完玩笑吧？整整四点五亿人！这六百万美洲人口跨洲大移民，已经让我们筋疲力尽，而且投入上百万人。如果这四点五亿人的大移民，我们投入服务人员会不会达到几千万人？我们正常的社会秩序会崩溃的，你知道吗？"

李睿听到移民四点五亿人时惊呆了，然后是惊愕，然后是恐惧。四点五亿人的移民，人、财、物等随身物品，这将是多大的一个运输量？更为担心的是安全！从低海拔地区向高海拔地区转移，最近的也要几百公里，最远的达上千公里。在这个路途中，飞机、车辆、线路、时间，都需要计划到位。仅仅这些，已经让人感到压力巨大，更何况移民后的安居。想到这里，李睿的头"嗡"的一声，就大了、涨了。

"呆子，四点五亿人的迁移，这就是现实，不是因我们的抱怨、恐惧就能减少的。而我们目前要做的，就是借美洲移民的这个时机，抓紧锻炼团队，成为下次移民的骨干与中坚力量。我们这次，相当于实验、练兵。"

"练兵哪有这样的，而且，我们都没有这样的心理准备。我想，不仅仅是我，估计百分之九十九的移民工作人员，在听到这个大移民计划后，都会惊掉下巴的。"

"是吗？我认为这只是你的个人想法，别人未必这么想。我打算近期再开一次移民技术点大宣讲，把移民的路径、方法、方式讲清楚，有助于你们后期工作的开展。"

7

王部长听着李睿与刘博的议论，并没有插话，而是在思考刘博会用什么方式、方法来展开四点五亿人的移民工作，这是他关注的重点。美洲移民六百万人，本来自己觉得已经创造了历史了，但没想到自己创造的历史纪录，将在几个月后，再由自己亲手打破！整整四点五亿人，全人类的三分之一啊。

王部长感到从未有过的压力。这个压力不仅仅是面对四点五亿人迁移的复杂性，更有时间的紧迫性。面对这两个要点，任谁也会心有余悸、惶恐不已。

"刘博，你小子总是藏着、掖着，到今天才说出四点五亿人的大迁移。如果不是今天来看现场工作，你打算继续瞒多久？"

王部长这句话，并不是怪刘博。因为他知道刘博在停职前一直有条不紊地推进各项工作，是名副其实的总指挥。缺点就是换了任何人，都不了解"偷月计划"的全貌，除了延续已有的工作进行，没有别的方法。刘博现在有很大的思维进步，但也需要时间来把其他的工作规划提出来，使工作进度都在可掌控的轨道上。

"老领导，您先别生气，听我给您解释。在我停职前，各项工作进展齐头并进，一直比较顺利，按我的计划进行。本来刚要开展美洲移民和动植物迁移，结果我被停职了。这件事由您来推进，已经出乎我的意料之外了。好在，我们的时间够用，不用担心。"

在这个问题上，刘博自知理亏，所以脸色略有羞愧。不自然地笑了笑，也算是向王部长赔个不是。但旁边的李睿却突然发了火。

"刘总指挥，以前说我没有格局，搞了半天是你最没有格局。为了当这个总指挥，就把整个'偷月计划'只有你自己掌控全局，让别人不能替代你，你小子还真是个官迷。但这四点五亿人的大迁移，让谁来做，谁也头疼上火。再说，我们这一批人，以为一两个月就结束，好回家休息。结果你这样一说，美洲移民、动植物迁移，只是四点五亿人移民的开胃菜，只是当了一次小白鼠。"

"李睿，事情并不是你想的那样，很多事情不是一句话、两句话就能解释得清楚的。老领导有先见之明，把美洲移民工作搞得很好，从你们的情况来看，再有十几天就结束了，比预想的快。老领导，还得您帮我说句公道话，不然李睿这小子的牛脾气上来，让人比移民还头疼。"

刘博只好向王部长求救，也只有向王部长求救。王部长自然明白刘博的用意，也就接受了。

"李睿，刘博在停职前，有他自己的统筹规划。他是'偷月计划'的总指挥，你也熟悉他。在你们一起工作时，他养成了保密的习惯，不自然地延续到了现在，也是可以理解的。'睿乘计划'实施后，我们当时也是防范尼古拉科技集团，保密工作也是必需的。但你又不得不佩服刘博，不仅保密工作做得好，还把对手的大将俘虏了，你看看刘博的成婚。没有刘博，我们的'睿乘计划'和灵眸信息系统都无从谈起啊。你也别吹牛，有本事你也逆袭一次。"

王部长可是善于激将的人，只是对刘博不起作用。但放在其他人身上时，却屡试不爽。

"老领导，您这就太偏心了。我们的脑机、脑联研发，您可是领导。刘博是有贤内助，没有凯瑟琳，我们的研究可能突破不了那么快。再说，有功也是凯瑟琳的，与刘博关系真的不大。"

"是吗？那凯瑟琳怎么来的？"

"刘博说他拆了个快递，凯瑟琳就出来了。"

"你真是个呆子，你去拆个快递看看。"

　　王部长说得李睿挠了挠头，红着脸不说话了。刘博向凯瑟琳挤挤眼，凯瑟琳的脸红了。王部长看到他们之间的小动作，也笑了。

　　"刘博，我现在召集美洲移民各项目的负责人，我们现在就开四点五亿人迁移的宣讲会。刻不容缓了，你有什么意见?"

　　"老领导吩咐，敢不从命?"

第十一章

1

刘博穿着工作服，站在国联委员会会议厅的发言席上，正在把"偷月计划"做宣讲。国联委员会委员两千七百二十名，今天实到两千两百零二名，可以说是座无虚席。在观察席上，王部长、李光四、于敏先、凯瑟琳、凡尔纳、丹-布朗、南宇天、杜前程、田静、吴天祥、居里夫等"偷月计划"团队主管都列席宣讲会。他们也希望听到刘博讲述"偷月计划"的全貌。

刘博这次"偷月计划"的宣讲，是接受了王部长的建议，把自己心理的格局打开，把"偷月计划"的未来通过宣讲，让全体国联委员们对"偷月计划"有一个新的认知，并获得他们全力以赴的支持。通过"偷月计划"宣讲会，更可以让整个管理团队有一个新的认知，凝聚共识，为下一阶段的工作打下坚实的基础。

今天的宣讲会，时间、节点选得都很好，那就是为了马上要开展四点五亿人的大移民。只有把今天的"偷月计划"宣讲会讲好，让国联委员会委员们与团队一起，万众一心、共铸辉煌。

刘博心怀坦诚，心中已经把"偷月计划"保密工作的心结放下，懂得要用信任、要用真诚来为"偷月计划"聚集整个计划所需要的共识与资源。刘博今天特意穿了工作服来出席国联委员会的宣讲，这样的服装，更能体现整个"偷月计划"的严谨与务实。

"尊敬的施特劳斯副主席，尊敬的各位国联委员会委员、尊敬的各位同僚，女士们、先生们，感谢你们在百忙之中能够抽出时间，来参加'偷月计划'的宣讲会，你们的到来，是'偷月计划'加快推动的起始，也将是'偷月计划'中最伟大的转折点。该计划实施以来，一直是半公开推进的，这使'偷月计划'的进展出现了一些波折，造成了很惨痛的教训。这是我之前没有想到的，在此，我做检讨，对不起！从今天开始，我把'偷月计划'的主体向诸位详细讲解，以使各位委员、成员了解'偷月计划'的目的与流程。先感谢你们的到来，'偷月计划'因您而来。"

刘博的开场白，迎来了热烈的掌声，施特劳斯副主席带头鼓掌，整个国联委员会会议厅内成了掌声的海洋，欢声雷动。刘博向会场一鞠躬，回到发言席上，开始详细地把"偷月计划"的前因后果一一叙述，并做了大量的技术细节描述，直让各个委员、团队成员脑洞大开，直呼是异想天开。可不就是异想天开吗？

自古至今，都对月球有过很多的神话、童话故事。把美好、神秘与向往的词汇，都送给了月球，月球成了人类向往的星球。当人类拥有了抵达月球的能力后，登月计划就成了人类的主旋律。从绕月卫星到登月车，再到人类真的登月。可以说，登月计划的实施，让人类对于宇宙的探索打开了一扇窗，让人类对宇宙及其构成，有了新的认知。登月只是人类探索宇宙的开始，科技的大发展，推动人类对宇宙的求知欲无限放大，而探索宇宙谈何容易？人类又把目光转到了月球上，月球将要承担新的使命。

2

刘博宣讲刚结束，一位60多岁的国联委员会委员站了起来。

"刘总指挥，我可以问一个问题吗？"

刘博看着这位国联委员，他穿着礼服，头发一丝不苟，欧洲的血统，处处显示着干练！刘博当然让他问，今天宣讲会的目的，就是把他们的疑虑打消。

"尊敬的委员，您请讲。"

"刚才您讲'偷月计划'是为了探索宇宙，探索未来。需要把月球拉过来，以便后期利用，您有依据吗？"

问得到位！我们人类对月球有很大的想象空间，但不代表就可以把想象空间都变成现实。把月球与美洲互换，已经远远超出了国联委员会委员们的想象力了。再谈把月球作为星舰，去银河系内进行星际旅行，还是很科幻的事情。

"很高兴您问这个问题，我首先说月球的结构。月球表面被很多流星或者陨石击中，所以形成了目前我们看到的月面情况，如果发生在地球，大概率地球上的生物已经灭绝了很多次了。但从另一个角度讲，地球上的陨石坑也多，有些是月球替地球抵挡陨石的说法显然是站得住脚的。第二呢，月球是中空的。根据月球的体积和月质密度计算，月球内部有巨大的空间。这个巨大的中空，为生物和高级智慧生物生存提供了可能。因为陨石的撞击月球在月球表面，对月壳内不会造成任何伤害。第三，我们都知道蚂蚁吧？蚂蚁的骨骼在外，肌肉在内。这个物种，本不是我们地球上该有的，但蚂蚁与月球有相似之处，那就是用外壳保护自己，抵御一般的擦伤与撞击伤。第四，我认定月球可作为我们人类未来的星际旅行星舰，是因为月球巨大的内部空间。如果我们把月球内部空间的三分之一放上水，再让月球在星际旅行中保持与地球一样的仰角旋转速度。那么月球内部对人的月心引力只比地球小五分之一，这样非常适合人类居住在月球内部生活。第五，我们把动植物相关的物种迁移到月球内部，当然包括我们人类，并在月球内部形成繁衍生态。这样下去，我们也不用担心我们有生之年完不成星际旅行。到时候，我们的子子孙孙会继续完成我们的使命。第六，就是我认定月球是作为星际旅行最好的载体主要有两个原因：一是月球进行星际旅行时，即使进行光速、超光速飞行，都是可能的，这就需要我们有新的探索，比如银河系内的各恒星间相互引力计算来确定飞行轨迹等等。我们这方面的工作，已经开始准备。二是行星所有的卫星，都是银河系内的飞行器。可能我们认为月球围绕着地球已经几十亿年了。但这个时间，是我们人类自己的时间，不代表宇宙的时间。所以说，这个几十亿年，在宇宙来讲，可能就是一段并不长的时间。就如同我们的几个月的时间，也是有可能的。第七，从土星卫星土卫十八与土卫四十六的运行轨迹来看，前几年都出现过近九十度角的运行轨迹。这表明，行星所有的卫星之所以围绕着行星运行，却又可以改变自己的轨迹。卫星改变自己的轨迹只有一个情况可以说明，那就是这颗行星的卫星，有了新的任务，需要改变轨迹，去执行新的任务，或者完成新的使命。"

刘博的话刚讲完，提问问题的国联委员就鼓起了掌，但一起鼓掌的人并不多，掌声稀稀拉拉地响起来。

"刘总指挥，我很欣赏您的想象力。我就您的言论，再问您一个问题：既然您认定行星的卫星都是星际飞船，那么，这些卫星为什么不停留在行星上？"

靠，这个问题问得好！刘博也为这个提问叫好。

"感谢您的提问，这也是我要向您介绍的。卫星之所以不停留在行星上，也是为了便于星际旅行。试想一下，一颗卫星从行星上起飞，它需要多大的推力呢？这是我们不可想象的。而卫星在行星的外轨道上，却可以获得额外的引力，很容易就可以借助其他恒星的引力，进行星际旅行。比如我们即将开始的'偷月计划'，就是把与卫星差不多等量的物质互换，才能获得'偷月计划'的完成。同理，如果卫星停留在行星上，只能与别的卫星互换，才能完成轨道互换，才能离开行星。我这样解释，您满意吗？"

"满意，我终于明白了。"

他这次的鼓掌，响声汇成了一片。国联委员们，第一次听到刘博这样直白的解读，情绪都兴奋起来。是啊，"偷月计划"可以把地球的卫星月球拉到地球上，这样不可思议的事情，竟然只是星际旅行的开胃菜。我的天啊，他们在惊叹之余，不禁又为自己能够见证神奇的事情即将发生，而感到无比自豪。

"我可以再问您一个问题吗？"

显然他还有别的问题，需要刘博解答。

3

"请讲。"

刘博也很喜欢这位提问的国联委员。如果今天的"偷月计划"宣讲会之后，没有人来提问，那才真是尴尬！想到这里，刘博对他充满了感激，并向他一鞠躬。

"刘总指挥，您刚才讲的是我们后期用月球作为星际旅行的载体，那是以后的事情。我想再问几个'偷月计划'中现实的、现在的问题，可以吗？"

"可以，您尽管说。"

"第一个问题，为什么拿美洲和月球互换位置，其他的洲不可以吗?"

"我很高兴回答您这个问题。首先从各大洲的板块位置来看，欧、亚、非相连、相近，但不能够分拆。当月球直径大于一个洲的长度时，则相邻的洲肯定受损严重，不适宜冒险。我们来看美洲，特别是两面环洋，一面是太平洋、一面是大西洋，这样优良的地形，海洋条件远不是其他洲所拥有的。第二呢，月球落入原美洲的位置，即使月球大一些，但只会向原美洲位置的两个大洋占用一部分海洋，不会对其他洲的板块造成威胁。第三呢，就是地球的各陆地板块之间的脉络、板块之间的结点来看，美洲板块深入地壳达三千两百多公里，非常适合容纳月球。我经过多次计算，地球上美洲是与月球互换的最佳板块。以前的天文学家也对月球曾经是地球的一部分的课题进行过验证，说是从太平洋最深的海沟马里亚纳海沟处分离出去的，而且月球也有相对应的部分。我经过计算与考证，这个是行不通的。要想把月球拉到地球上，只能用陆地的独立板块去换，所以，我选择北美洲，这也是地球上最佳与月球互换的板块。我这样回答您，您满意吗?"

国联委员点点头，

"你怎么把月球拉进两个大洋之间呢?"

这句话又问到点子上了。这可是技术难题，不过现在已经攻克技术难关，也是时候向他们说明"偷月计划"的可靠性与真实性了。

"这个也是今天'偷月计划'宣讲会的重点，我在'偷月计划'中把月球拉到地球中并与美洲板块互换的过程，先分三个动能阶段。在所有设施施工完成后，所有设备调试后，我们的第一步将是用在月球与北美洲的超级量子绳索将月球与北美洲同步捆绑。量子超级绳索的启动，就意味着北美洲与月球的距离将被锁定，直到月球来到北美洲的位置，北美洲到达月球现在的位置。

"第二步，北美洲在地球的位置转向背对月球时，先起爆第一次核爆炸开北美洲板块与地球的连接点。紧跟着，在第一次核爆两秒内，启动第二次核爆。第二次核爆，就相当于以前大炮的炮弹发射火药，庞大的核弹数量，足以把北美洲送到地球的大气层之外。而月球则在北美洲射出地球大气层的同时，从同一个方向向地球靠近，并以此形成惯性，推动北美洲向太空继续前行。如果说这只是开始，需要加速，那么，我们的第三动力点就来了。

"第三步，在核弹核爆发射北美洲使其飞出地球大气层的同时，启动环赤道超级地磁。环赤道超级地磁的原理我补充一下，地球的地心本身就是铁元素组成的，我们在围绕地球赤道用线圈缠绕了一千圈，通过三十万亿兆瓦的强大电流，来形成强大的电磁并结合地球南北两极的正负磁极，形成天量的合力。我们用正极的排斥力来把北美洲加速时推向太空，同时把负极对准月球，把月球加速拉过来。这样的作用力，在超级量子绳索的加持下，把北美洲与地球互换位置的速度加速到每小时约一点五八万公里的时速。地月距离在三十八万公里左右，也就是说，在第二天的同一时间，月球就会准确地降落在原北美洲的位置。"

刘博讲到这里，从国联委员会委员看向国联委员会副主席施特劳斯，并有征求他的意思。刘博的话刚讲完，提问的国联委员带头开始鼓掌。掌声足足响了三分钟，也许有五分钟，刘博不记得了。事后田静告诉刘博，"偷月计划"宣讲会的掌声，是有史以来最热烈、鼓掌时间最长的。

施特劳斯把麦克风向下压了压，用手指敲了敲麦克风。

"尊敬的女士们、先生们，静一静，请静一静。"

施特劳斯虽然这样说，他自己显然被刘博描述的"偷月计划"给震撼了。恍惚之间，施特劳斯就看到了月球落回到了北美洲的位置上。

国联委员会的委员们，在听了刘博的"偷月计划"宣讲后，都群情激昂，三五小群体的相互击掌庆祝，犹如"偷月计划"是他们完成了，眼睛里的兴奋之心，亮如火炬。在听到国联副主席的警示后，用了十几分钟，会议厅才渐渐静了下来。

"尊敬的国联委员们，你们对刘博及其团队成员还有需要问的吗？还有什么你们疑惑的？"

"没有！"

会议厅内国联委员们异口同声地回答道。

4

"刘博总指挥，请问您和您的团队，对国联委员会有什么要问的，或者说，还需要我们国联委员们提供什么支持？"

施特劳斯由衷地对刘博及其团队的努力感到高兴，并借此让他们也对国联委员会有个机会，适当地提一下他的要求与期望。

刘博回头望了望"偷月计划"团队的成员，也是，该给他们一次机会，来发言席上，让国联委员们认识一下。让国联委员会的委员知道他们的付出、他们的智慧和辛劳。

刘博走下发言席，来到王部长的座椅旁，先请示王部长，希望王部长支持他的决定。

"老领导，我想我们的团队都上台露个脸吧，每个人都在发言席讲一下我们项目的进展，您看可以吗？"

王部长对刘博今天"偷月计划"宣讲会的问答表示很认可，赢得了国联委员会的一致支持，感到由衷的高兴。而刘博的这个提议，更是让王部长感到刘博成熟了，是个领袖了。

"您的提议很好，'偷月计划'的团队成员，需要向国联委员、全体人员做一个进度汇报，更是对团队成员家庭的支持，表达一个感谢。没有家人的支持，我们的'偷月计划'将事倍功半。你安排团队成员上主席台后，依次介绍，并让团队成员依次发言。"

"听您的意思，您不上去？"

刘博听到王部长的潜台词，敏感地意识到这个问题，难道老领导有什么想法？

"我一个老头子，就不凑热闹了。因为时间不多，还是让团队成员露一露脸，也好让他们的家人看到，为他们自豪一下，这就算是我们的功德吧。"

王部长明白，国联委员会给这次宣讲会的时间不多，希望团队成员的介绍和工作进展汇报，让国联委员会知道"偷月计划"工作的不易。

"老领导，这就是您的不对，您也是这个团队的成员，更是领导。如果您不上台讲，今天的宣讲会，分量就差很多，而且国联委员会认为我们不和，可是会对我们今后的工作产生不良影响的。特别是团队的成员，他们难免有想法。"

"有什么想法？能有什么想法？我不上去，是为了让大家多讲一会。你别说了，开始执行吧。"

王部长不想再啰唆，毕竟全体国联委员们都在等着，看他们两个人开小会，影响不好。

刘博见王部长坚持，也铁了心。

"老领导，如果您不上台，我也不上去了，反正我已经按照您的指派，完成了'偷月计划'的宣讲会。剩下的这段时间，是国联委员会给我们的一个福利，如果因为团队成员亮相，并讲述工作中的困难，而赢得他们的支持，才是我们今天意外的收获。"

王部长了解刘博的性格，这是个倔驴。

"你个倔驴，非要让我上。好吧，那我就最后一个说几句。特别是关于移民的，这个工作太庞大，需要国联委员会全力支持与配合。"

第十二章

1

在王部长的办公室内，王部长与刘博都在看一份文件。文件是国联委员会主席的授权令！主席授权刘博、王部长择时启动"偷月计划"，就是他们在所有的工作准备就绪后，可以随时进行"偷月计划"的最后执行阶段。在执行"偷月计划"前两天，只需要向国联委员会报备即可，无须另行审批。

看完文件，两个人没有说话。因为文件的字不多，却又有千斤之重。"偷月计划"行动一旦开始，两个人都明白，结果只有两个：成功，将名留历史；一旦失败，两个人谁也担不起后果。失败了，不仅是投入的近七百万亿元都灰飞烟灭，更重要的是，人类在今后几十年内，将没有力量再开展一次类似的行动。是啊，在投入巨大的人力、物力后，走到了成功与失败的岔路口。

这时的压力，像是一座无形的山，压在了两个人的思想上、精神上。

刘博当初力挺"偷月计划"，认为"偷月计划"是人类走向太空的第一步，特别是行星捕获卫星，这将是前无古人的大事件！刘博当时对国联委员会主席汇报时讲过，人类要想探索宇宙，即使发射再多的宇宙飞船，也走不出太阳系！人类可以通过宇宙飞船到火星，到太阳系内较远的行星，却不具备移民等现实条件。用什么作为人类走向星际的载体，才能让人类可以探索银河系，探索宇宙呢？

人类要走向宇宙探索，只有不断借助行星的卫星，才能达到这一目的：一是行星的卫星，体积大，小一点的卫星，也比地球的卫星月球大，但目前人类能够捕获的卫星只有月球。二是月球内部空间巨大，可以居住两三千万人完全没有问题，月球空间为人类繁衍提供了安全保障，更为用月球作为载体，捕获其他行星的卫星提供了可能。三是在银河系内的星际旅行，需要不断设计飞行航线，特别是借助恒星的引力，再加上月球后期自己的动力，最终会达到超光速飞行，这才是星际探索的关键。

遥想今后的星际旅行，刘博更期望把目前的"偷月计划"完成好。因为，任何远大的目标，也要从头开始，从小处着手。到目前来看，"偷月计划"的进展一切顺利，最近一段时间，刘博与团队又把整个"偷月计划"的技术与施工及工程全部检查一遍，至少刘博认为已经没有技术风险了。

真的没有风险了吗？刘博一朝被蛇咬，十年怕井绳。因为两次事故，让刘博心灵备受煎熬。刘博从王部长这里，学会了更多的技巧和交际，虽然这些不会对杜绝事故有用，或者说不会对杜绝事故有直接作用。但优点显而易见，那就是通过宣讲会，集思广益，让大家一起找失误点、漏洞点。大家一起做，肯定比自己一个人强得多。每个人的优点不一样，人多，团队就是一个互补。俗话说得好，"三个臭皮匠，赛过诸葛亮！"刘博虽然不完全赞成这个说法，毕竟一个优秀的人的思想和技术，是一万个普通人也达不到的高度。但人多势众，可以借鉴的地方，还是很多的。

2

王部长的沉思，则与刘博完全不同。

王部长目前考虑的是大规模的移民，特别是两个月的时间的磨合，是否会有冲突！如果刘博定了启动时间，那么这个时间就是移民的终止时间的倒计时。

太平洋与大西洋沿岸的常住人口，特别是居住在低于海拔一千米以下的地区，涉及的移民总数高达四点五亿人！这么庞大的人口迁移，需要动用的资源、人力、物力，可不是动动嘴就能解决的。王部长这个后勤部长、应急管理部长，顿感头疼。

好在，现在交通发达，飞机、汽车、轮船、火车等水陆空交通体系完备，具备短时间内转运长途的能力。主要看动员的方式方法，凯瑟琳、李睿他们也在美洲大移民中积累了丰富的工作经验，这两个移民的本质是一样的。不同的是一个跨洲，一个向高海拔地区转移。对比来看，还是向高海拔转移相对容易得多。

想到这里，王部长松了口气。是啊，李睿、凯瑟琳他们及其团队经过锻炼，再执行新任务，也是水到渠成的，富有移民安置的工作经验，本身就是财富，也是人口大迁移成功的保障基础。团队有了，剩下的就是人口迁移的居住地、居住环境与居住水平的保障，这才是本次人口迁移的大问题。整整四点五亿人啊，需要重建家园，仅仅有货币补贴是不够的。货币补贴看似很高，谁也不敢说房价在集中供应时不会涨价！临时房的建设需要大量的建设，批量化生产的楼房，安全性和宜居性都是重点。

对了，这里还有个分工的问题。从本心来讲，把移民工作交给凯瑟琳和李睿的团队，自己主抓定居地的建设，这是最佳方案，这个分工是合理的。特别是凯瑟琳，如果可以带领团队，负责大西洋沿岸的人口大迁移，是最合适的。那么李睿负责太平洋沿岸的人口大迁移不会有问题，凯瑟琳真的合适吗？

凯瑟琳的身孕已经六个多月了，腹部明显的凸出，是最需要休息的时候。但凯瑟琳的优势显而易见，欧美血统、知名度高、专业性强，又是团队公认的领导人。这四点相加，凯瑟琳成为环大西洋人口迁移的最佳指挥官。舍她其谁？

不利的就是她的身孕，还要有刘博的支持。刘博作为"偷月计划"的总指挥，以他的性格，虽然不会驳回我的提议和任命，但他对凯瑟琳的担心会不会影响到"偷月计划"实施时的心态和精神呢？这才是大问题。

王部长反复地找措辞，看看怎么开口，才能让刘博把这个心事放下，而且两个人都在"偷月计划"工作，家庭生活与夫妻生活就无从谈起了，会不会影响他们之间的感情呢？王部长越想越多，越想越细，特别是想到他们两个人的夫妻生活时，不禁猛然醒悟，对啊，自己想这么多，有用吗？刘博就在这里，坦诚交流一下，胜过想一天！

3

"咳、咳。刘博，我想和你讨论一个事情。"

刘博回过神来，看着王部长。

"老领导，您说。"

"国联主席的授权令你也看了，全权授权你择机、择时执行'偷月计划'的实施，你计划在什么时间开始？"

"等等，老领导，授权书中是全权授权我们两个人，您可别关键时刻掉链子，我自己可应对不了。如果再出一次事故，我想，我都会抱憾终生。"

"别较真，以你为主，总指挥。我只是你的后勤部长，负责为你扫清成功路上的障碍。我们还是谈正事，你计划在什么时间开始'偷月计划'？"

"老领导，我原计划在中国农历的八月十五晚上十一点四十五分开始'偷月计划'。只是时间距离八月十五有点近，会导致移民工作时间过紧、工作过重。但如果错过这个时间，大概率要推迟到明年的八月十五。但到明年的八月十五，还有近十四个月的时间，无论是人员、设备、资金、资源，我们都等不起。从今天到八月十五，只有一个月零二十三天了。老领导，移民工作来得及吗？"

王部长暂时没有答话，从口袋里掏出一盒烟，抽出一支，点上，使劲抽了一口。烟在办公室里袅袅地散了开来，似乎让王部长的脸与眼神都藏了起来。

"刘博，我刚才就在考虑这个问题，如果你确定了'偷月计划'的实施时间。那么，我们所有的工作都将进入倒计时。特别是四点五亿人的大迁移，目前的领导班子都没有确定，再到具体分工、计划实施、工作人员动员、政策宣传、安居引导等，都将从头开始。更为头疼的是，要为四点五亿人在一个月的时间内建设好居住用房和临时用房，这是一个巨大的工程。"

"老领导，我知道这个工程量太大、太复杂。我们是人类命运共同体，我们不仅要向前发展，也要落实好四点五亿人的安居工作。由您来负责是减少了我的任务，但也让我欠您一个人情啊。当然，工作是工作，人情归人情。特别是两个方面都让我可以全神贯注地在我擅长的工作上，这也是我遇到您的幸运。您有什么指派，只要是我力所能及的，您直接说就行，我们之间，开诚布公。"

刘博明白老领导的心思，"偷月计划"是一项事关未来人类的命运。但四点五亿人的迁移，却是目前的人类命运，特别是这四点五亿人的命运。想到这里，刘博想远在青岛的父母和孩子，家人们也都要向高海拔地区迁移，滔天巨浪来时，人是渺小的，谁也不能例外啊！

"我哪敢指派你啊，你可是总指挥，再从分工上说，我只是你的后勤部长。所以，谈的也是后勤部长的职责内的事。你还记得前段时间，我们去成都调研参观美洲移民的事吗？"

"当然记得，美洲移民的安置很妥当，真亏了您来给我做政委，不然一大摊子事都要我来定夺，不出事才怪呢。我也吸取教训了，我只做我熟悉的事情，所以与您搭档，是'偷月计划'成功的关键。"

"你别给我戴高帽子，你自己也别臭美。我们聊的是现在需要马上定下来的人事问题，然后我的工作全力倾向四点五亿人的大移民中。"

"老领导请讲。"

刘博向王部长要了一支烟，点燃后吸了一口。刘博平时并不吸烟，甚至是排斥抽烟。但他看到王部长抽烟后，反而对烟有了一丝兴致。对啊，抽烟时可以有时间思考一些急于回答的问题时，可以通过抽烟来缓一缓，让自己冷静一下，重新梳理一下再回答。至少可以减少一下失误、失言。

"刘博，我想在迁移工作团队人选上，征求一下你的意见。

我想把工作分成三个部分：一是把环太平洋人口的迁移作为第一部分，由李睿来统筹负责。二是把环大西洋人口的迁移作为第二部分。你有没有合适的人选，可以推荐给我。第三呢，是四点五亿人的安居及临时居住的安置，这部分由我来负责。当然，这也是人口大迁移最重点的工作。你有什么补充的?"

刘博知道老领导说这句话的关键，那就是在征求自己对第二项人选的问题。其实这个问题很明显，凯瑟琳是最佳人选，无论从哪个方面来讲。每个人都在为"偷月计划"付出，自己的爱人也一样有责任。老领导不说出来的原因，大概率是凯瑟琳的身体原因。

"老领导，您的意思我明白，您用谁我也全力支持！让我推荐人选，我倒是有个很合适的人选。我呢是举贤不避亲，那就是凯瑟琳最合适大西洋沿岸的大迁移负责人。理由也很充分，一是参加了美洲移民，有成熟的工作经验。二是她本身的欧美血统，对大西洋沿岸的人来讲有亲和力。三是她算是个名人，效应还是很有影响力的。所以，我推荐凯瑟琳。"

4

"举贤不避亲！"王部长一听刘博的话，两个人想到一起去了。两个人都认为凯瑟琳是环大西洋人口迁移的负责人最适合的人选，这点没有任何问题。王部长担心凯瑟琳的身孕，高强度的工作，如果凯瑟琳有什么闪失，刘博还不得记恨自己一辈子。

"刘博，你举贤不避亲，确实与我想一起了，我也是觉得凯瑟琳是最合适的人选。只不过我有两个担心：一是凯瑟琳现在有身孕，如果承担这样高强度的工作，身体吃得消吗？二是你们夫妻二人都放在'偷月计划'上，家庭生活可就无从谈起了。你心里没有意见？"

"嘿嘿，您这个老领导，怎么关心起我的家庭生活来了，这不是您的风格啊。"

刘博与王部长交往不多，都是以工作为中心，这次王部长说起家庭生活，让刘博大感意外。

"为什么叫你小子，你还年轻。三十六七岁的人，也正是人生中生理需求的高峰，这也是组织对你的关心，你别不识好歹。"

"好、好、好，我错了，辜负了领导的好意，这样行了吧。再说凯瑟琳，虽然有六个月的身孕，但凯瑟琳的性格您也知道。特别是在'偷月计划'这样大规模人口迁移的情况下，我们不希望在迁移安居中出现失误，特别是出现因迁移出现的意外伤亡。如果再出现大伤亡，我估计会很头疼，有人会念紧箍咒的。"

"紧箍咒倒是不担心，我还是担心凯瑟琳的身孕。高强度的工作，身体会吃不消，那就是大麻烦。"

"老领导，您看这样行吗，我们两个人既然都认为她是最合适的，我们的认知是一致的。不一致的就是凯瑟琳有六个月的身孕，您担心她在高强度的工作中吃不消。您这个担心，初心很好，关心凯瑟琳的身体。我看这样吧，因为您是后勤部长，抽时间您征求一下她的意见。如果凯瑟琳很喜欢这个工作，那就让她上任。如果她担心胎儿的发育安全，那我们另选他人，您看好不好？"

王部长听刘博说的在理，他没有急于表态。抬手吸了口烟，品味着香烟的苦辣香甜，却在想着纠结的取舍。

第十三章

1

刘博在指挥中心与各"偷月计划"单元负责人沟通了一天，有点头晕脑涨的。整个"偷月计划"繁杂又庞大，欣慰的是，各"偷月计划"单元基本完成设备、设施安装，并对核爆项目组提出要求，多做几次核爆模拟，尽量减少数据误差。刘博提出了几个建议，让他们参考。

刘博一看时间已经是晚上九点四十二分了，便叮嘱一下指挥中心的吴天祥，自己回休息室了。进了房间，刘博想找点吃的，冰箱里除了几瓶青岛啤酒、两袋酒鬼花生和一袋真空包装的盐水鸭之外，再也没有任何可以吃的东西了。看看这个点，早就过了晚餐时间，再麻烦餐厅的厨师，有点过意不去。刘博把啤酒都放在茶几上，拿着酒鬼花生和盐水鸭进了小厨房。撕开酒鬼花生的包装袋，拿了个瓷盘，倒在盘子里。又把盐水鸭的包装袋去掉，放在菜板上，拿起刀，切成一厘米宽的片，码在盘子里。一手一个盘子，端出来放到茶几上。又返回小厨房，拿了一双筷子和啤酒杯。把筷子往盛着酒鬼花生的盘子上一架，伸手拿起一瓶青岛啤酒，打开瓶盖，就倒了一杯。

刘博在沙发上一坐，用筷子夹了颗酒鬼花生放到嘴里嚼了两口，又端起啤酒，一口就干了一杯。别说，青啤的王子白啤，还真是青啤中最好喝的一种。

一杯啤酒下肚，刘博也慢慢地静下了心。吃了块盐水鸭，把鸭骨头扔在了烟灰缸里，顺手又倒了一杯啤酒。把自己白天的工作粗略回想一下，没有什么失误和遗漏，便开始把工作服的外套脱了下来。手腕还有些不舒服，又把袖口的两个纽扣解了，把衬衣袖口向上挽了两圈，这下舒服了。把面前的啤酒一口又干了，就抓了把花生米，往嘴里扔了两颗。

自己的工作没有牵绊，就想起了凯瑟琳。自从上次和王部长谈话后，凯瑟琳就飞赴环大西洋人口迁移指挥部，投入工作中去了。刘博与凯瑟琳保持每周一次的视频聊天，半个小时左右，更多的是刘博叮嘱凯瑟琳注意身体和胎儿的发育情况。凯瑟琳已有六个多月的身孕，小腹明显地大了三圈，四肢有点肿。刘博每次都叮嘱凯瑟琳，注意高效的休息和充足的睡眠，特别是在工作中，要加大授权次数、加大工作量的授权。刘博是既关心凯瑟琳，又关心整个的人口迁移工作，不惦记四点五亿人的大迁移是不现实的。王部长、凯瑟琳、李睿分工做人口大迁移，他们选择离海拔一千米以上地区就近的人口，鼓励他们自己驾车前往，这样就可以带上个人物品，减少运载次数。沿海地区向高海拔地区迁移时，采用先走家庭物品的专业物流，能开车的开车，不能开车的坐飞机、坐火车。王部长制订的迁移计划很详细，分区、分批、分时做了大量的工作，动用了近两千万人的庞大迁移团队，务必在八月十五日二十三点前完成人口大迁移，这是死命令！刘博倒了杯啤酒，不知不觉已经喝了两瓶，他拉开茶几的抽屉，找了盒烟，点了一支抽了起来。

再过十三天零一个小时，"偷月计划的"执行阶段就要开始了。这将是人类历史上最伟大的时刻，也将是宇宙中的一个创举，由人类操控行星捕获了自己的卫星！当然，在这十几天内，各"偷月计划"分系统单元的调试将要马上开展了。想到各"偷月计划"分系统单元的团队，刘博还是比较放心的。从目前来看，核爆发射北美洲、北美洲与月球的量子超级绳索、环赤道超级地磁系统的三大系统，在时间配合、动力强度、拉伸距离等等，全部验证数据都是没有任何差错的。还有哪里呢？刘博在香烟中的迷雾中寻找，"偷月计划"的技术实施路径与验证都没有任何问题，人口大迁移也在顺利推进中。

2

"咚、咚、咚。"

休息室的门被敲响了，刘博这时刚点上一支烟。听到敲门声，估计是指挥中心的工作人员，把香烟往烟灰缸上一放，站起来去开门。

一拉开房门，见是田静，有点发蒙。

"你怎么来了？"

田静扬了扬手里的两个菜盒，一瓶酒。

"看你回来，估计你是累了，这个点你肯定碍于面子，不会向餐厅让厨师给你炒菜。所以呢，本姑娘体贴你，特意让厨师炒了一盘小公鸡、一盘葱爆海参。又拿了瓶青啤的百年之旅，来慰劳你。怎么样？不欢迎吗？"

"伸手不打笑脸人，更不打送礼的，快快请进。"

刘博把田静让到客厅，闭上门。

田静把两盘菜放在茶几上，又把百年之旅也放在茶几上，这时才盯着刘博。

"你不请我喝酒？我还是带酒来的。而且，我的酒可比你的酒好很多。"

"你喝酒量不行，今天你不值班？稍等，我给你拿酒杯。"

田静看着刘博转身去小厨房拿筷子和酒杯，偷偷地笑了，嘴可没闲着。

"今天吴天祥值班，我明天下午接班。哎，真是！拿酒、拿菜来吃个饭，还被领导追问工作，我的命真苦啊。想当年平级的兄弟，现在他爬到我头上作威作福。人比人，气死人啊。"

"得了吧，净瞎说实话。难道你想当慈禧？还要听你指挥，你的汉子性格，还是收收吧，抓紧找个公的嫁出去才是正道。"

刘博说着把筷子和酒杯放到田静面前，田静坐着没有动。

"给本姑娘倒上酒啊，怎么这么没有眼力见儿啊。"

"切，你是来喝酒的还是来吵架的？"

"No、No、No，来喝酒的。"

"来喝酒就闭嘴，怎么今天这么反常？"

"脾气挺大。也是，官大了脾气就大。曾经的上下铺兄弟，现在是一方诸侯，我也有光啊。"

田静自己把酒倒满，举起杯与刘博碰杯。

"干！"

两个人一饮而尽，不约而同地开始吃菜。

刘博很喜欢吃葱爆海参，夹了一筷子就吃，满脸的幸福感。

"哎，问你个事，你真的让凯瑟琳去环大西洋迁移指挥部工作了？她怀孕你不心疼？"

"你这话说的，自己的女人自己能不心疼？但她的性格你也知道，而且你和她工作过那么久，应该很了解。"

"了解什么？我反倒认为，凯瑟琳也是为了减少你的工作压力而去的。估计是前两次事故，你的性情大变，让她受伤了。再者，这么庞大的'偷月计划'，她不想让你再有闪失，特别是四点五亿人迁移的大工程。这么繁杂，却让她去承担了。"

刘博为自己和田静倒上酒，看着田静。有些话，又不能告诉她，真是言不由衷啊。夫妻两个人的事情本来就是相互支持、相互体谅、互相帮扶。田静把这件事说出来，反而让刘博很尴尬。

"凯瑟琳已经去工作快两个月了，工作得很好。再者有王部长照应，工作的事情我不担心。只是凯瑟琳身孕让身材越来越笨重，六个多月了，希望她照顾好自己。来吧，曾经的兄弟，再干一个。"

两个人的酒杯碰在一起，随后就是两声"咕咚"的喝酒声，接着刘博打了个酒嗝。

"我们一起工作的，在'偷月计划'中只有我们两个了。真怀念有李睿的日子，虽然是个钢铁直男，但也给工作添了活力与快乐。"

"别提那个呆子，前段时间去看他的工作情况，他又调侃往事，差一点出大事故。这个呆子，现在学会煽风点火了、成精了。"

刘博故意恨恨地说完，吃了块盐水鸭，使劲地把鸭骨头扔进烟灰缸。

"李睿说什么了，让你这么小心眼，至于吗？"

"怎么不至于，他……"

刘博猛然刹住话头。算了，提这事自己不是找事吗？特别是当着田静，多一事不如少一事。

"他什么？"

田静追问了一句。

"没什么，喝酒、喝酒。"

刘博边说，边给田静和自己的酒杯倒酒。刘博给自己的酒杯还没有倒满，就听到房门门铃响了起来。

"谁啊？"

3

刘博拉开房门，是指挥中心的工作人员。

"您有什么事？"

"报告总指挥，吴指挥让我转告您，月球的阿里斯塔克环形山底，出现大型不明飞行器。请您到指挥中心看一下，是否会影响到我们'偷月计划'量子超级绳索的安全。"

"好，我知道了。你先回去，我马上到。"

工作人员转身走了。

刘博一看自己的衣领敞着，便把衣领扣子扣好，衬衫袖口扣子也扣好。在穿工作服外套时，才想起和田静的酒没有喝完。

"田静，你帮我把这里收拾一下，我先去指挥中心，看一下发生了什么事情。另外，如果你今晚不忙，也去指挥中心吧，至少增加工作经验。"

"好，你快去吧。我收拾一下，马上过去。"

田静更想去看看，毕竟环形山底的情况，直到今天大家都没有研究清楚。特别是自杨海坠入环形山底后，生不见人、死不见尸，让月球又变得扑朔迷离。刘博穿上工作服外套，整理了一下仪容，出门就去了指挥中心。

吴天祥一看刘博过来，指着指挥中心的大屏上阿里斯塔克环形山中央，对刘博开始汇报：

"刘总指挥，就在刚才，北京时间二十三点五十五分，从阿里斯塔克环形山底部中央，突然打开，出现了一个直径大约四公里的巨型飞行器。在对我们'偷月计划'在月球的两组量子超级绳索装置进行低空环绕飞行六圈后，又返回了阿里斯塔克环形山底部中央后消失了，前后共用时十分钟。您看，这是完整的视频。"

刘博紧盯着大屏幕，把视频从头到尾仔细地看完，刘博的心里不仅仅是震撼！人类虽然对月球和不明飞行物的传闻很多，但真正看到，直到今天，还是第一次！阿里斯塔克环形山是一个巨大的小行星撞击月球后形成的，直径为四十公里，虽然不是月球上最大的环形山，却成为月球第一个出现大型飞行器的环形山。

最为奇怪的是，近四公里直径的飞行器就像是从阿里斯塔克环形山底部起飞的一样，悄无声息。围绕量子超级绳索装置飞行后，又悄无声息地返回。这个巨大的飞行器没有光泽，表面同月球表面的颜色一样，只是比较规则，犹如一个薄的六边体。在飞回阿里斯塔克环形山底部之后，又悄无声息地不见了。无声息地出来，又无声息地消失，阿里斯塔克环形山底，到底埋藏着什么样的秘密呢？

刘博想到这里，又看了一遍巨型飞行器的飞行轨迹，难道"他们"也对我们放置在月球的量子超级绳索感到威胁，还是什么原因呢？悄然而来，转几圈就回去，有什么意图？

自上次阿兰-斯佩事件后，量子超级输送机工作正常直至把量子超级绳索的装置都输送到月球，并由机器人组装完毕。这次巨型飞行器的飞行轨迹没有在量子超级输送机上空飞行，难道"他们"的目标是针对量子超级绳索吗？

刘博在思考这些问题，却又百思不得其解，也确实是这样。我们对"他们"不了解，第一次见到真的飞行器，是谁在驾驶和掌控飞行器，我们都是一问三不知啊。

"吴指挥，把刚才的视频传给王部长、潘建东、南宇天、杜前程他们没有？"

"总指挥，在您看视频时，已经把视频传给'偷月计划'的相关单位负责人，也好让他们多一些参考。"

"是的，只是这次事发突然。你立刻下通知，请王部长和各部门负责人在五个小时之内赶到指挥中心，来参加一个特别会议。"

"好的总指挥，我现在就给他们下通知。这样的话，明天一早就可以开会了。"

"嗯。"

4

小会议室内的人不多，刘博、王部长坐在会议桌的两端，两边分别坐着潘建东、杜前程、于敏先、李光四、南宇天、田静、吴天祥。在重新播放阿里斯塔克环形山巨型飞行器的视频后，大家都沉默了下来。

事发突然！

昨晚他们收到指挥中心的紧急通报，并收到这段十分钟的视频，让他们有些后背发凉！阿里斯塔克环形山仅仅是月球众多环形山中的一个，就有直径四公里的巨型飞行器，这是什么科技支撑的？因为即使科技发达的今天，人类最大的飞行器直径也不过几百米！这样的差距，少说也要有一个世纪以上的代差。更为神秘的是，阿里斯塔克环形山底没有看到明显的出口，那是需要多高的科技水平与设计，让直径四公里的飞行器进出自如，悄无声息！

如果昨晚的巨型飞行器没有恶意，不干扰我们的"偷月计划"还好，如果"他们"干扰"偷月计划"，那我们的所有工作，都是白忙活一场。在耗费了巨大的人力、物力、财力之后，突然出现这个情况，应该说把他们都吓傻了。即使你的"偷月计划"成功，"他们"随着月球来到地球上，我们的"偷月计划"则成了引狼入室，那将是全世界人类的灾难。经过上次的灾难后，我们还有多少信心，来赢得马上到来的灾难？

刘博见大家都不说话，看了看王部长，有些欲言又止的样子。

王部长知道刘博此时的心情，这突发的情况，完全是意料之外的。如果此时就突发事件下结论，特别是对"偷月计划"的影响，还有些早。王部长想了想，还是自己先开口，算是抛砖引玉吧，谁让自己是辅佐刘博的呢。

"视频大家都看了，昨晚指挥中心的通知大家也看了。大家有什么意见或者建议，我们都可以敞开来聊。因为是突发情况，也希望大家从技术角度来谈谈这个问题。谁先说，还是我点名啊？"

王部长乐哈哈的心态，让会议室里多了些温度，大家相互看了看，又看了看刘博与王部长。是啊，突发事件的影响，从技术角度来谈是最好的，但核心问题依然是绕不过去的。那就是对"偷月计划"命运的判决，是继续进行，还是停止呢？即使"偷月计划"成功了，"他们"来到地球，对于我们人类而言，是福还是祸呢？

"我先第一个发言吧。"

南宇天鼓了鼓勇气。确实，现在发言需要的是权衡利弊，而且又要站在人类安全的前提下，就显得尤为难得。

"我认为，阿里斯塔克环形山出现的巨型飞行器，对我们是一种威胁！第一，我们刚刚建好量子超级绳索，'他们'就来侦察，这是很明显的敌对措施。第二，我们的量子超级输送机误触而引发的杨海坠月事件，大概率也是'他们'的杰作。结合这两个事情来看，我认为，我们目前的科技，既没有能力与'他们'开战，更没有能力与他们竞争。如果继续执行'偷月计划'，我们未知的风险更大，'偷月计划'面临崩溃，地球也将面临不可预测的风险。当然，这只是我个人不成熟的一点想法，希望大家不要被我的想法误导。我就说这么多，如果话说重了，恭请谅解。"

南宇天讲完后，刘博带头鼓起了掌，并不是肯定他的想法，而是鼓励大家继续发言。刘博看了看潘建东，恰好，潘建东的目光也看向刘博，两个人的眼神一交会，相互之间的沟通与默契在一瞬间，灵眸一动，达成。

"我接南教授的想法，说两句。特别是量子超级输送机与量子超级绳索，都是我主导下的'偷月计划'主单元之一。当然，今天讨论的问题，也算是全部由我主导的'偷月计划'主单元的建设，引来的突发事件和突发情况。这是意料之外的，也是我们计划之外的。就目前情况而言，阿里斯塔克环形山的巨型飞行器没有主动攻击和破坏我们的设施，从这方面来看，是相对和平的。从杨海坠月的情况来看，'他们'又是有目的的，'他们'的目的是什么，我们目前来看，还没有答案。对'他们'的了解，我们目前一无所知。就我们对'他们'的一无所知而言，这是对我们非常不利的一面。

"俗话说得好，知己知彼百战百胜。我们急需有关'他们'的资料，只有对'他们'了解，我们才能确定我们的应对之策，当然包括'偷月计划'是否继续。如果在'偷月计划'倒计时前，我们还没有应对之策，带给我们的不仅仅是'偷月计划'的成败，更是可能会给人类带来灭顶之灾。"

潘建东讲完，对着刘博、王部长一点头，算是打了个招呼，"我的意见已经表达完了。"

刘博与王部长带头鼓掌，虽然发言的事情说得到位，但"偷月计划"的启动与否及成败，则越见迷茫。

这时李光四举了一下手。

"我发个言，如果不对，还请多谅解。对于地球的地质、脉络我研究的多。对于月球却一知半解，但从文献和月球相关的资料来看，月球表面的月壤和地球的相差不是很大，特别是在岩石类的对比上。结合这十分钟的视频，再结合阿里斯塔克环形山的形成原因，我认为：第一点，阿里斯塔克环形山是陨石撞击后形成的，这一点大家都熟知。第二点，我认为阿里斯塔克环形山的巨型飞行器，也应该与坠入月球的陨石有关。我看过很多报道，阿里斯塔克环形山经常有红光出现，是不是巨型飞行器导致的，尚未可知。第三点，我认为阿里斯塔克环形山的陨石，是巨型飞行器的基地，或者是'他们'的家园。第四点，如果说阿里斯塔克环形山内的陨石是'他们'的基地，那么，这颗陨石撞击月球的时间，就是'他们'来月球的时间。如果这个推理成立，那么我们将面临智慧远超于我们几亿年、十几亿年的对手或者是朋友。这是我的想法与推理，不知对不对。"

李光四的这段话，不亚于在会议室扔了一颗核弹，让他们久久都没有回过味来。刘博即使从"末日邮件"中有些资料的提示，但对于李光四这么清晰的思路，还是感到由衷的敬佩。是啊，如果阿里斯塔克环形山陨石带来的高级智慧生物有远超我们数亿年、十几亿年的智慧与科技，我们该怎么办？

5

　　所有的担心，都是惯性思维决定的。人类的思维，往往就是这样，思维趋势化，特别是在工作上。

　　刘博一看，只有杜前程有过与阿里斯塔克环形山近距离接触，而且那段不平凡的太空救援之旅，注定会成为他的财富。杜前程看到刘博看着自己，知道自己也应该说说自己的观点，也许对指挥中心的决策起到启示的作用。

　　"各位领导、各位老师，我没有你们那么强大的研究背景与资历，我能谈谈我对这件事的看法吗？"

　　刘博与王部长交换了一下眼神，彼此心知肚明啊！

　　"小杜，你大胆发言，我们讨论问题，与年龄资历无关。我们有句古语：初生牛犊不怕虎，反而取得更好的效果。你看我和总指挥，我的年龄比他大，资历比他老多了，还不是一样为他打下手？你讲！"

　　王部长的打趣，让会议室的气氛明显地轻松了许多，或许是为会议的顺利进行打开了新的通道。

　　"多谢领导鼓励，那我就说说我的看法。昨天晚上收到视频后，我反复看了很多次，直到凌晨三点才睡。因为想不通我睡不着，当然，我还是没有想通。"

杜前程略微有些腼腆，因为他自己也不知道自己是不是想通了，或者说还是一窍不通。所以，说出来，也许可以让大家为他验证。

"我在月球上近距离观察过阿里斯塔克环形山，更是亲眼目睹了杨海坠入阿里斯塔克环形山的全部过程。结合昨晚的这个视频来看，我认为，'他们'视我们为威胁，我们应该视'他们'为敌人了。原因有三个：第一个就是阿兰-斯佩至今还没有完全恢复，大概率与他们有关。第二个就是杨海的坠落，虽然没有明显的证据，但冥冥之中都是'他们'在作祟，不然不会轻易坠落。而且与巨型飞行器一样，一坠落到环形山底，就彻底不见了。这样的坠落，也只有'他们'能够做到。我甚至可以肯定，杨海大概率成了'他们'研究的对象。第三，'他们'出动巨型飞行器巡查我们的量子超级绳索，或许有威吓的意思，如果'他们'想破坏我们的量子超级绳索，那是分分钟的事。

"综合以上三点，我认为，'他们'将是我们的敌人！永远不会是我们的朋友。正如刚才李光四教授所言，如果'他们'是随着陨石撞击月球之后在月球安家的，那么，'他们'对我们没有友好与坏这个说法。因为，谁动了'他们'的居住地，'他们'就针对谁。如此一来，我们的'偷月计划'就成了威胁'他们'的人。所以，我们要把'他们'当敌人来防御，早做准备无坏事。"

杜前程示意讲完，刘博就接上了杜前程的发言。

"不愧是宇航员出身，敢为天下先。杜前程的发言，也是我深深担忧的。如果'他们'干扰我们的'偷月计划'，我们成功的概率几乎为零，这绝不是危言耸听，而是摆在我们面前的现实。我们现在的科技水平、装备，包括我们可以运用的战术，能否击败'他们'？"

刘博的这句话，又把大家的思维，带回到了"他们"的对立面。如果是敌人，怎么击败"他们"？不重、不长的一段话，却让大家的思考又进入一个新的领域。是啊，地球以前传说有外星人，但至今谁都没见过。没见过，不知道"他们"的情况，怎么去防御"他们"，更何谈去打败"他们"？

仅从昨晚的视频，进出无痕迹的能力来看，远胜于我们很多年！如果真是"他们"随着撞击月球的陨石而来，那"他们"领先于我们可不仅仅是很多年，而是领先我们数亿年、十几亿年！如果"他们"真的领先于我们以亿年为计算单位时，那我们应该没有一丝一毫的成功机会。大家想到这里，整个会议室成了冰窟窿！

6

"我说两句吧。"

王部长见大家久久没有发言，就想要抛砖引玉，使这次会议主题突出，那就是解决问题。大家见王部长要讲话，都盯着王部长，认真地等着王部长讲话。

"到目前为止，这段视频及其情况通报，还只限于我们会议室内的人知道，当然也包括昨晚指挥中心的值班人员。我这么说，大家应该都知道我要表述的是什么意思。那就是，这个突发事件，我们还没有上报国联委员会。毕竟国联委员会在给我们'偷月计划'授权的同时，也有知情权。至于这个知情权，需要多长的时间给国联委员会通报，这里还是有点时间差的。但我要提醒大家的是，在一个设定的时间差之内，我们必须尽快找到解决方案。

"我们开会的目的，不是讨论困难，而是找方法、找解决方案。如果阿里斯塔克环形山底的'他们'是我们的敌人，我们必须现在就要找到可以制约甚至是消灭'他们'的办法，这才是我们今天开会的目的。所以，从现在起，我们利用不多的资料，来想出制约和消灭'他们'的方法。在这里呢，大家可以说要童言无忌、随心所欲地说说各自的想法，如果有可行性，我们马上进入核对与实验，直到我们找到解决'他们'的方案。

"另外，我将国联委员会的知情权时间设定为一周，所以，我们要集思广益，充分发挥各自的想象力，前提是争分夺秒！大家听明白没有？"

王部长的问话，只传来几句"嗯"的声音。这让王部长大为不满，把面前的茶杯用力地往会议桌上一蹾，"咚"的一声，吓了大家一跳。

"我刚才问大家，听明白没有，大声回答我！"

"听明白了！"

大家这次异口同声地大声回答。

这次大家见王部长发火，知道工作不是儿戏，回答的声音大，也可以很好地提提大家的精神，以便大家集中精力，认真考虑问题。

刘博看了一下时间，已经十一点二十分了，看看王部长。

"大家开了一上午会，也累了，大家先去吃饭。十三点整接着开会，希望我们今天下午能找到解决问题的方法。俗话说，办法总比困难多，工作也要劳逸结合。大家先去吃饭，有比较合理的想法，也可以马上来会议室找我。"

开了近五个小时的会，头晕脑涨的，这个决定，大家愉快地接受了，向刘博和王部长打个招呼，陆陆续续地向餐厅走去。

田静从座位上起身最晚，走在他们的后面。走到会议室门口的时候，田静脚步停顿了一下，然后转回身，走到刘博面前，有些犹豫。

"刘博，我有个想法，不知道当说不当说。"

"呃，你什么时候这么不自信了？上午他们都谈了谈，就你没有发言。你说吧，哪有什么不当说这个事。"

刘博对田静这次表现很意外。田静是快人快语的性格，怎么突然变了？刘博上下打量着田静，好像是看陌生人的目光。

"你看什么，不认识啊？"

田静瞪了刘博一眼，好像是下了决心，把事情讲出来。

"刘博，我认为王部长说得对，我们要找解决问题的方式方法，而不是议论对方的威胁。我认为，阿里斯塔克环形山底及巨型飞行器并不可怕，如果巨型飞行器是随着陨石来的，那这件事反而更简单了。"

"更简单了？什么意思。"

"你想，阿里斯塔克环形山直径约四十公里，那么，陨石的直径肯定小于四十公里，对吧？"

"对啊，这是常识。"

"巨型飞行器直径四公里左右，也就是陨石直径的十分之一左右，对吧？"

"对啊，没错。"

"飞行器飞行，会消耗燃料吗？"

"理论上巨型飞行器每一次飞行，都会消耗燃料，这是无须质疑的。"

"如果'他们'是生物，需要相关的营养物质，对吧？"

"对啊，你别总是问我，你说你的想法。"

"领导有脾气啊，这不是跟你讲着吗。如果巨型飞行器与'他们'都是随着陨石而来的，这里有一个很大的问题。这个问题就是，陨石的直径近四十公里，来到月球有四五亿年了，在这四五亿年里，'他们'是靠什么维持生命？巨型飞行器靠什么燃料飞行？关键的是，'他们'维持生命与需要的燃料，在四五亿年里，需要多大量？仅仅一个直径四十公里的陨石内，能够提供吗？"

"你等等再说。"

刘博马上给王部长他们打招呼，先停止吃饭，马上返回会议室。

王部长一听，知道事情的重要性，对着正在吃饭的几个人一挥手。

"先停下，吃不成了，马上回会议室。"

"噢，这刚要吃，一会就没得吃了。"

杜前程嘟囔一句。

"净想着吃，马上走。"

7

等大家在会议室各自的位置坐下，刘博看到大家疑惑的眼神，反而笑了笑，让他们更是摸不着头脑。

"非常对不起，耽搁大家正常的吃饭时间了。但事出有因，我觉得我们有个重大发现，是田静刚才对我谈她的建议。我觉得很好，希望我们可以在最短的时间内把我们面临的问题搞定，然后吃饭。另外，我听说人在面临饥饿时，智商会有爆表的表现。所以，我看好你们，在短时间内，可以解决这个问题。"

刘博的话，让大家心情迅速好起来的同时，还是疑惑没有解开。刘博让田静把刚才讲的内容复述一遍，大家都有种恍然大悟的感觉与表情。刘博示意田静继续讲下去，田静也就不再腼腆，讲了开来。

"我判断，阿里斯塔克环形山底部的'他们'大概率不是生物，应该是类似于我们最高级的人工智能类机器。我的这个判断，是基于'他们'在四五亿年内需要的消耗来判断的。如果是生物，直径四十公里的陨石内显然是不能提供如此巨量的食物与燃料的。排除这个因素，我认为'他们'应该是执行任务的智能机器。当然，这个问题我们还要再调查研究。我再说第二个问题。'他们'怕什么？

"这个问题我考虑了很久，也做过假设。'他们'住在陨石内，可惜的是，我们看不到陨石的内部，不知道陨石内部什么样子，有多大空间，有什么东西。但我想，'他们'的陨石内部，肯定没有水！我们都知道月球是没有水的。同理，阿里斯塔克环形山底的陨石也是没有水的。直径四十公里的陨石内部即使有水，过了四五亿年，还有水吗？再回到第一个问题，'他们'如果是智能机器，'他们'就不需要水，而且会怕水，哪有机器不怕水的？特别是海水，海水对机器的腐蚀作用明显，更容易造成机器的短路而使机器报废。如果'他们'真的是智能机器，那就尤其怕水。我想，如果我们要解决威胁，可以用水攻，来解决他们，至少也是一个验证。我可能因无知而说了这么多，还望各位领导海涵。"

田静说完朝大家一鞠躬，坐了下来。

刘博与王部长带头鼓掌，瞬间会议室里掌声如潮。田静心里很高兴，脸上却有了些羞红。

"老领导，我认为田静的思路是对的，而且方法也讲明白了，水攻！田静的这句话，让我豁然开朗。我想，此时此刻，您是不是和我想的一样，想到了这个办法？要不要我们同时说出来？"

面对刘博的打趣，王部长看了看潘建东，又看了看刘博，老顽童式地笑了。

"嘿嘿，刘总指挥，我们是想到一块去了，但这个好人，还是让潘教授来完成吧。潘教授，您说呢？这个任务只有您才能够完成，对吧？"

潘建东有些惊慌，从田静说到水攻，刘博与王部长的唱双簧，潘建东犹如在云里雾里。水攻？阿里斯塔克环形山直径四十公里，这得需要多少吨水？这巨量的海水靠什么运输呢？难道是？潘建东想到这里，听到王部长点将，忙站了起来。

"刘总指挥、王部长，你们难道要用量子超级输送机来向阿里斯塔克环形山底倾注海水？"

刘博笑着，点了点头。

"是的。如果是水攻，任何宇宙飞船的载量微乎其微。目前最好的方法就是用量子超级输送机。量子超级输送机开启后，每小时的输送量有多大？"

"报告总指挥，量子超级输送机每小时最大设计运输量可达一亿立方米。只是全速运行量子超级输送机，耗能太大。耗能相当于三峡水电站一年的发电量，只要能源供应有保障，量子超级输送机的运输量就没有问题。"

"那好，也就是说，量子超级输送机每小时可以将一亿吨海水送进阿里斯塔克环形山底对吧？"

"报告总指挥，现在要将每小时一亿立方米的海水送到阿里斯塔克环形山底还不行，我们还需要完成几项工作。我估计，这项准备工作需要两到三天的时间。第一，我们要调整量子输送机的出口，需要量子超级输送机的出口面向阿里斯塔克环形山底中央，这需要及时把在月球阿里斯塔克环形山上的量子超级输送机调整一下。第二，必须确保量子超级输送机的能源供应，我计划先把量子超级绳索的能源借用过来，顺便测试一下量子超级绳索的能源供应情况。第三，我们把量子输送机地球部分改为放在海口市北部，这样才能保障取水没有问题。只有完成这三项工作，我们才能顺利地把海水输送到阿里斯塔克环形山底，确保我们的水攻成功。"

第十四章

1

潘建东带领团队奋战两个昼夜，终于将量子超级输送机调整到位。在月球阿里斯塔克环形山上的量子超级输送机的出口上扬了四十五度，确保狂泻而出的海水准确无误地倾注到阿里斯塔克环形山底部的中央区域。地球上的量子超级输送机的取水口设在了海口市北部的大海中，确保了对巨量海水的需求。更为让潘建东担心的能源，恰好在环赤道超级地磁的能源供应带，用电量绝对没有问题，而且远远超过了量子超级输送机的用电总量，让潘建东感到无限欣慰。

在量子超级输送机团队检查一遍一遍，确认可以马上运行时，潘建东又带领团队把整个技术流程与施工流程排查一次。潘建东才放心地向刘博报告，量子超级输送机随时可以启用。

刘博同样也关注着他们的工作，通过指挥中心的显示屏，熟知他们的每一个工作流程与工作进度。两个昼夜的高强度工作，他们都没有怨言，直到潘建东的报告。刘博看着他们疲惫的脸色，决定让他们原地休息八小时。休息结束后，两个小时倒计时进入水攻！

十小时的时间，反而是刘博自实施"偷月计划"以来第一次痛苦的煎熬。短短十小时，却像是一个时空不同的演变，在刘博的脑海中不断上演。水攻计划不成功，那无疑是打草惊蛇，惹怒"他们"的后果显而易见，"他们"不仅会破坏"偷月计划"，更可能对地球上的人类进行攻击！如果出现这个情况，那刘博，就是人类的罪人！人类可能面临无可预测的未知后果，或许被灭族，毕竟"他们"有这个能力。也许"他们"会对人类研究后，对人类实施另外的统治？

如果水攻成功了，那就会按部就班地开始实施"偷月计划"，直至"偷月计划"成功。会有这么顺利吗？刘博自月球阿里斯塔克环形山出现巨型飞行器后，一颗心就悬了起来。理论上讲，田静的提议是没有问题的，恰好量子超级输送机改装后也能完成这项工作，但如果出现意外，或者有其他问题，我们真的没有可以防止其他后果出现，没有可以执行的预案了！也就是说，只许成功，不许失败！华山一条路，成功险中求。

2

"各单位注意，水攻计划倒计时十分钟。"

潘建东的指令化为数字，在各单位的控制屏上不断地减少。

"各单位注意，水攻计划倒计时五分钟。"

各单位的负责人又各自检查量子超级输送机的相关状态，一切正常，仪表与数字色都为绿色。

"各单位注意，水攻计划倒计时一分钟，汇报量子超级输送机的状态。"

潘建东的命令下达后，各单位陆续汇报。

"一组报告，量子超级输送机海水取水口一切正常。"

"二组报告，量子超级输送机能量供应一切正常。"

"三组报告，量子超级输送机阿里斯塔克环形山分机一切正常。"

"四组报告，量子超级输送机主机一切正常。"

潘建东看着量子超级输送机的显示数据一切正常。

"各单位注意，水攻计划倒计时十秒钟。"

"把卫星实时视频传输打开，焦点是阿里斯塔克环形山底，并整个阿里斯塔克环形山。"

"各单位注意，水攻倒计时五秒。"

看到潘建东有条不紊地指挥，刘博感到踏实，但手心还是汗津津的。

"一组，打开量子超级输送机的取水开关。"

"一组明白，打开量子超级输送机的取水开关！"

"四组，打开量子超级输送机的主开关。"

"四组明白，打开量子超级输送机的主开关。"

画面外，海口北面的量子超级输送机取水口，瞬间形成一个深达五十米，宽达近十公里的漩涡，一时间犹如海陷一般，让人生畏。

"三组，打开量子超级输送机阿里斯塔克环形山分机，出口对准环形山底。"

"三组明白，打开量子超级输送机，出口对准环形山底。"

"开机！"

"开机！"

随着潘建东的一声令下，三组打开了量子超级输送机在阿里斯塔克环形山上的分机。瞬间，量子超级输送机的分机出口疾速而出一股直径达三公里的滔天水龙，直扑环形山底。

卫星传输的实时视频放大到指挥中心的大屏上，相当于阿里斯塔克环形山直径十三分之一粗的水柱，一倾千里，倾向环形山底。水柱宛如一条巨大的蓝色巨龙，直扑环形山底中央。看到这一幕，整个指挥中心的掌声欢呼声响成一片。

刘博适时发话，让大家静下来。

"大家冷静一下，都回到各自岗位上，马上！"

刘博的冷静、严肃，让大家感到有些错愕，但很快就静了下来，并回到各自的岗位上。

刘博与王部长、潘建东、李光四、杜前程、田静、布朗、南宇天都在盯着阿里斯塔克环形山底的情况。

吴天祥把环形山底的镜头，来了一个特写。狂泻而下的海水中，不时出现着鲨鱼、黄花鱼、水草等各类海洋生物、植物。吴天祥心想，靠，可惜了这些海鲜，白白浪费了。以后用这个办法捞海鲜，超过瘾。想到这里，吴天祥偷偷笑了一下。看到刘博在盯着他，又硬生生地把偷笑忍了下去。

阿里斯塔克环形山底中央的海水，瞬间高达十几米深，在巨龙般水柱的冲击下，浪花飞起几十米高，又快速地向四周涌去。

潘建东不断地查看各项数据，量子超级输送机的出水口出水量稳定，从天而降的海水，又像是一把利刃，不断向环形山底冲刺、灌注。

时间已经慢慢过了二十分钟，整个阿里斯塔克环形山底平均水深达到了十五米，但环形山底依然没有任何动静。依然只能看到狂泻而下的海水，在激起几十米高的水花落下后又流向四周。环形山底的颜色则是浪花的白，加周围海水与月壤混合物的浑浊，不断交换着又涌向四周，到达环形山以后，又返回来。

刘博、王部长、潘建东、李光四、布朗、南宇天、杜前程等，在等待出现一个奇迹，却又不愿意这个奇迹出现。如果出现了奇迹，奇迹之后的事情又不可预测，这种矛盾的心理使他们备受煎熬。

真正在炼狱的，却是田静。田静在看到量子超级输送机出口的海水像银龙一样冲向环形山底时，心中被强烈地震撼了！这样的出水量，是她远远没有想到的。虽然听不到海水巨龙冲击环形山底的声音，但也足以让人震撼。

转念一想，田静的心不禁又提了起来。她眼睛紧紧盯着大屏幕，仔细地观察环形山底的情况。环形山底在巨龙水柱的冲击下，没有任何异象，这让田静很是焦灼。难道我的建议一点效果都没有？看着海水在环形山底不断升高，田静的心态，却慢慢走向了崩溃。

3

田静看着时间已经到了三十五分钟，阿里斯塔克环形山底部的海水平均深度已经有二十多米了。环形山底却依然没有任何反应。难道"他们"不在环形山底的陨石中？那巨型飞行器也没有动静，难道判断错了？

田静想到这里，如果这次水攻没有结果，那么自己就丢人丢大了，可能就退出"偷月计划"后期的工作了。这次动用量子超级输送机，耗能巨大，如果这样误判，引来国联委员会的问询，那将是一个大麻烦！想到这里，田静的眼泪无声地滑落了下来。

田静自己的胡思乱想，刘博他们也倍感焦灼的同时，所有的注意力都目不转睛地盯着环形山底部。也不知是海水量还不够大，还是环形山底根本就没有巨型飞行器和"他们"。反正只见海水如巨龙般俯冲直下，激起的浪花越来越高，并逐渐形成了一团浓浓的水汽，使得环形山底中央只看到天量的海水巨龙冲进水汽之中，然后水汽更加浓了，水汽又升得更高。

刘博的眉头皱了起来，看看时间，已经过了四十五分钟，还是没有任何变化。再看看他们，不仅是一脸焦灼，现在更多的是沮丧。看到田静时，她脸上已经是泪光满面。哎，真的担心、揪心啊！每个人的心情与心态都矛盾着。整个"偷月计划"的团队成员，对于水攻环形山底的结果，还是希望打破砂锅问到底，不然后续的工作，只能停止了。

此时的田静，已经忍受不了这样的压抑，失声哭了出来。也就在这时，不知是谁喊了一声。

"快看，水汽下面有东西。"

大家刚才是眼睛盯着大屏幕，心中想的却是延伸问题，注意力溜号了。现在回过神来，盯着大屏幕上环形山底部中央的画面特写一看，真的啊，水汽下面有灰色的东西正在逐渐浮上来。我靠，面积这么大！

刘博一想，坏了，肯定是巨型的飞行器。只见巨型飞行器从下泻的海水巨龙旁慢慢上升。不行，必须阻止它上升！

"潘教授，立刻让三组调整量子超级输送机阿里斯特克环形山分机的出水口。"

"好，马上执行。三组、三组，马上调整分机出水口的角度，向巨型飞行器倾水，马上执行。"

"三组收到，马上调整。"

三组的工作速度很快，整个特写的画面，马上就看到海水如巨龙冲向巨型飞行器。顿时，巨大的水龙冲到了巨型飞行器的顶上，水花四溅！接着就看到巨型飞行器猛地一沉，又慢慢地稳定了。巨大的水龙不断冲击着巨型的飞行器，上升与下冲的力量竟然不相上下，一时间僵持下来。

整个指挥中心的人，心都跳到嗓子眼了！更多的人，不自觉地站了起来，手攥成拳，恨不得自己冲上去，用脚把巨型飞行器踹到海水里。紧张的气氛，让大家忘了时间。就是田静，脸上的泪还在，只是更惊讶地张着嘴，忘了哭泣。

刘博想起了什么，猛然问潘建东。

"潘教授，量子超级输送机的功率还可以加大吗？出水口的出水量还能不能加大？"

一语惊醒梦中人！

"总指挥，我们量子超级输送机的功率，可以是无限加大，只要能源有保障，一切都没有问题。量子超级输送机现在的能源供应是超级地磁电力系统供应，马上可以加大。"

"马上加大百分之三十的电力，让出水量增加百分之三十，刻不容缓！"

"二组、二组，加大电力供应百分之三十，加大电力供应百分之三十！"

"二组收到，加大电力供应百分之三十！"

瞬间，巨龙暴涨，似乎有无穷的力量，从高空中冲着巨型飞行器重重地砸了下来。刚才相持的两种力量，突然由于水龙的暴增而改变了。原本就刚浮出水面的巨型飞行器，被猛然加强的水龙直接砸进了水里。

水龙仍然对着巨型飞行器落水的地方继续冲击，溅起的水花，又渐渐生成水汽。刘博一看，难道又要重演巨型飞行器出现的一幕？冲下去，千万不要再上来了。但巨型飞行器不上来，怎么知道巨型飞行器是否彻底完蛋了呢？

4

刘博还没有来得及多想，环形山底部中央猛然出现一个直径近七公里的黑洞，把积聚在环形山底部的水和巨型飞行器一下就吞了下去。

这让刘博他们吃了一惊，环形山底部中央的黑洞，却又看不到黑洞里面，只有巨大的水龙依然向黑洞里面狂泻，但水龙也仅有黑洞口直径的一半！

潘建东这次反应神速，马上意识到必须不给"他们"任何机会！不然，任何人、所有人都负不起这个责任。

"二组、二组，把电力供应加大一倍！把电力供应加大一倍！马上！"

潘建东有些歇斯底里地喊着。

"二组收到，把电力供应加大一倍！"

话音刚落，大屏显示器中的水龙暴增一倍多，直冲而下的水龙，再差一点就把黑洞完全覆盖了。

这时，不仅巨型飞行器的影子不见了，就连刚出现的黑洞，也渐渐看不到了，只见从天而降的水龙，直接冲击着环形山底部的黑洞。原来的水汽慢慢消失，现在看到的，是巨大的水龙倾泻入环形山底中央的震撼，犹如一头巨大的吞水兽，在更疯狂地吞掉巨大的水龙。

刘博、潘建东目不转睛地盯着大屏，看着水龙与黑洞的搏斗。时间慢慢地过了约一个小时了，似乎黑洞仍然没有被水龙灌满的迹象。他们两个人对视一眼，相互点点头，继续！

时间一分一秒地过去，大家对黑洞吞水龙的画面似乎有点厌倦。看了这么长时间，从震撼到枯燥了。指挥中心大厅里三三两两的人，开始小声地讨论，这样的疯狂倾注海水，要到什么时候？

对啊，要到什么时候？肯定是要把环形山底部陨石里面都灌满。现在倾注到环形山底部有近四亿立方米的海水，注入黑洞中间的，大约也有两点五亿立方米了吧。还要倾注多久、多少亿立方米海水呢？

刘博他们担心的不是倾注多少海水的问题，而担心的是，黑洞里面，还会有什么变化吗？如果再有新的变化，我们怎么防御呢？

也许是吉人自有天相，就见狂泻而下的水龙，突然间好像又冲击到什么东西。巨大的水龙与环形山底部海水面相平的地方，冲起了巨大的水花，然后又远远地落下。刘博愣了一下，观察了一会，才确认下来。

"潘教授，我感觉环形山底部的陨石里面已经被海水灌满了，您说呢？"

"报告总指挥，从水花溅起的样子来看，应该是环形山底部的陨石里面已经灌满了海水。但我想继续再向环形山底部注水半个小时，只要环形山底的水面上升到三十米以上，我们就停下来。您看可以吗？"

"老领导，您看这样操作，没有问题吧？"

王部长一直关注着整个水攻的进展。从本心来讲，王部长不是技术派，他是行政派和思想派。所以王部长在看相关技术问题时，发言较少。现在被刘博一问，觉得也应该说些。

"潘教授，您对量子超级输送机是最熟悉的，对这个水攻的指挥及遇到的问题，反应很及时，我们相信您的判断。特别是您提议再注水半个小时，我完全赞成。一是在我们能源充足的情况下，量子超级输送机状态良好的状态下，注水时间不是问题，完全由您决定。二是持续大量地注入海水，减少我们未知的风险，任何一点的疏漏，都会给我们带来灭顶之灾！因为，我们现在是和智慧及技术远远高于我们数亿年的'他们'在战斗！"

5

　　等时间是一种煎熬，因为等的是未知、等的是不确定、等的是焦急。指挥中心的人，则是有些提心吊胆！在海水巨龙把巨型飞行器冲压下去之后，又把黑洞灌满海水。现在卫星的实时视频，能看到的依然是海水如巨龙般地向环形山底部倾注。环形山底部的海水有六十七八米深了，迎着海水巨龙的倾泻，又激起几十米高的水花，溅落在巨龙入水的周围，再涌向四周。

　　"潘教授，暂时把量子超级输送机关停吧，我看海水深度没有问题了，估计我们安全了。在关停的同时，保持随时开机的状态，以防不测。"

　　刘博的命令，正合潘建东的想法。

　　"是，马上关停。各单位注意，马上关停，保持待机状态。"

　　"一组收到，马上关停，保持待机。"

　　"三组收到，马上关停，保持待机。"

　　"四组收到，马上关停，保持待机。"

　　"二组收到，马上关停，保持待机。"

　　随着各单位报告的声音，卫星实时视频中的海水巨龙马上没有了踪影。大家的心、紧张的气氛渐渐消失了，一松弛下来，大家却又开始兴奋起来，叫喊声响成一片，庆祝水攻成功！

看着手舞足蹈的工作人员，只有他们几个领导和主管依然在盯着大屏幕。阿里斯塔克环形山底在海水巨龙停止倾泻以后，海水在环形山底也渐渐平静下来。他们盯着黑洞，黑洞依然没有反应，只是海水让黑洞更加深不可测，让他们望眼欲穿。

工作人员在庆祝后，也就十几分钟的时间，满怀兴奋地回到自己的工作岗位，又按部就班地开始各自工作。刘博与王部长、潘建东点了点头，算是天遂人愿，水攻成功了！

"潘教授，我们的水攻终于成功了。您的临场决策很棒，看来今后还要您继续挑大梁啊。"

刘博确实对潘建东的临场指挥能力很欣赏，加上刚才王部长的赞许，反而让潘建东越发腼腆。

"有你们两位领导坐镇，我只是没有慌乱而已。都是工作，而且在你们领导下工作，也是我的荣幸。"

潘建东话音未落，就听到田静喊了起来。

"快看，黑洞漂上来的是什么？"

刘博等人马上又把注意力转向大屏幕，又看卫星实时视频，被放大一个特写。只见黑洞上方，漂起一堆堆类似于灰色的石头，从黑洞里越来越多的漂上来。

刘博见这些灰色的石头没有动，没有攻击性，心中才安稳下来。

大家看着一堆堆的灰色石头漂浮着不断地涌上来，都在猜测这些灰色石头是做什么用的，为什么会从黑洞里面漂出来？

刘博看着漂浮的石头堆，也是百思不得其解。按理说石头重量很大，是不会漂浮在水面上的。即使月球的月心引力低于地球，石头也不应该漂浮在海水上啊。难道这些漂浮的石头，就是"他们"？就是领先于地球智慧几亿年的智慧生物？一堆石头？一堆石头。刘博想了很多，对，要把"偷月计划"继续落实，最好是能提前两天，这样后天就可以实施"偷月计划"！以免夜长梦多。

6

刘博坐在从南特回泰安的飞机上，回味着温馨之旅。因为"偷月计划"实施后，海拔低于一千米的原指挥中心已经搬迁，王部长把新的指挥中心设在了泰山玉皇顶，喻义一览众山小、一览天下小的豪情。

刘博忙里偷闲，在王部长指挥人员将指挥中心搬新家，仅仅用了两天的时间里，刘博却用两天的时间远赴大西洋沿岸的城市南特，看望妻子凯瑟琳。这让凯瑟琳大感意外，惊讶地抱着刘博就流下泪来。刘博抚摸着凯瑟琳的头发，低下头，用力地闻着她的发香。

"你怎么来了？你们刚刚过了一个大难关。现在应该把精力用在接下来的大事上。"

"我为什么不能来？来看我老婆是天经地义的事。什么你刚刚过了一个难关？是我们！我们都是'偷月计划'的一分子。这么久不见，他还调皮吗？"

"最近老是踢我，有时候感觉他在我肚子里转来转去的，或许是随他爸爸，调皮又喜欢瞎转。"

凯瑟琳偷偷地笑了。

刘博一听，还不是含沙射影地说我，抚摸凯瑟琳头发的手向下一划，伸到凯瑟琳的腋下，挠她的痒痒。让凯瑟琳哈哈地笑起来。

凯瑟琳仰起头，温情地看着自己的男人。如果没有脑机互联，他们不会结缘；如果没有科技道德，他们不会成为夫妻；如果没有"偷月计划"，他们之间就没有相互的奉献。这就是爱情该有的样子！

刘博搂抱着凯瑟琳，看着她憔悴的脸，心有不忍，但还是把自己的计划告诉妻子。

"我来看你，有好几个原因，你想听哪个？"

"先听工作吧，不然心里不踏实。一个工作狂的妻子，就要有牺牲自己幸福的准备。"

"你瞎说什么，我来看你，因为你怀着我们的孩子，却还在遥远的他乡为我做奉献。我不来，良心过不去。你有身孕，工作就容易疲劳，你自己多注意休息。第二，来看你的移民进展，我想把'偷月计划'提前两天进行。也是来征求你的意见。"

"还算你有良心，我这里工作已经到了收尾阶段，这里不用担心了。我们先回我的住处，很久没有吃到你做的饭菜了，今天你来，我比过节都高兴。你不会拒绝给我做晚餐吧？"

刘博伸出食指，刮了刮凯瑟琳的鼻子，挽着她的胳膊，向她的住处走去。

第十五章

1

　　"偷月计划"半小时后将进入倒计时，一群不速之客打乱了指挥中心原有的秩序。国联委员会主席、副主席们前后相随，走进指挥中心。这是王部长与刘博提前邀请的，但一直没有明确回复。在全球直播"偷月计划"的情境下，主席的到来，不仅让指挥中心欢声雷动，更是让全球的人们，欢欣鼓舞。"偷月计划"将创造人类的历史，必将载入史册。

　　"主席好、副主席好，非常感谢您在百忙之中来现场，给我们加油助威，见证我们人类创造新的历史！请您到客观区，一起见证这个激励人心的时刻。"

　　王部长迎着主席、副主席，边握手边把安排说完，并伸手向客观区引导。

主席停下了脚步，对着大家挥挥手。

"我相信'偷月计划'终将成功！我相信你们一定成功！我更相信人类勇于不断创造新的历史。沧海一粟，我们人类也仅仅是宇宙中一颗行星上的生物之一。我相信宇宙中还有更多的谜需要你们去揭开、去探索。或许，'偷月计划'是我们人类探索宇宙的一大步。但对于未来的宇宙探索来看，却是起始的一步、未来探索宇宙中的一小步。

"不要小看这一小步，却是前无古人、承前启后的一大步！历史都是人类创造的，但也仅仅是由一小部分，或者说历史是极少一部分人创造的。而今天，你们就是创造历史的那一小部分人，促成了人类对宇宙探索的一大步！我今天来，就是要做一个见证者，我将在现场，见证你们创造新的历史。加油！"

主席的话，让大家备受鼓舞，更多的人已经是热泪盈眶了。主席把大家放到创造历史的一小部分人里，这是对大家工作最高的评价，怎么不让人感动。

主席见大家的掌声一直不断，便伸出双手，把双手伸平，向下压了压。指挥中心的掌声才慢慢静了下来。

主席走到刘博面前，握住刘博的手，用力地摇了摇。

"刘博，今天你是总指挥，所有在场的人都听你指挥，包括突然袭击的我们。'偷月计划'实施以来，相信你已经经过考验，变得更为成熟。现在、将来都将担负起人类探索宇宙的带头人。即使这次'偷月计划'的后果不可预测，我代表国联委员会也全力支持你，支持'偷月计划'的实施。我去客观区，来见证你们创造新的历史。"

刘博见主席这样的表态和支持，而且一句话就点明了"偷月计划"后果的不可预测，也全力支持。刘博感到全身都热血沸腾！

是啊，没有主席的支持，"偷月计划"不可能走到今天，事故就是对自己最好的锻炼。而主席的支持，可以让探索宇宙走得更快、更远。

"感谢主席的鼓励与支持！'偷月计划'全体人员全力以赴，绝不辜负主席的期望。请您到客观区就座，让今天的时间，成为历史的记载。您也是创造历史的坚定支持者，更是创造者中的创造者！"

2

刘博与团队成员依次在指挥中心的总控制台前坐好，每个人都感到兴奋、紧张与无形的压力相互掺杂。怎么能够不兴奋？这将是载入历史的时刻，全球人民都在看着他们，都在看他们史无前例的壮举，将创造人类有史以来最为大胆的偷月行动。

紧张，那是相当的紧张！身后就是在客观区的主席、副主席成员。他们在身后看着你的一举一动、你的每个工作步骤，能不紧张吗？特别是在倒计时开始，丑媳妇终要见公婆，成功失败，都只在这一瞬间。

无形的压力，又是在全球人民面前，直播与各种形式的传播。各自的父母、妻儿、亲朋好友都将成为你工作的见证。但这个露脸的机会，只能成功，不能失败的压力，这种压力是无形的！因为，你不能在父母、孩子、妻子、亲朋面前出丑！所以"偷月计划"只能成功。

"各部门、各单位请注意，'偷月计划'进入二十分钟倒计时。'偷月计划'进入二十分钟倒计时，听到请回答。"

刘博坐在指挥台上，同王部长在凸前的位置。今天无论"偷月计划"的结果怎么样，两个人注定了是荣辱与共、悲喜同尝。王部长的工作已经做完，"偷月计划"的下半场，是刘博的独角戏，这是无可争议的，也将是刘博的舞台。但刘博与王部长同在指挥台上，又表明了王部长半路介入"偷月计划"的指挥权后，仍然是"偷月计划"的领导之一。

"量子超级绳索团队收到，进入二十分钟倒计时。"

"环赤道超级地磁团队收到，进入二十分钟倒计时。"

"核爆团队收到，进入二十分钟倒计时。"

"检测团队收到，进入二十分钟倒计时。"

"应急保障团队收到，进入二十分钟倒计时。"

……

刘博盯着各部门、各单位的实时数据，一切正常，也必须一切正常。从现在开始，就是开弦的弓，马上就是离弦的箭，只能一往无前，直至目的地，或者直到力竭！

"各部门、各单位请注意，'偷月计划'进入十分钟倒计时，

266

量子超级绳索团队，启动量子超级绳索。"

"报告总指挥，启动量子超级绳索。"

显示屏上的能量供应瞬间达到一个极值，然后稍微向下回落，这代表了量子超级绳索开机成功！量子超级绳索捆绑的一端是地球的北美洲，一端捆绑的是整个月球！量子超级绳索的两端像两个网兜，一端深入北美洲地下三千五百公里，穿过地球的脉络，把北美洲"装"在了量子超级绳索的地球端"网兜"里。量子超级绳索的另一端，以月面西北的阿里斯塔克环形山为中心向月球背面绕过，又从月面东南面的佩塔维斯环形山绕回来，形成一个巨型的"网兜"把月球装起来。

量子超级绳索一启动，在大屏幕上实时显示出整个动态多维图像，参数在不断变化、调整。在潘建东团队的努力下，量子超级绳索的参数稳定下来，这也代表着量子超级绳索把北美洲与月球的距离进行了捆绑，北美洲与月球之间三十八万公里的距离进行锁定。只要北美洲离开地球多远，月球就相应地向地球靠近多远，直到月球降落到北美洲的位置，而北美洲则到月球轨道月球的位置。

"报告总指挥，量子超级绳索已经形成，北美洲与月球同时被锁定，请指示。"

"保持量子超级绳索，直到'偷月计划'结束。"

"是，保持量子超级绳索，直到'偷月计划'结束。"

潘建东回答完毕后，逐项检查数据参数，以求杜绝意外发生。潘建东越来越严谨，越来越精于执行，潘建东深知，这次

"偷月计划"成败的关键就是量子超级绳索能否绑定北美洲与月球，固定它们两个之间的距离。只有确保它们之间的距离固定，才能将北美洲送入月球轨道，也只有将北美洲送入月球轨道，才是"偷月计划"成功的关键。

3

刘博在计算时间，要使各部门、团队之间配合达到一个最佳点。总指挥的职责，负责"偷月计划"的全面管理与统筹、协调。自王部长来了之后，担负起了后勤与统筹，让刘博减压不少，把精力全部放在解决"偷月计划"相关的技术点上，这也是"偷月计划"顺利实施的因素。

"各部门、各单位请注意，'偷月计划'进入五分钟倒计时，环赤道超级地磁团队，启动环赤道超级地磁！"

"报告总指挥，环赤道超级地磁团队已启动环赤道超级地磁。"

大屏幕上环赤道超级地磁团队的超大能源供应场，在启动的瞬间，能耗指数级的迅速升高，久久没有回落。如果不是亲眼所见，谁也不敢相信，环赤道超级地磁有多令人震撼！仅仅环绕赤道的一千条巨大的线圈，不是说它巨大的耗电量，而是它金光闪闪，犹如为地球戴了一个金环。在启动环赤道超级地磁之后，线圈由金黄逐渐变红，如同给地球系了一道红绳。

我们都知道，地球与月球的地核、月壤，都是由铁元素组成的。地球的地核是铁元素构成，加上环绕赤道的超级线圈，就组成了一个超级巨大的电磁铁，也就是说，加上超级线圈的地球，就是一个巨型超级电磁铁！仅有这些还远远不够。刘博当初设计环赤道超级地磁是就把环赤道超级地磁的正负极与地球南北极本身存在的地磁两极相配合，形成了点对点的超级对铁元素的吸引力与排斥力！电磁与地磁完美结合，最终形成了环赤道超级地磁！只有一个目标，那就是把月球吸过来，把北美洲踹出去！

对月球的吸引力，是环赤道超级地磁的功能之一！磁是分为S极与N极的，也就是说，磁极可以把异性极吸引过来，把同性极排斥出去。环赤道超级地磁的第二个功能就是把北美洲踹出去，并且越远越好。环赤道超级地磁对北美洲的一踹，对月球的吸拉，并有量子超级绳索绑定，仅需二十四小时，北美洲与月球就实现对调，而且落点与时间吻合。明天晚上十一点，环绕地球飞行的就不是月球，而是整个北美洲板块了，只是让人担心的是，北美洲会发光吗？能成为夜空中的月亮吗？

"各部门、各单位请注意，环赤道超级地磁团队启动后待命，等北美洲进行二次核爆时，迅速将环赤道超级地磁的吸引力锁定月球，为北美洲脱离地球助力！"

"报告总指挥，环赤道超级地磁团队明白，坚决执行！"

是的，环赤道超级地磁顺利启动，已经让所有的人感到震撼！环赤道超级地磁不仅仅是异想天开的结果，而是基于大量的设计数据与方式方法不断调整的最优结果。不管你信与不信，环赤道超级地磁已经在那里，环赤道的金环，在全功率时变为红环。因为超级量的能源消耗，才会做出惊人的事情。在这之前跟你讲环赤道超级地磁，你肯定说这个人疯了，但对于今天而言，则是伟大的构想与创新！只有伟大的构想和创新，才可以构建未来！

历史上，也许是星际中，这应该是第一次以一个行星作为电磁器，并与行星的南北两个磁极形成同向合力，去把一个行星的卫星用超超超强的电磁吸拉到行星上。同时把行星本身的一部分，"踹"到行星卫星原来的轨道上完成互换！真是大开脑洞、闻所未闻啊，能顺利实现吗？

"报告总指挥，地球南北两极的磁力消失，我们的通信也受到部分影响。请您指示！"

刘博正在计算时间，听到吴天祥的报告，抬头看着大屏幕的参数，知道这是环赤道超级地磁启动的必然结果。

刘博立即开始布置相关的措施：

"为了确保'偷月计划'的顺利实施，鉴于地球南北两极磁极的暂时消失，我命令：

"1. 所有的航天、航空器立刻停飞。已经起飞的，立刻在附近航空、航天中心降落，直至'偷月计划'成功前不得起飞！

"2. 所有的民用机动车辆全部暂停行驶，以确保安全，直至'偷月计划'成功前不得行驶！

"3. 即刻起，全部'偷月计划'实施单位与指挥中心的联系，由无线电改为有线联系，这样可以最大限度地避免干扰。

"4. 立刻核查各部门、各单位，检查相关的通信设备，有无受到地球南北磁极消失带来的影响。

以上四点，各部门、各单位，立即执行。检查无误后，立即上报。核查有问题的立即上报并抓紧修复，留给我们的时间不多了。大家明白吗？"

"明白！"

"明白！"

……

……

洪亮的回答声响彻了指挥中心……

4

听到洪亮的回答，并没有让刘博的心放下来，反而在等待新的回答之前，又陷入的沉寂，更让人煎熬。有人问，你最不喜欢的事是什么？回答说是等人！只要约定的时间到了，见不到该见的人，而进入的等待状态，这个等待，是不可预见的，也是不确定的。你知道他迟到了，却不知道他会迟到一分钟、十分钟还是一小时、两小时，还是更久。

这样的等待是令人最为焦灼、焦急。但更令人焦急、煎熬的是，在死命令的时间马上就到了，却还没等到结果。一如现在，不到三分钟后，就是"偷月计划"的启动时间，这是死命令，改不得！但因为地球南北两极磁力的消失，对整个"偷月计划"的影响，如果不进行自检，很多不可控的因素出现，"偷月计划"的失败率会大幅度上升。而进行自检，需要时间，而时间的紧迫性显而易见。

离发射北美洲只有两分钟时间了，错过了这个发射窗口时间，难道再延迟一个月？一年？不可能！量子超级绳索已经形成，环赤道超级地磁已经启动待命，分分钟，都事关成败。现在已经是开弓的箭，箭在弦上了！想到这里，刘博忽然感到浑身燥热，接着汗水就湿透了内衣。脸上、头发根的汗水，就如同雾气里的毛毛雨，汇成了小溪。怎么能不焦急？主席、副主席就在身后看着，全球的人，都在视频中看着。

这是决定成败，更确切地讲，是决定一个人生死的三分钟，更是"偷月计划"成败的三分钟。刘博抬手擦了一把汗，手心里全是汗水！

5

"报告总指挥……"

一声惊雷，把刘博从焦灼中拉了回来。刘博稳了稳神，看着大屏幕的数据，抓紧查看刚才的汇报。

"量子超级绳索团队全部改为有线有源通信，一切正常。"

"环赤道超级地磁团队全部改为有线有源通信，一切正常。"

"核爆团队全部改为有线有源通信，一切正常。"

"检测团队全部改为有线有源通信，一切正常。"

"应急保障团队全部改为有线有源通信……"

刘博看到这里稍有点蒙，应急保障团队有什么不正常？

刘博看向王部长，王部长与刘博对视了一会，像是下了决心，缓缓地说道："总指挥，应急保障团队刚才出了一些问题，正在处理，等出来具体结果，我再向您汇报。不过，这个事情与'偷月计划'无关，您还是把精力放在'偷月计划'上，时间不等人啊！您看，离'偷月计划'的发射时间不到一分钟了。"

刘博一看时间，是啊，时间紧迫，只要应急保障团队的问题，不影响"偷月计划"的继续实施，都是小问题，刘博把精力重新关注在信息显示大屏上。

"报告总指挥，核爆进入三十秒倒计时，请指示。"

吴天祥的声音在指挥中心响亮地传开。刘博继续看了一眼数据参数，轻轻地呼出一口气。

"'偷月计划'各部门、各单位请注意，'偷月计划'倒计时三十秒！核爆团队一爆倒计时二十八秒，核爆团队一爆倒计时二十八秒。"

"报告总指挥，核爆团队收到，一爆倒计时二十八秒。"

"核爆团队请注意，在一爆之后两秒钟，二爆马上执行。严格执行两秒的时差，听清请回答。"

刘博深知，核爆团队的一爆与二爆之间的时间每延长一秒，二爆借力一爆的势能就降低百分之十！只有在一爆后两秒钟时，启动二爆，把北美洲顺利踹向太空，并用量子超级绳索保持与月球的等距，通过环赤道超级地磁的吸拉与踹出北美洲结合，方能使北美洲顺利升空。

"报告总指挥，核爆团队已收到，在一爆两秒钟后，二爆马上开始，严格执行两秒时间差。"

6

"'偷月计划'倒计时十秒开始。"

吴天祥的声音响彻指挥中心，并传到全球的每一个社区与家庭。这是"偷月计划"实时的视频播放，已经是全世界的头等大事！原来形容事情的盛大与隆重，都用万人空巷。而今天，则是全球瞩目、亿人共仰！吴天祥知道他们身上的荣光与使命，但更知道这个压力，更是举世空前的大！

"九。"

"八。"

"七。"

"六。"

"五。"

"四。"

"三。"

"核爆一爆启动。"

"核爆一爆启动！"

"二。"

"核爆二爆启动。"

"核爆二爆启动！"

吴天祥每一次的命令后面，都是核爆团队紧随而至的回答！

一爆启动后，整个指挥中心并没有感到什么不同，一切如常。

二爆启动后，大约过了十秒钟，整个世界发生了翻天覆地的变化！

一爆就是第一次核弹爆炸，炸开北美洲与地球的脉络连接，让北美洲成为独立的板块。一爆共用了一千五百八十颗核弹！巨大的爆炸力，把北美洲与地球脉络彻底炸开，为接下来的二爆创造了北美洲飞向太空的先决条件。

二爆，就是在一爆之后的两秒钟起爆，遍布北美洲板块下方的三万八千多颗核弹，在同一时间起爆，这是以前美国所有的军用核弹的总数。一同起爆的威力，足可以把地球全部人口毁灭十次！三万八千多颗核弹全部安置在北美洲板块的各个支点底部，仅仅靠爆炸的威力，就足以能够将北美洲板块炸出地球，飞向太空？

显然不能！那怎么用这么多的核弹做二爆呢？

办法总比困难多！

大家都知道诺贝尔奖的设立人诺贝尔，知道诺贝尔发明了炸药和雷管，让诺贝尔赚了大钱！但又有谁知道，诺贝尔让战争的规模升级、让战场成为地狱，让杀人在视线之外呢？没有人想到这些，但这一切都真实存在。这就是诺贝尔的一项发明专利——炮弹发射火药！

在诺贝尔没有发明炮弹发射火药以前，军队是没有现代化火炮的。诺贝尔的炮弹发射火药研制成功后，才有了现代的炮弹，那就是弹壳内是炮弹发射火药，弹头是包括触发引信及炸药。诺贝尔的发明，使得炮弹的制造、运输、保存、发射环境对原火炮的使用要求，都大为降低。也使军队的火枪升级到了步枪，将火遂枪等无弹壳枪支、无弹壳火炮送进了历史的博物馆。参见第一次世界大战、第二次世界大战，战场上伤亡总数的百分之八十是炮弹造成的。这一切，都是拜诺贝尔所赐。

有功就有过，有过一定有功！功过自有后人评说，但也为炮弹发射火药的原理，用在这次"偷月计划"上，提供了灵感与操作空间。刘博采用诺贝尔炮弹发射火药的灵感，把原美国军方的全部核弹都改造，使之成为发射北美洲的发射火药！

经过改造后的核弹，放射性降到最低，并使用可控核聚变技术，让核弹的爆炸冲击力提高数倍，因此成为发射北美洲的主要动力源。核爆团队把这批核弹安置在地下三千五百公里的北美洲板块底座上，通过一爆，让北美洲与地球脱离连接。北美洲板块与地球链接脱离以后，会形成一个深达三千五百公里的地球板块深坑，刘博把北美洲板块深坑用作发射北美洲的炮弹壳。用诺贝尔炮弹发射火药的运作原理，将三万八千多颗核弹作为二爆，作为发射北美洲的发射火药。既是异想天开，又实际可行！根据刘博的测算，这三万八千多颗核弹爆炸产生的冲击力，足以将北美洲从地球发射升空，并送至离地球一百七十公里的太空。

而在实际的"偷月计划"宣讲中，只要把北美洲发射至离地球五十公里的高度，环赤道超级地磁及时将推拉力作用于月球、北美洲。至此，"偷月计划"离成功，只有一步之遥。

7

突然！

指挥中心的地下传来轰隆隆的、如闷雷声一样的轰响，接着，整个大地都颤动起来。指挥中心突然停电了，顿时整个指挥中心陷入黑暗之中。

"马上接通备用电源！"

刘博马上喊道。他从大地颤动的程度判断，此时二爆产生的巨大冲击力，应该正在把北美洲从"炮膛"中迅速地送向太空，但现在什么也看不到！

吴天祥迅速使用手动完成电源的切换，在大家惊叫声尚未产生混乱时，指挥中心的照明渐渐恢复了。有的人微张着嘴，看出因为二爆引发停电带来的担心。

指挥中心的大屏幕尚未完全恢复，刘博已经迫不及待地想看到信息，就开始向吴天祥下了命令！

"指挥中心，立刻向各部门、各单位下问询，令各部门、各单位迅速向指挥中心汇报地震引发的损失。同时，马上把监控卫星的实时视频连接到大屏幕上，并让检测团队迅速进行实时汇报。"

"是，总指挥。马上向各部门、各单位下发并进行信息汇总。"

吴天祥回答完，马上与田静及其团队成员迅速开展工作。指挥中心的大屏幕也完全恢复，各项信息也在迅速更新。

大屏幕的正中，正在显示北美洲已经冲海而出，整个北美洲板块飞向太空的过程中，带出的海水正纷纷降落，在阳光的照耀下，又环绕着光辉，犹如七色的彩虹。这样景象，不时拉长，整个北美洲板块深达三千五百公里，而此时的北美洲板块，已经突出海平面约有六百公里的高度。北美洲板块的迅速升空，并向东略有倾斜，带起大量的海水，又如同腾空而起的环北美洲水龙，蔚为壮观。

二爆引发的余震不断，脚下大地的轰隆作响，让人仍然心有余悸。

刘博他们顾不得欣赏发射北美洲而带来的奇观，各项汇总数据，必须马上全面了解，当机立断。因为下一个命令，马上就要下达！

在客观区的主席、副主席及其成员，目睹了正在进行的发射美洲，都惊讶地微微张着嘴，被北美洲板块冲天而出的气势惊呆了。他们如果不是亲眼所见，肯定会骂别人，是不是科幻片看多了。这时的他们，才想起刘博在国联委员会所作的"偷月计划"宣讲会，那时刘博的宣讲，他们觉得"偷月计划"宛如天方夜谭。而今，已被深深地震撼了！自脑机接口、脑网互联、灵眸信息沟通系统之后，科技创新一日千里，都集中在"偷月计划"中完美呈现了，

"报告总指挥，各部门、各单位一切正常。检测团队已发来信息，并每五秒即时更新。"

吴天祥汇报完，用手写了一张纸条，走几步，交给了王部长。

王部长看了一眼纸条，马上脸色大变，看了看吴天祥，用质疑的眼神看了吴天祥一眼。吴天祥默然点点头，转身走回自己的工作岗位。

第十六章

1

刘博对吴天祥的举动感到疑惑，吴天祥给王部长什么信息？但刘博现在顾不上细想这些了。整个"偷月计划"时间的紧迫性，让刘博思考及精神高度集中，也容易产生疲劳。

北美洲在腾空而起的过程中，带着太平洋、大西洋的海水不断升高，又轰然而下，并向太平洋、大西洋深处翻滚。逐渐形成滔天的巨浪和海啸，向太平洋、大西洋沿岸地区狂飙而去。

刘博此时的心思，全放在了北美洲腾空而起的进程中。其他的事情，都由指挥中心的人，按部就班地按照预案做相关调整、指挥。刘博看了看时间，二爆时间已经过去了十五分钟，整个北美洲板块还在飞速地向太空飞去，犹如地球刺向太空的一把利剑。冲天而起，冲向月球相反的方向，而同时，地球的大气层却因为北美洲板块的崛起而继续随着北美洲延伸。刘博从显示大屏幕的卫星视频看去，地球的自转，加速了北美洲板块的飞行速度。因为北美洲板块被二爆推出地球一部分后，地球的自转对想要摆脱地球的北美洲而言，就有一种被地球自转甩离的动力加持，加速了北美洲板块脱离地球的时间。

"报告总指挥，监测团队向您报告北美洲板块飞离地球的时间，约在十五秒钟以后，北美洲板块完全脱离地球飞向太空。约在一分钟后，北美洲板块将飞离地球到三十公里的太空，将达到环赤道超级地磁的能量施行范围，成为接力二爆后北美洲板块的飞行动力源。汇报完毕！"

"指挥中心收到，继续监测。"

"是。"

刘博盯着显示屏上北美洲板块的持续飞出，心中似乎是有所感悟，但又犹豫着摇了摇头。时间还有不到一分钟，这一分钟就是煎熬，因为这个煎熬来自后勤保障部。后勤保障部的人员正奋斗在大西洋、太平洋沿岸海波一千米左右的地区。指挥着必须该迁移的人们，他们都撤到安全的地区了吗？发射北美洲板块引发的海啸，很快就会呼啸而至，你们还好吗？凯瑟琳，你现在在哪里？你和你的团队，都平安吗？

2

　　时间没有给刘博过多地思念凯瑟琳，这时指挥中心的惊叫响成一片，把刘博的思绪拉了回来。刘博抬头一看，显示大幕的视频让他大为惊讶！北美洲板块脱离地球！北美洲底部是一片金属的亮光，在海水水幕中若隐若现。这个惊奇还没有看完，却只见二爆后的冲击波紧随着北美洲板块脱离地球后，巨大的冲击波在北美洲板块底部与地球之间猛地向四周宣泄，掀起以北美洲板块原地向大西洋、太平洋冲去！

　　三万八千多颗核弹爆炸后的冲击波，不仅把北美洲板块发射向了太空，即使在北美洲板块刚脱离地球的瞬间，冲击波以每秒九百米的速度疾射！如碗状的放射状，推动海水以近千米的高度向大洋深处卷去。冲击波的余波，又射向太空，为北美洲向太空的飞驰，做最后一推。

　　海啸以北美洲原址为中心，环状向四周狂飙而去，狂飙的海浪，仿佛要将太平洋、大西洋翻过来一样，极为壮观，更为惊美。但，谁也不知道这次海啸，又要给两大洋的沿岸，会带来多少灾难。

　　"环赤道超级地磁启动，注意使环赤道超级地磁的吸拉力与排斥力，必须对准月球与北美洲的着力点，收到请回答！"

刘博看时间恰好,一分钟,北美洲板块已达到地球上空五十公里之外,启动环赤道超级地磁,进行北美洲加速驶离地球的动力接力,刻不容缓。

"报告总指挥,环赤道超级地磁团队收到,环赤道超级地磁已经对准着力点,启动成功,报告完毕。"

指挥中心的显示大屏上,环赤道超级地磁的能耗量参数猛增,多幅卫星照片、视频同步影像显示,环赤道超级地磁线圈,猛然成了红色!线圈周围的温度,高达三百八十度。

随着环赤道超级地磁的精准发力,太空中的月球猛然动了一下,跟着北美洲板块脱离地球的方向,向地球飞奔而来!

如果您这时不在地球上,而是在离地球几千公里的太空,就会看到一个趣事:月球在超级量子绳索的固定下,与北美洲板块保持着不变的距离,却又与北美洲板块同向而驰。不过有趣的是,北美洲板块是飞向月球轨道,而月球则是飞向北美洲板块原来的位置。

"报告总指挥,北美洲板块已经距离地球三百五十公里。北美洲板块自东向西有小幅度转动,监测团队报告完毕。"

"继续监测,每五分钟汇报一次。"

"是,每五分钟汇报一次。"

刘博看了看北美洲板块与月球的飞行速度,目前飞行速度每小时达一万一千公里,这个速度低于"偷月计划"预定的速度。

"环赤道超级地磁团队请注意,现在将环赤道超级地磁的功率上调,使北美洲板块、月球的速度升上来,稳定在时速一万五千五百三十公里，立即执行。"

"环赤道超级地磁明白，加大电能供应，提升环赤道超级地磁功率，使北美洲板块、月球保持时速一万五千五百三十公里。"

随着环赤道超级地磁团队的调整，显示大屏环赤道超级地磁能耗逐步上升，最终使北美洲板块、月球的飞行速度稳定在了一万五千五百三十公里的时速上。

北美洲板块、月球的飞行时速保持稳定，这是经过严格计算的结果。地月距离今天是三十八万公里，设定二十四小时月球到达地球。为了使月球明天同一时间落入原北美洲板块地区，那么每小时的飞行速度不能低于每小时一万五千五百三十公里。经过二十四小时的飞行，地球刚好自转一周，以迎接月球落入预定位置。同时，北美洲板块也将同时到达月球轨道，替代月球，环绕地球飞行。

3

"报告总指挥，二爆发射北美洲板块后，地球自转在二爆的冲击之下，有加快的迹象。"

监测团队的汇报，让刘博的注意力又回到地球的自转上来。地球的自转本身就是逐年渐慢的，因为自转减慢的速度很小，但这也是地球减慢的惯性，这是常识问题。

刘博心中一动，如果地球自转能够加快最好，直接的问题就是每天二十四小时自转一周，会提升或者说地球自转能够提前多少时间，自转一周呢？地球自转对于环境、生物有什么影响，都需要做细致的研究，以防出现不可控的问题。

刘博又想到一个问题，这才是至关重要的。

"监测团队，地球自转有加速的迹象，那么，地球环绕太阳运行的速度有没有增加？"

等了约一分钟的时间，监测团队才回答刘博。

"报告总指挥，地球的轨道运行速度目前没有变化，我们急需监测。另外，根据目前的检测，由于北美洲板块脱离月球使地球自重减轻，并在二爆的冲击下，预计地球自转一周用时将缩短至二十三小时四十五分钟。汇报完毕。"

数据分析核对都在显示大屏上不断地调整数字，或许略有偏差，但在监测团队不断的校正下，数据的准确性越来越高。

刘博一边看数据，一边计算。地球的自转加快，是在计算之内的，但也不会加快太多，这是有几个原因的。一个是二爆后的冲击力，把北美洲板块炸出地球，推向太空的同时，由于爆炸的冲击力发生在地球局部的一侧，巨大的冲击力对地球的自转有极大的助力，这是主要部分。

第二个原因，地球因为北美洲位置的空缺与地球自重的减轻，也会对地球自转加速有所辅助。地球自重不变时，自转不变。地球减轻后，自转在原重力速度惯性下，自重减轻会加速自转，这是对的。

最后一个原因，刘博关注的是，由于地球自重的减轻，太阳与地球之间的引力也有变化，地球大概率在太阳引力下，向太阳靠近。而这，才是刘博最为关注与思考的。那么，地球与太阳的距离拉近，在月球坠入地球后又增重，地球会离太阳的距离又远了吗？

4

"监测团队，请把地球与太阳的距离变化汇报上来，同时把地球的轨迹图发到信息大屏上。"

"报告总指挥，您要的数据已上传，请您查看。"

刘博观看二爆前后的地球轨迹对比，没有发现明显的差异。刘博似乎不相信，又让指挥中心的人员调出去年同期地球的轨迹数据，与现在的对比，也是依然没有变化。现在离二爆已经过去了五个小时了，现在地球运行的轨迹，也是一如既往的太阳—地球距离。

刘博想了想，是不是我太过敏感了？既然数据正常，这是好事，难道非要出事才好？刘博轻轻地摇了摇头，笑了。

对了，既然地球的运行轨迹不变，剩下的就是监控好、处理好月球落入地球原北美洲板块的位置，容不得一丝马虎。

"环赤道超级地磁团队请注意，加大能量投入，使月球、北美洲板块的速度每小时再增加四百一十公里，用于赶上地球自转加速带来的时间差，必须比原计划提前至少十五分钟，明白请重复！"

"环赤道超级地磁团队明白，加大能量投入，使月球、北美洲板块的速度每小时再增加四百一十公里，用于赶上地球自转加速带来的时间差，必须必原计划提前至少十五分钟。"

"好，立即执行。"

"是，立即执行！"

刘博盯着显示大屏，看到环赤道超级地磁的能量数值变化，知道各方面进展顺利。二爆启动时，夜空中明月高悬、亮如白昼。现在过去了七个小时了，接近黎明，明月不见了，只剩下黎明前的黑暗。窗外近似于伸手不见五指，但，清晨马上就要来了。

5

王部长叫醒刘博，又指指时间。

刘博一看时间，靠！怎么睡了这么久？竟然整整三个小时了，现在已经是晚上七点十分了。刘博起身，就要往外走，王部长一把拉住了他。

"你急什么？月亮还没出来，你出去能看到什么？"

"嘿嘿。"

刘博红了脸，也是，为了掩饰自己的慌乱，只得看向显示大屏。

哎，哪里不对？在感觉中，刘博似乎对周围的氛围感觉有些变化，但又找不到原因。

"别看了，我让值班人员分成三班，留一班值班，另两班休息去了。到二十一点，这两班同时回来值班，应该足够应付正常工作了。我们从昨晚开始，都没有休息，可不能消耗巨大的精力后，在月球落入地球的关键时刻掉链子。所以，我让他们去休息一下。"

刘博点了点头。

"也是，我们总是想亲眼见证'偷月计划'成功的过程，但前后加起来，也有一个星期没有好好休息了。工作人员也是，这么长的时间休息不好，大家的工作效率和反应都受影响，还是老领导想得周到。"

两个人的默契不是一天两天形成的，而是理念所致、情理相通。就在刘博休息的几个小时内，王部长也安排国联委员会主席、副主席及客观区的人各自回去。毕竟，在国联委员会、家中也一样可以观看月球落入地球的全部过程。在这里观看，给指挥中心的工作人员，还是会造成额外的压力。综合了一下情况，王部长当机立断，劝说他们回去了。也只有他们回去了，指挥中心才是真正的指挥中心。高效、决策、冷静、客观的工作氛围又回来了。

刘博去卫生间洗了洗脸，让自己更加清醒一些，又回到指挥中心的指挥台前坐下。看了看王部长为他泡的崂山绿茶，心里暖暖的。端起茶杯喝了一口，顿时口舌生津，精神也振作了起来。

刘博先翻看了一下近三个小时的各项数据统计，月球离落入地球的时间，只有三个多个小时了，想想心中就充满了动力。是啊，从构架到落实，就是一个梦想照进现实的演进，让人心生豪情，也更兴奋。看着显示大屏上月球的巨幅特写，月球月貌一览无余。刘博从来没有这么近距离地观看过月球，只是觉得更加明亮、更大！而另一端的北美洲板块，在太空中以同样的姿态向月球轨道疾驰而去。北美洲板块竟然比月球还亮，同时北美洲板块有小幅度的自转形成……

6

刘博拉着王部长来到指挥中心外面，抬头看着夜空的东西两面。其实，刘博不用寻找，就知道哪个是北美洲板块，哪个是月球。

夜空的东边，是一个巨大的星球，比平时的月球大了两倍，在夜空中照得地球亮如白昼。虽然北美洲不是圆的，但现在的北美洲板块，却也圆得可以同月球相媲美。由于北美洲板块已经有自转，这个自转的大板块，在反射太阳光时，反而让北美洲板块犹如一个圆形，加上距离地球越来越远，更让人觉得这就是月球的样子。从现在起，北美洲板块，就是我们的月球，就是我们的月亮。

两个人对视了一眼，那目光，充满了喜悦、充满了激动，更充满了对"偷月计划"成功的渴望。

夜空中西面是将要落下的月球，占据了地平线以上的巨大空间。现在看去有些阴暗，下降的速度惊人，让人清楚地看到风暴洋上的环形山。从刘博的位置看去，犹如相隔几十公里，仿佛开车就可以去爬山。这个月球太大了，再过一个多小时，月球将坠入原北美洲板块所在区域，从而成为地球的一部分。

刘博清楚地知道，月球坠入地球，带来的冲击远比发射北美洲板块引发的地震、海啸要大得多。怎样控制速度，或者降低月球、北美洲板块的速度，才是重中之重。看着月球巨大的月面环形山，刘博若有所思。

7

"各部门、各单位请注意，准备迎接月球入洋，倒计时开始！现在月球离我们一千三百一十六公里，环赤道超级地磁团队请注意，迅速减少三分之二的能源供应，使月球减速至每分钟八十公里，听到请回答！"

"报告总指挥，环赤道超级地磁团队收到，减少三分之二的能源供应，使月球减速至每分钟八十公里。"

显示大屏幕上能量供应信息很快就降了下来，但月球的运行速度却不是那么快就可以降下来的。地月距离的数字减少还是一如既往的速度，这是月球与北美洲板块庞大的自重与惯性决定的，哪里会这么快就能够降下来的？

时间过了三分钟，月球与北美洲板块丝毫没有降速的迹象，指挥中心的人，都焦急地望着显示大屏幕上的速度信息。月球与北美洲板块并没有因为大家的注视而有所降速，大家也知道，月球的高速冲击，对地球意味着什么，或许就是再一次的物种起源。

如果大家是焦急，此时的刘博、王部长的心情，只有比他们更加焦急、焦灼，但不能在他们面前表现出来。他们两个，是有泰山崩于面前而面不改色的担当和定力的。但定力归定力，找解决方法才是王道。刘博有两个想法，想试一试，试才有成功的机会，才有挽救地球面临的灭顶之灾的可能。

"环赤道超级地磁团队请注意，把能量供应调到最低值，保持待命状态。重复一遍，把能源供应调到最低值，保持待命状态。"

"报告总指挥，环赤道超级地磁能源供应调整到最低，保持待命状态。"

随着环赤道超级地磁的汇报，显示大屏幕上能源供应的迅速降低，马上到了待命状态。但月球与地球距离的接近速度并没有降速，还是一如既往的快！问题在哪里呢？

这时月球离地球的距离只有六百五十公里了！按目前的速度，再有不到四分钟，地球与月球将猛然地相撞在一起。这么大的两个星球相撞，留给人类的时间不多了。

是哪里出了问题？是哪里我没有考虑到？

刘博的焦灼，更为马上面临的大难而焦急，马上变成了焦躁！

汗水不是不觉之间，将刘博的内衣又湿透了。

8

"啊！"

刘博的一声惊叫，让整个指挥中心的人，都看向了他。

刘博觉得找到了问题的核心！

对啊，地球的地心引力，是月球保持高速接近地球的原因！

月球本身就是因为地球地心引力而捕获的一颗卫星，现在地球与月球不到五百公里，强大的地心引力与月球引力相结合，即使撤掉环赤道超级地磁的推拉，地月之间的吸引力也会导致月球飞速向地球坠落，一场灾难猛然而至，怎么办？

刘博决定放手一搏！

"环赤道超级地磁团队请注意，马上调整方向！把原来受力的双方对调。原来对准月球吸拉力的一端，全力对准北美洲板块，原来对准北美洲板块的排斥力，全力对准月球。马上执行！"

"环赤道超级地磁团队收到，原来对准月球吸拉力的一端，全力对准北美洲板块。原来对准北美洲板块的排斥力，全力对准月球，立即执行。"

指挥中心的工作人员，看到显示大屏幕上环赤道超级地磁的能量输出从低到高调节，随着能源的快速输出，猛然间月球的运行轨迹迟钝了起来，速度也马上降了下来。指挥中心的顿时欢呼了起来。

刘博拍拍手，示意大家安静。这才刚刚开始，"偷月计划"还远未完成。

9

"量子超级绳索团队请注意，随着月球与地球距离越来越近，应力变大。你们加大对量子超级绳索的能源供应，必须确保量子超级绳索的稳定！不然，我们将面临灭顶之灾！"

"量子超级绳索团队收到，加大对量子超级绳索的能源供应，确保量子超级绳索的稳定。请总指挥放心！"

显示大屏上，量子超级绳索团队把能力供应提升了百分之二十！

他们把能量供应控制在峰值！

大家都在背水一战！

这个时刻，只有拼死向前，孤注一掷！

10

"报告总指挥，监测团队报告，月球的速度降低为每分钟五十公里，现在距离地球一百八十五公里。月球运动速度还在降低中，请指示。"

"监测团队请注意，密切观察月球运动轨迹，实时汇报月球接近地球速度，收到请回答。"

"报告总指挥，密切观察月球运动轨迹，实时汇报月球接近地球速度，回答完毕。"

刘博深知，月球每分钟五十公里的速度，每小时就是三千公里。这样的速度冲击地球，远不是地球能够承受的，还要找方法！最好是月球运行速度降到每分钟十公里左右，而且还要从侧面进入大西洋，然后到达北美洲的位置。

11

"量子超级绳索团队请回答，接通北美洲板块与月球的自转链接，让月球与北美洲板块的自转同速，然后确保月面与月背各一半同时入洋。这样有助于我们对月球背面的研究，也有利于我们以后的计划。"

"量子超级绳索团队明白，接通北美洲板块与月球自转链接，让月球与北美洲板块的自转同速。"

是的，只有让月球产生自转，确保旋转进入大西洋，然后翻转到太平洋边缘，刚好处于原北美洲的位置。从天而降的月球，用这个方式坠入大西洋，既可以减小对地球的冲击力，而且可以确保月球月面与月背各一半坠入北美洲的位置。但仍然会留下一小部分将矗立在太平洋与大西洋之间，高达二百公里，如同地球生长出一个巨大的瘤。

12

"报告总指挥，监测团队报告，月球的速度降至每分钟十八公里，现在距离地球六十五公里。请指示。"

"监测团队继续观察。"

"是!"

刘博知道，月球进入离地球五十公里以内后，环赤道超级地磁的吸拉力就会消失。而目前正好反了过来，全力地对月球排斥力，全力地吸拉北美洲板块，才得以使月球坠入地球的速度降了

下来。但目前月球每分钟十八公里的速度还是太高，必须继续下降月球的运行速度，但时间不多了。

马上面临对月球排斥力消失，这是月球与地球太近、太近的结果。如果对月球的排斥力消失，月球下降会加速吗？

刘博浑身是汗水。

13

"环赤道超级地磁团队请注意，现在马上将环赤道超级地磁的排斥力端功率全部转到吸拉端！要把环赤道超级地磁的吸拉力加倍再加倍！延缓月球入洋的速度。"

"环赤道超级地磁团队收到，马上将对月球的排斥力功率全部转到吸拉端，把环赤道超级地磁的吸拉力加倍再加倍！延缓月球入洋的速度。"

刘博观察环赤道超级地磁的能量变化，又查看月球与轨迹、速度的变化，很快就符合自己的预期。

"报告总指挥，监测团队报告，月球的速度降至每分钟十二公里，现在距离大西洋十五公里。……"

越来越近，月球坠入大西洋，马上就要上演了！

14

　　"报告总指挥，监测团队报告！月球刚刚以每分钟八公里的速度呈四十五度角坠入大西洋，月面触水，月球现在是翻转状态，预计十五分钟后翻转到预定位置。报告完毕。"

　　刘博正在观看显示大屏上的数字与实时图像。虽然指挥中心所在的位置是夜里二十三点整，但在原北美洲地区，却是艳阳高照的中午。只见巨型的星球翻转着滚向北美洲板块地区，月球自转带动海水布满整个星球，所有环形山底部，都被海水浸泡，然后又从海水里转出。海水又不断地从环形山中倾泻下来，流入大西洋，周而复始。此时的月球，也已经是一个蓝色的星球，又如瀑布遍地的星球。旋转半周后，终于砸进了原来北美洲地区，地球送给月球的见面礼，就是洗了一个海水澡！

第十七章

1

月球坠入大西洋，加上海水的应力与浮力，使得月球的冲击力大为减小，但带给地球的震感也远远超过大地震！量子超级绳索的终止，也随着月球的坠落而破坏殆尽。

震后余生……

尽管这样，依然没有挡住大家的狂欢，整个指挥中心、整个"偷月计划"团队、国联委员会、所有的人，都陷入狂欢的兴奋中。尤其是指挥中心，他们是最早知道月球在地球着陆成功的人，也是整个"偷月计划"全程最熟悉的人，也是压力最多的群体。他们从击掌相庆到开香槟的狂欢，最后有人把办公桌上的文件，都当作礼花，抛向了指挥中心上空……

2

王部长走到刘博身边，拍拍刘博的肩膀。

"我已让田静把整个指挥中心的'偷月计划'指挥流程和过程，全部向国联委员会呈报。你指挥得很成功，我为你感到高兴！不过，我有件难以说出口的事情，向你讲明白。"

王部长拿出一张纸条，递给了刘博。

"很对不起，这张纸条交给你的时间有点晚。但是为了'偷月计划'，也是为了你情绪的稳定，所以现在才告诉你。太晚了，对不起。"

王部长的话有点哽咽。

刘博打开纸条一看，就蒙住了。

"凯瑟琳因指挥迁移时飞机失事，坠于哥伦比亚省布莱顿镇……"

刘博的情绪忽然转过来，凯瑟琳飞机失事？

我的天！这是要我的命啊！

刚想到这里，监测团队的报告几乎同时传了过来：

"报告总指挥，月面直径三十公里以上的环形山，都有巨型飞行器飞出，都有巨型飞行器飞出！"

刘博看向显示大屏，看到遮天蔽日的巨型飞行器群，扑面而来。

指挥中心顿时鸦雀无声。而此时的刘博，再也支持不住，瘫软地倒在指挥台上，昏了过去。

后　记

近两年国内科幻电影大火，使得科幻小说创作也迎来了新的发展。透过现象看本质，国内的科幻小说在创作上，总有玄幻、神幻的影子。与国际科幻小说相比，无论是硬科幻小说还是软科幻小说，都有不小的差距。

怎么正确地写科幻小说，是我现在面临的选项。从选择写科幻小说开始，就规划了科幻四部曲，第一部科幻小说《睿乘密码》已由中国文联出版社出版。这本《偷月计划》是四部曲的第二部，从创作到出版，历时近两年，终于可以拿出来，与大家分享了。也是希望读者，见证我在科幻小说创作中的历程和成长。也许，只有在写完四部曲的《末日决战》《飞向星际》之后，正确的写科幻小说，才能够找到方向。

《偷月计划》一书得以顺利出版，这本书将是我创作科幻小说中，承上启下的一部科幻小说。《偷月计划》作为科幻四部曲的第二部，与第一部科幻小说《睿乘密码》相比，《偷月计划》是第一部以星际为背景的科幻小说，与后两部科幻小说，共同构成了以月球为主题的科幻小说。与第一部科幻小说《睿乘密码》

以脑机为主题相比，完全不同。由此，《偷月计划》才是我事实上的、科幻四部曲的第一部。

偷月，仅仅是开始，偷来的月球，会带来难以预测的灾难，会是引狼入室吗？答案，或许就在科幻四部曲的第三部《末日决战》。《偷月计划》已然绽放，《末日决战》悄然在路上，期待与大家分享。

刘义军

2025 年 3 月